U0068507

刺青簡史

中國當代新詩的閱讀與想像

張 光 昕

目　次

詩歌擺——孫文波論／005

假動作的精神分析——翟永明詩歌務虛筆記／031

刀可道——《時間裏面的刀》閱讀箚記／055

貓科壁虎——柏樺詩歌片論／077

在一切麥田之上——海子詩歌漫議／097

茨娃密碼——張棗詩歌的微觀分析／119

「多少代人的耕耘在傍晚結束」
　　——論多多詩歌中的抒情革命／145

米與鹽：家庭詩學的兩極——以王小妮為中心／175

刺青簡史——論陸憶敏詩歌的語言質地／199

山地詩學的誕生──論吉狄馬加的秩序觀／227

肖像・遊移・風濕病──西渡論／251

《剃鬚刀》審美教育小箚／275

後　記／295

詩歌擺
——孫文波論

引子：從語調說起

　　費希特（Johann Gottlieb Fichte）曾經說過：「一個人選擇什麼樣的哲學完全取決於他是什麼樣的人。」同樣的道理，我們也可以說，一個詩人寫出什麼樣的詩很可能也端賴於他的為人。不知是受到孫文波本人形象先入為主的影響，還是為他詩歌內部自行生成的語言氣息所著迷，我總是禁不住推想，那些所有出自孫文波筆下的文字，似乎都天然勾畫出一個粗壯、躊躇的中年男子的所有身體特徵：黝黑的皮膚、寬闊的臉膛、緊鎖的眉頭、凝重的表情……在這幅畫面的提示下，我們更容易接受如下建議：他的詩似乎更適宜用一種沙啞、低沉、緩慢的語調來朗誦，最好是由孫文波本人來讀。儘管中國素來不缺乏吟詩頌文的行家裏手，他們熱情地製造出了符合各種權力要求的黃鐘大呂和聲音貢品，並伴之以或激昂或溫柔的語調，但歸根結底，一個人只能操持一種語調來表達或交流，並且這也是世間獨一無二的語調，一個人的專屬語調。詩人孫文波沙啞、低沉、緩慢的語調，直接製造了他的詩歌在讀者心中沙啞、低沉、緩慢的聲學印象。這些作品交給他本人來朗讀，便直接傳遞出

一種原生態的語言魔力，就像他的詩歌自己甦醒過來，長出了嘴巴，發出了聲音。在這裏，並非詩人通過詩歌說話，而是詩歌委託詩人在說話。

20世紀的思想聖賢們對語言啟示錄般地再發現，讓越來越多的詩人感受到自己發音的艱難，這種普遍的言說困境，直接道出的是人類在20世紀——這個災變的年月——裏的生存困境。這一窘困的細菌，像猩紅熱一樣迅速地蔓延進人類的心靈世界，引發了詩歌——這一人類精神的發音部門——嚴重的聲音病變，讓走調、哮喘、呻吟、含混、嘶喊、喑啞、窒息等聲學症候，成為時代樂章裏的主聲部，讓波德賴爾（Charles Baudelaire）、蘭波（Arthur Rimbaud）、金斯伯格（Allen Ginsberg）、龐德（Ezra Pound）、艾略特（T.S. Eliot）、米沃什（Czeslaw Milosz）、曼德爾施塔姆（Osip Mandelstam）等詩人，成了這個病態世紀精神荒原上的招魂術士和發音英雄。這種聲音病變塑造了整個20世紀的詩歌風貌，它在空氣中散佈著消極、迷惘和絕望的消息，像是遠方的神指派詩人們捎來了難懂的預言。

如果將漫長的20世紀精神氣候的風雲變幻，在當代中國找到某一個與之心有靈犀的人文風景，很多人願意選擇上世紀的80和90年代，這種投射和凝縮，在詩歌寫作上表現得尤為引人注目。單從語調這一維度來考察，以1989年為分界線，整體的漢語詩歌寫作呈現出一種明顯的變化趨勢，即由獨步80年代的「高音量」，以及包裹在其中的理想主義的歷史感和深刻性[1]，轉變為90年代特有的「日

---

[1] 這裏的「高音量」擬發揮聲音力比多的功能來回應當時的社會環境，與二、三十年代郭沫若、蔣光慈詩歌中的「高音量」又不盡相同。其各自複雜的社會歷史原因，不在本文討論之列。

常化音量」，以及滲透其中的現實主義的嘈雜性和平面化。[2]這種轉變，好像一架鐘擺從一端迅速地滑向另一端，擺錘在擺動途中重重地擊碎了興建於80年代的集體理想主義宮殿，將它零散的碎片以「個人寫作」的形式灑落在90年代一極的現實土壤裏。孫文波在90年代的詩歌寫作，就好比一個勤勞而細心的樵夫，在理性主義宮殿轟然坍塌之後，埋頭撿拾他視野中的「現實主義柴薪」。[3]2001年，柴筐積滿，人民文學出版社「藍星詩庫」出版了《孫文波的詩》，收集了詩人從1988年到2001年的大部分詩作。有心的讀者會發現，這部詩集既是一筐「現實主義柴薪」，又是一塊「理想主義碎片」，就像鐘擺往返於這兩極之間，他以詩歌寫作的方式點燃了「現實主義柴薪」，希圖重新熔鑄那一塊塊「理想主義碎片」。

　　孫文波的詩歌在氣質上具有樵夫一般的執著、倔強和持重，正如他自己所說的那樣：「一代詩人有一代詩人的任務，我們這一代詩人的任務，就是要在拒絕『詩意』的詞語中找到並給予它們『詩意』。」[4]如此看來，我們就更加能夠理解孫文波操著四川人的椒鹽普通話，用他中年人的沙啞、低沉和緩慢的語調，朗誦詩歌時異常專注的表情。國內有評論者將以上孫文波的諸多特徵饒有趣味地概括為一種「笨拙性」：「從這個意義上說，孫文波『笨拙』的詩篇既配得上我們這個艱難的時代，與我們的時代有著及物的上下文

<hr />

[2]　為方便本文主題展開，20世紀80年代以來文學作品中呈現出的現代主義創作手法暫且不作討論。

[3]　木朵：《孫文波訪談：詩歌之事無大小》，《新詩（孫文波專輯〈與無關有關〉）》2006年9月。

[4]　孫文波：《解釋：生活的背景》，《學術思想評論》，遼寧大學出版社，1997年版，第211頁。

關係，也稍微糾正了甚至是打擊了我們這個表面的、膚淺的偽浪漫主義時代的囂張氣焰。孫文波質樸的詩句表明了：一個時代可以膚淺、可以平庸、可以浮華，構成一個時代的膚淺、平庸和浮華的原因卻並不膚淺。任何一個浮華的偽浪漫主義時代裏的生活，都不會因為表面的『盛世繁華』降低艱難度，而任何艱難的生活無疑都是沉重的，在大多數情況下也是深刻的。」[5]

孫文波的「笨拙」或許正暗示了我們在這個時代裏發音的「笨拙」，是這個時代裏的人類大家庭生存的「笨拙」。現實生活從來都是複雜艱難的，詩人面對現實生活的發音，也充滿了欲說還休的失落感和荒謬感。更多的時候，詩人只能透過空氣，面對著內心裏滴答作響的鐘擺發呆或自言自語，在喧嘩的時代裏「相看兩不厭」、「獨坐敬亭山」。只有這樣的詩人才稱得上是現實生活清醒的觀察者，才具有「穩穩站立」的充足理由。在孫文波的作品深處彷彿深藏著這樣一座鐘，它的鐘擺在兩極間來回擺動，簡單，笨拙，不知疲倦。它具有「穩穩站立」的底氣，就好像一架擺在老屋案几上多年來定時上弦、定時報時的舊式座鐘，以及它所目睹、記錄和指引的一切時代生活。

計時的鐘擺：「是時間改變了詞語的走向」

擺在老屋案几上的座鐘，總能剎那間引起人們對時間的關注，如果說座鐘上半部分的西式錶盤還殘留著古典圓形時間觀念的錯覺的話，那麼座鐘下半部分那只遵循力學規律往復運動的鐘擺，則打

5　敬文東：《像樹那樣穩穩站立》，《海南廣播電視大學學報》2004年第2期。

破了以往人們對時間的古老「認識型」（福柯語），鐘擺用自身那套極其簡單的物理學模型，闡釋了一種形而上學意義上的時間觀念：時間，大抵就是來去之間的事情。鐘擺賦予了時間一種獨特的形式，就如同詩歌賦予靈魂一種獨特的形式一樣。與沙漏、日晷、燃香、觀天象等前現代的、無聲的計時方式相比，以鐘擺為表達方式的擺鐘及其龐大而神聖的鐘錶家族，開啟了計時的有聲時代。鐘擺不但在日常生活領域成為一種慣常的計時工具的重要構件，在詩人眼中，它同時也成為一種面向時間發音的工具，在自身簡約、單調的運動中發明出一套詩學。在20世紀90年代漢語詩壇的偏僻一隅，曾經蝸居於成都一個叫做鐵路新村的居民區裏的詩人孫文波，在其詩集的第一頁上寫出了這樣的句子：

> ……而我卻為文字所惑，
> 在文字的迷宮裏摸索。但我的筆卻寫不出
> 一個人失去的生活；我無法像潛水夫
> 在時間的深處打撈喪失的記憶。我
> 曾經是什麼樣的少年？站在這個地方……
>
> （孫文波《鐵路新村》）

　　一個敏銳的詩人最不吝惜流露的，是在他詩行中對時間問題的注視和點染，這種平靜中略帶感傷的回憶口吻，對斗轉星移和白駒過隙的長吁短歎，是支撐古往今來所有詩歌抒情屋頂的鋼筋水泥，也是詩歌敘事組分中極為重要的構成要素。不論是古希臘的赫拉克利特（Heraclitus）所宣稱的「人不能兩次踏進同一條河流」，還是東方的孔聖人那句「逝者如斯夫，不舍晝夜」，人類從古至今最無

力掙脫的就是時間的桎梏，千軍萬馬、江河日月也敵不過時間女神
手裏一把小小的溫柔匕首。於是，人類選擇了詩歌作為同時間妥協
的底牌，仰仗詩人的回憶，運用詩的語言搭建一座通向神秘世界的
巴別塔。在眾多的當代詩人中，孫文波是善於回憶往事的一位，而
且他更善於把記憶的探頭觸碰到過往歲月中的一幕幕現實具象上
面，他的這一類詩作具有一種細節真實的獨特力道。

帕烏斯托夫斯基（Paustovsky）在《金薔薇》中講述了一則「珍
貴的塵土」的故事：巴黎的清潔工約翰‧沙梅，為了送給小女孩蘇
珊娜一朵象徵「幸福」的金薔薇，每天悄悄地收集從手工藝作坊掃
出來的、摻雜著少量金屑的塵土，用篩子仔細地將金屑篩出並積攢
下來。他日復一日地重複著這項工作，終於在有生之年裏用這些金
屑打造成一朵漂亮的金薔薇。[6]孫文波正認真扮演著一位徜徉在時
間長河中的金屑收集者的角色，他用回憶這只偌大無比的布口袋，
承載下了漫長歲月中紛紛落下的塵土，用他樸實的赤誠之心，篩出
了摻雜在歲月塵土中的生活金屑，用他拒絕空疏、關照現實的語
言，打造出了具有孫文波風格的「金薔薇」。他在詩中寫道：「多
少個中午我用一碗麵條打發肚子／多少個夜晚我埋頭於書籍中。」
（孫文波《夏天的熱浪》）對於喜愛「麵條」和「書籍」這雙料食
糧的詩人，給我們營造出了一種生活的現場感，通過質樸的語言，
他將個人經驗上升為普通人的共同經驗，喚起了讀者對於因時間流
逝而遠去的往昔生活片段的追懷，進而幫助我們錘煉對時間問題的
清醒認識。詩人憑藉豐富的個人履歷和內心生活，收集了大量平凡

---

[6] （蘇）康‧帕烏斯托夫斯基：《金薔薇》，李時譯，上海譯文出版社，
1980年版，第1-11頁。

生活中飄落的「珍貴的塵土」，不斷把記憶的掃帚拋向一塊塊遙遠而溫熱的土壤：詩人習慣運用諸如「八年前」、「三十年前」、「二十幾年前」這種過去時間狀語，展開對記憶塵土的清掃和篩選，最終發掘出塵封在現實生活之下的深厚詩意。然而，這卻是一種充滿焦慮的詩意：

> 如果一定是我說出什麼，我會說：
> 是時間改變了詞語的走向，它使我
> 把寒冷強行安排在詩中。
>
> （孫文波《爬山藤》）

　　詩人的寫作，不可能是真空中的寫作，也並不是純然「為藝術而藝術」的寫作，而是肩負著強烈的社會責任感的寫作。孫文波曾說過：「如果沒有一九八九年以後發生在中國社會生活中的種種變故，沒有這些變故引發的對國家意志、文化形態、個人遭遇的思考，也就不會讓中國當代詩人意識到自身處境的特殊性需要以特殊的方法進行處理。」[7]詩人不斷把思緒拉回到過去，不斷收集舊日的塵土，其目的並非是單純為了「回憶」和「收集」這種動作本身，而是為了在「回憶」和「收集」之中，來反觀和凸顯中國當下人們普遍的精神狀況和心靈遭遇，這才是詩人筆鋒所指之處。由是觀之，孫文波內心的鐘擺又從一端擺到了另一端，以時間的名義，他找到了針對這一代人「自身處境的特殊性」而採取的「特殊方法」，即採取一種被孫文

---

[7]　孫文波：《詩意的生成與中國當代詩》，《詩生活》網站「詩觀點文庫」，http://www.poemlife.com/Wenku/wenku.asp?vNewsId=1647，2008年2月10日檢索。

波稱之為「亞敘事」的詩歌寫作方式。他認為，90年代以來，他與肖開愚、張曙光等人力主的詩歌「敘事」，並非是希望以「事件」為中心而講一個「故事」，他們的真正目的是希望通過敘事因素的加入，使詩歌從空懸、概念化、程式化中走出來，通過「敘事」與外部物質世界建立聯繫。孫文波所謂的「亞敘事」，正是這種將詩歌引向具體和準確的方法，而非寫作的目的。他所理解的當代詩歌寫作，也正是這種「方法」和「目的」的結合物。[8]

　　鐘擺遵循時間的秩序，詩人遵循語言和思想的秩序，孫文波將這兩種秩序熔鑄到了他的詩歌當中，就如同他一如既往地點燃「現實主義柴薪」，來熔鑄「理想主義碎片」，希望打造出一朵同樣是象徵「幸福」的金薔薇。孫文波認為：「詩歌不應該是語言的遊戲，或者詩歌不僅是語言的遊戲。而說到底，在我們生存的這樣一個環境中，詩歌不單是審美學意義上的，它還必須是政治學、經濟學、哲學，以及倫理學等等意義上的。沒有承擔的詩歌不是詩歌。難道我們真的能夠以為詩歌不必為人性，不必為生活的進步負責嗎？在一個價值決定著人類命運的社會上，一切都是非中性的，要麼體現著進步，要麼就是墮落的。但是，詩歌反對墮落，這一點就像有人把詩歌理解為對消失的挽留一樣。」[9]金薔薇所象徵的「幸福」是人性的最高理想，也是孫文波的內心鐘擺暗自努力的終極指向。同他眾多的同路人一樣，孫文波用寫詩的方式來挽留那些已然消逝和即將消逝的幸福時光；和他們不同的是，孫文波懷著強烈的關照現實生活的心態，以一個普通人的個人經驗為寫作源泉，以對平淡生活的誠實敘事為寫

---

[8]　參閱孫文波：《詩寫作：對相關問題的解釋》，《紅岩》2001年第5期。

[9]　孫文波：《回顧──詩歌的可能性》，《詩生活》網站「詩觀點文庫」，http://www.poemlife.com/Wenku/wenku.asp?vNewsId=652，2008年2月10日檢索。

作手段，以盡一個中國當代詩人的社會責任為寫作目的，不斷聚集著推動內心鐘擺奔向「幸福」一極的力量和勇氣。

鐘擺啓示錄：詩學與物理學的三次內心對視

某一天，學生時代的伽利略（Galileo Galilei）在比薩大教堂裏觀察工人們安裝大廳中央的巨型吊燈時，偶然間發現了一個奇怪的現象：不論吊燈擺動的幅度多大，它擺動一次所需要的時間是不變的。這就是後來著名的伽利略鐘擺定律，即擺動週期與擺繩長度有關，而與末端物體重量無關。這位偉大的物理學家，不但從此推翻了亞里斯多德（Aristotle）統治了上千年的經典鐘擺理論，而且第一次將鐘擺納入到近代物理學的視野和研究體系。隨後，荷蘭物理學家惠更斯（Christiaan Huygens）繼承了伽利略的理論遺產，著有《擺鐘論》，將鐘擺運用到計時器上，發明、製成了世界上第一架計時擺鐘，這就是今天擺鐘的雛形。

科學上的每一次進步，無不凝聚著天才人物的過人悟性和非凡韌性，也無不深刻地改變了人類的生活方式和思維方式。在人類思想的後花園裏，小小的鐘擺也給精神界帶來了豐富的啟示，鐘擺內所蘊含的關乎人性與人倫的哲理，絕不亞於任何科學技術上的重大突破。叔本華（Arthur Schopenhauer）在他的《作為意志和表象的世界》中曾悲觀地說道：「人生是在痛苦和無聊之間像鐘擺一樣的來回擺動著；事實上痛苦和無聊兩者也就是人生的兩種最後成分。」[10]叔本華認為人生從來都是痛苦的，欲求和掙扎是人的本

---

[10] （德）叔本華：《作為意志和表象的世界》，石沖白譯，商務印書館，

質，當人們有需求和缺陷時就會萌生欲望，可望而不可及是一種痛苦；相反，當人們輕而易舉地獲得了滿足時，就會因為欲求之物的消失頓感空虛和無聊，痛苦又會不期而至。就如同鐘擺循著痛苦之後無聊，無聊之後又痛苦的軌跡，在這兩極間無望地往復擺動。

　　叔本華所說的那句「生存即痛苦」，果真道出了人類真實的境遇嗎？如果真是這樣，為什麼如此多的哲學家和詩人還在從事思考和寫作，為叔本華保守這個天大的秘密？孫文波曾經在一個小規模的講演會上透露，對他的寫作影響最大的一本書，正是叔本華的《作為意志和表象的世界》，那麼，留給我們的問題則是，本文論及的孫文波的內心鐘擺與叔本華的「鐘擺」之間，到底存在著怎樣的隱密聯繫？在孫文波的詩作中，我們時而會發覺隱藏於文字間的悲觀主義論調，這一論調甚至或多或少地左右著他詩歌的主題基調以及朗讀語調，那架叔本華的「鐘擺」，是否與孫文波的鐘擺在20世紀90年代的中國發生了共振？孫文波又該如何從叔本華的「鐘擺」那裏獲得啟示，來操縱他的內心鐘擺呢？我們可以從以下三個方面展開探索：

對視之一：「在一支舊式鋼筆的筆尖下集合」

　　2000年，孫文波寫出一首名為《商業時代三畫像》的作品，分別用3節各16行的篇幅，描繪了他生活於商業時代的三位朋友（他，你和她）各自的精神肖像。他們更像是商業時代裏人們普遍心態的「三個代表」：「他」代表著世俗主義或現實主義（儘管是以一種現實主義的極端形式，即享樂主義的面目出現的），「你」代表著厭世主義或遁世主義，「她」代表著理想主義或浪漫主義。在90年代的中國，

1982年版，第427頁。

在商品經濟日益喧囂的日子裏，我們可以輕而易舉地找到上述三類人的原型，有人整日忙於賺錢和應酬，有人天天咒罵社會、玩世不恭，有人時刻不忘醉心想像、耽於夢幻。孫文波的寥寥幾筆，就勾勒出了這個心浮氣躁的時代裏人們普遍的精神狀態和社會心理。

此刻，讓我們展開一幅鐘擺運動的平面圖。如果允許我們把擺錘的運動軌跡想像為商業時代人們的思想軌跡，把上述「三個代表」想像為三枚棋子的話，那麼，這三枚棋子應當分別放置在這條弧形軌跡的什麼位置上呢？但凡知曉一點物理學的人應當懂得，擺錘運動劃出的這條弧形曲線上存在著三個典型位置，就如同商業時代裏三種典型心態一樣，這三個位置分別是曲線的兩個海拔最高點和一個海拔最低點，也就是擺錘往復運動的兩個暫時靜止點和一個最終靜止點。一種既合乎邏輯又遵循歷史現實的擺放方法很可能是：代表遁世主義和浪漫主義的兩枚棋子分別被放置在兩個端點，代表現實主義的棋子被放在最低點。因為從鐘擺運動的軌跡和物理特徵可以得知，處於兩個最高點位置的遁世主義和浪漫主義，只不過是整個商業時代人類思想軌跡的暫時停靠點，不論把這個暫時的時間段延長多久，運行到兩個最高點的擺錘遲早要受重力作用改換方向，朝著代表現實主義的最低點加速俯衝。這個最低點，才是一個穩定的終極意義上的停靠點。因此，這裏才會向「不勝寒」的「高處」施以魔力，讓兩端的事物都放棄掙扎，統統向最低點靠攏。這是物理世界的客觀規律，也是觀念學上的「高低辯證法」。處於最底端的現實主義，正因為它靠倨在一個穩定的最低點，也因為它的矮小、瑣屑、沉穩，才特權般地向一切高聳、宏大、飄浮的事物，一切高於它的事物發號施令，從而實現九九歸一──「直到在一支舊式鋼筆的筆尖下集合」（孫文波《滿足》）。

　　重新審視這只運動中的鐘擺，如果我們將其抽象成一個物理學模型，那麼它可供分析的每一個物理要素，都會給我們某種詩學上的啟示。譬如，鐘擺運動所掃過的空間，可以想像為詩人所經歷的日常生活空間；末端擺錘運動劃出的弧線，可以想像為在日常生活中人們變幻不息、時常處於兩可或兩難地步的思想活動軌跡；筆直的擺繩，可以想像為詩人與日常生活相接觸並產生細微摩擦的詩歌寫作；擺繩最上端固定的一點，則深藏在象徵著「時間」的鐘錶盤後面，這一點，是否可以想像成某種令詩人無限敬畏、卻拒絕以真面目出現的某種神性力量呢？

　　鐘擺得以擺動，完全是依靠重力作用的結果。擺繩末端的擺球無論運行到什麼位置，都始終同時受到來自擺繩方面的牽引力和一個垂直向下的重力，而兩者的合力則沿著擺球劃過的弧線的切線方向，使擺球總有一種回歸最低點的趨勢。這一力學圖示也同樣可以在孫文波的詩中被讀解出來。不同於海子、西川等詩人對神性的頂禮膜拜，孫文波詩中的神性───一種向上的超拔力量───幾乎是隱匿的，他更注重書寫具有回歸趨勢的向下的力，因為他似乎更善於用詩歌去表現最低點的現實生活，後者才是他詩歌創作持久的主題。

　　在精神動力學中，佛洛德（Sigmund Freud）將主體投注於某一目標客體的心理能量稱為「驅力」，我們常提到的「力比多」就是「驅力」的一種。「驅力」是有方向性的，它指向被投注的客觀物件。我們不妨將孫文波的內心鐘擺所受到的這種具有回歸趨勢的、向下的力稱為「下驅力」，它的方向永遠指向代表現實生活的最低點。詩歌與現實生活的關係問題，一向是孫文波詩歌理論中最為重要的問題之一。他認為：「詩歌與現實的關係不是一種簡單的依存關係，不是事物與鏡子的關係。詩歌與現實的關係是一種對

等關係。這種關係不是產生對抗，它產生的是對話。但是在這種對話中，詩歌對於現實既有呈現它的責任，又有提升它的責任。這樣，詩歌在世界上所扮演的便是一個解釋性的角色，它最終給予世界的是改造了的現實。」[11]孫文波所有關照現實的詩歌都具有這種「下驅力」，它不但使詩篇中的每一個詞加重了自身的重量，使整個作品能與現實生活展開對話而變得沉穩有力。每一個詞都在「下驅力」的作用下具有了極性，接上了地氣，像被放置在磁場中的小鋼針，它們共同指向一個潛入現實生活深處的內核。如同胡塞爾（Edmund Husserl）所提出的「朝向事情本身」一樣，孫文波的內心鐘擺要求「朝向現實生活」。由此，遵循「高低辯證法」，仰仗「下驅力」的幫助，詩歌不但做到呈現了現實，而且也提升了現實。

我們可以以一首孫文波的短詩《故事一則》為例，來分析他是如何使「下驅力」發揮作用的：

> 鍋爐房的水管被凍裂，
> 一大早，我出門找人修理。
> 路上迎面刮來的風割痛我的臉，
> 我趕緊跑到商店買了一頂帽子護住耳朵。
> 當我找到鄰村鐵匠鋪的師傅，
> 他先是猶豫，最後還是答應下來。
> 在我們拿上工具到我家的路上，
> 他告訴我，這是二十年來最冷的一天。
> 這個時候幹活真是找死。是的，

---

[11] 孫文波：《我的詩歌觀》，《詩探索》1998年第4期。

修理時，寒冷使手發僵，管鉗都握不住，

他忙了半天才修理完畢。我謝謝他，

想給他一些報酬，他不要，只是

一個勁地說：瘋子天氣，真他媽的……

　　雖然是一首短詩，但整個敘事既完整又連貫，詩意也完全依靠純粹的敘事來生成，這不能不歸功於詩人細緻的觀察和出色的鍛煉語言的能力。全詩講述了「我」在「二十年來最冷的一天」請人修理水管的故事，糾集了「凍裂」、「找人」、「割痛」、「跑」、「買」、「護住」、「猶豫」、「最冷」、「找死」、「發僵」、「忙了半天」、「不要」、「一個勁地說」等詞或短語來組成敘事的主幹，儘管它們被詩人安排在整首詩的各個角落，卻無一例外地均受到「下驅力」的作用，每個「能指」在其一般意義的「所指」之上又平添了「下驅力」賦予給它的附加含義，這些附加含義在全詩範圍內綜合到一起，便構成了整首詩的唯一主題：冷。這也是詞語的「下驅力」共同指向的物件。其實全詩無外乎用一件生活中的小事來烘托天氣之極度寒冷，然而，詩的題目並未想當然地冠以「冷」字，而是取名為「故事一則」。如此看來，「下驅力」所指向的「冷」，也僅僅是詩人想表達的表層含義，甚至是無足輕重的意義。詩人把主題「冷」置換為「故事一則」，實際上是提請讀者注意到這是一則故事，即敘事的產物，它想要表達的很可能是，以「冷」為外衣包裹下的、普通人在庸常生活中的掙扎與無奈，人類在無法抗拒的強大外力（自然力量）面前所體驗到的一種荒謬感和無常感。這才是詞語的「下驅力」所指向的深層意義。「這是二十年來最冷的一天」、「這個時候幹活真是找死」、「瘋子天氣，真他媽的……」，所有的抱怨

和咒罵，都表達了人類能力範圍內所做的小小抗爭。在詩歌中，我們應當允許保留這種抗爭的空間，這裏所生成的些許抗爭之力，與強大的「下驅力」之間的摩擦和碰撞，才是詩意誕生的地方。

神話中的西西弗斯，每天使出渾身解數推石上山，卻在筋疲力盡時無望地目睹巨石從山頂隆隆滾下，如此這般，周而復始。孫文波筆下也孕育著一批西西弗斯的中國弟兄，在他們的現實境遇裏，一邊目睹鐘擺的下落，一邊又期待它的翩然彈起。

對視之二：「把現實的鄉愁變為紙上的鄉愁」

成都，孫文波的故鄉，是孫文波個人詩學詞典中反覆出現的高頻辭彙。作為一個「一級功能變數名稱」，隨之相繼出現的還有集合在「成都」麾下的一系列「二級」或「N級」功能變數名稱：鐵路新村、馬家花園、春熙路、人南廣場、口腔醫院、茶館、火鍋店、通錦橋、北巷子、八寶街、驛馬市、皇城壩、總府街、科甲巷、杜甫草堂、武侯祠、九眼橋、萬福橋、老南門大橋、錦江等一系列「川派名詞」，它們真實地坐落於成都市區及其周邊，是詩人早年生活和行走過的地方，多少年後，它們又進駐到詩人的作品當中，成為了詩人的地理學。耿占春指出：「地方對人具有建構作用，但自我既不是封閉的主體也不是地域的從屬體，自我意識到的經驗過程參與了這種建構。人的地方性意識和屬性的形成提供了一種庇護性的身份，但對詩人所描述的自我來說，這種身份，如同其地方意義和特性一樣是生成性的而非本質主義的。」[12] 人與其居住的地域從來都是一種對話關係，一個人在一座城市中生老病死，地域的特點早

---

[12] 耿占春：《詩人的地理學》，《讀書》2007年第5期。

已融入到詩人的個人經歷當中，在某種程度上造就了一個人的性
情，詩人被他所居住的城市反覆地錘煉和品咂，也用他獨特的氣質
和經驗為每一個「川派名詞」注入更豐富的情感價值和書寫意義。

孫文波個人詩學詞典中的另一個「一級功能變數名稱」是北
京，是他現在居住的城市。因此，在他的另一部分詩歌中開始頻繁
閃現出一系列「京派名詞」：右安門、長安街、海淀中關村、亮馬
河、燕莎商城、北京大學、上苑村、興壽鎮、西客站、小湯山、
南櫻桃園、新東安市場、秀水街、東單、西單、北太平莊、木樨
地……這個與成都風格迥異的城市、一個國家的心臟，帶給詩人的
是另一番現代感受，也引起了詩人強烈的懷鄉情緒：

> 我懂得這座城市的耍法；
> 譬如，泡茶館打麻將吃串串香。
> 我是俗人，就是你在街上見到的那樣，
> 我是其中一個。
>
> （孫文波《永恆》）

> ……站立在擁擠的電車裏，
> 在搖晃中，我看見無論是高樓還是矮樹，
> 都在燃燒（當然是幻影）。我看見
> 一個人怎樣帶著他的心下墜。而狐臭
> 是真實的，就像你是真實的一樣。
> 它使電車的慢更慢。「開快一些，開快
> 一些。」我心裏反覆念叨，像教徒默誦聖經。
>
> （孫文波《在電車上想到埃茲拉‧龐德》）

　　米蘭·昆德拉（Milan Kundera）在《慢》中說：「速度是出神的形式，這是技術革命送給人的禮物。跑步的人跟摩托車手相反，身上總有自己的存在，總是不得不想到腳上的水泡和喘氣；當他跑步時，他感到自己的體重、年紀，就比任何時候都意識到自身和歲月。當人把速度性能託付給一台機器時，一切都變了：從這時候起，身體已置之度外，交給了一種無形的、非物質化的速度，純粹的速度，實實在在的速度，令人出神的速度。」[13]如果一個人運動速度的「快」與「慢」，真的能夠影響他（她）的經驗和記憶，那麼是否可以認為，一座城市運轉速度的「快」與「慢」，同樣關涉著對這座城市的經驗和記憶呢？正如上面羅列的大批「功能變數名稱」所呈現的那樣，「茶館」和「火鍋店」是屬於地道的「川派名詞」，因為它們最能體現成都這座城市的個性，坦露了在茶館和火鍋店裏四川土著居民所樂此不疲的、慢節奏的閒適生活，也正是這種「慢節奏」的生活，反而孕育出川人直率、爽朗甚至魯莽的「快節奏」的個性；而像「公共汽車」這樣象徵著現代化和城市化的典型「京派名詞」，卻只能給生活於皇城根下的人們帶來無邊的焦急、煩躁和謾罵，擁堵的大都市只能允許公共汽車蝸牛般地緩慢挪行，這讓車上汗顏跺腳的乘客不得不把「快」當作自己暫時的宗教。臧棣曾經睿智地提出「詩歌是一種慢」[14]，在「快」的外部世界中生存的人們，將詩歌等同於記憶，而記憶只有在「慢」中緩緩鋪開，才能像米蘭·昆德拉所說的那樣，「比任何時候都意識到自身和歲月」。就在這種「快慢辯證法」的支配下，孫文波的鐘擺開

13　（捷）米蘭·昆德拉：《慢》，馬振騁譯，上海譯文出版社，2003年版，第2頁。
14　參閱臧棣：《記憶的詩歌敘事學——細讀西渡的〈一個鐘錶匠的記憶〉》，《詩探索》2002年第1期。

始了它的內心旅程：作為故鄉的成都，被穩穩地安置於鐘擺的最低點；作為異鄉的北京則像空中樓閣一樣被建築在鐘擺的最高點。北京的生活帶給詩人的焦灼和不安，為它自身的俯衝與掙脫積聚了更多的心理能量，而成都生活的自在和散漫，又使詩人對故鄉產生倦怠和膩煩，因而他又渴望和掙脫。成都和北京，以及它們各自的生活和精神節奏，儼然為我們講述了一架鐘擺的故事。

　　另外一個事實也不容忽視，孫文波在成都留下的是他童年和早期生活的記憶，即便對那段時光裏不完美的事物，他也會帶著一個樂觀主義大男孩的目光去天真地加以打量；北京時期的孫文波已步入中年，此時的詩作多少呈現出一種略顯疲憊的「中年寫作」（肖開愚語）姿態。此時，中年心態的孫文波一面羨慕「孩子」，一面走向「老人」，就像鐘擺越是接近最高點的異鄉，就越為返回最低點的故鄉積攢力量。鐘擺所受的「下驅力」是指向故鄉的，這也為我們解釋了為什麼孫文波在那麼多的詩中，反覆地提出「故鄉」、「異鄉」、「返鄉」、「漂泊」等詩學主題。他說：「把現實的鄉愁變為紙上的鄉愁。在他這裏／成為生活的理由。使他越是離國家的／中心近，就越是感到鄉愁的重量。」（孫文波《十二詠歎》）從詩集中一些詩的題目上就可以判斷，孫文波一直希望表達出他那種具有跨越性質「返鄉情結」：如《走進母親居住的》、《在路上》、《一九九九年十月二十三日夜晚走在從興壽鎮到上苑村的路上》、《在家裏，在外面》、《奔跑》、《遷移》、《大風中開車回家》、《回到鐵路新村》、《散步》、《地圖上的旅行》、《騎車穿過市區》、《搬家》、《向後退》、《旅行紀事》等便可管窺這種「返鄉」的智性努力。對於「故鄉」，按他自己的話說：「很大程度上，『故鄉』已經成為了一個哲學和人類學的命題。因此，當人們談論它時，實際

上談論的是一種精神的歸宿。就如同那個十分著名的提問：『我們從哪裏來，又到哪裏去？』人們希望通過對『故鄉』的討論解決的是對命運的理解。」[15]但他同時又認為，所謂的「故鄉」本質上是不存在的，它也許只有一個名義上的對應物罷了。人們對「故鄉」的探討，實際上是一個人對生存處境的思考，一個詩人越是善於這樣的思考，就越是易於發現實際生活狀況與自己的基本理想存在的矛盾，就越是體會到自己的「漂泊感」，這是一種精神上的漂泊，因此從這個意義上講，人生處處都是「異鄉」。「故鄉」也許只是一種力，一種「下驅力」，它堅定地指向某一個方向，卻並不在任何地方：

> 開愚對我說：「成都不是你的城市，北京
> 也不是。」我知道，柏林也不是他的城市。
> 但我從來沒有問過你。你說我們就像流浪的尤利西斯。
> 是這樣嗎？但尤利西斯至少還知道他要
> 回到什麼地方。我們知道嗎？
> 「什麼地方才算我們真正的歸宿？」
>
> （孫文波《給曙光》）

處處是「異鄉」，這似乎多少類似於叔本華「人生即痛苦」的基本論調，兩者皆來自鐘擺的啟示。由此看來，孫文波的寫作「鄉愁」更加本質的目的，在於他想借此尋找到理解人類自身處境的基點，從而更加清楚的認識它。[16]

15　孫文波：《詩寫作：對相關問題的解釋》，《紅岩》2001年第5期。
16　參閱孫文波：《詩寫作：對相關問題的解釋》，《紅岩》2001年第5期。

對視之三：「我的一個我正看著另一個我」

　　卡爾維諾（Italo Calvino）在《分成兩半的子爵》中講述了這樣一個故事，主人公梅達爾多子爵因為在戰爭中負傷而使身體分成了兩半，一半作惡，一半行善，兩半又因愛情而決鬥再次負傷，得以重新合為一體，成為了善惡俱全的普通人。卡爾維諾指出了根植於我們每一個人體內的人性難題：自我究竟是完整的還是分裂的？我們所在的世界呢？在不完整的世界中，保全個體的完整如何可能？[17]孫文波在寫作中同樣思考著這樣的問題，他的內心鐘擺彷彿在運動的對稱性中擺渡於人性和世界的兩極之間，探尋著一種有望揭開生活謎底的靈魂軌跡。

　　在孫文波的許多作品中，一貫潛藏著「尋找」這一文學母題。孫文波在尋找著什麼？從他的這類詩歌背後，我們能夠感受到他骨子裏的一種懷疑精神，就像他的一首詩的題目那樣，孫文波是一個「簡單的懷疑主義者」。他不依賴於繁複的修辭，而是誠實地根據自身經驗來經營他的「懷疑」。孫文波說：「我的一個我正看著另一個我，／南方的我正看著北方的我。」（孫文波《遷移》）同卡爾維諾筆下的梅達爾多一樣，孫文波也發現了自己身體內的「另一個我」，一個不受自己操縱的異己，一個詩人的反物質。很多時候，他對之施以了深刻的內省和批判，尤其是在他專注於自己身體的時候，這種對「另一個我」的反思就顯得更為有力。

---

[17]　參閱（義）卡爾維諾：《我們的祖先‧分成兩半的子爵》，蔡國忠、吳正儀譯，譯林出版社，2001年版，第1-74頁。

　　世界的問題，可以從身體的問題開始（梅洛—龐蒂語）。孫文波重型坦克一般的身體也是一個遭受重創的身體，他以帶傷的身體感受周遭的世界，將會獲得怎樣的認識？詩人不無沉重地寫道：「無數次拋錨。／我開著拉達車撞上樹。血滲進肺部，／肋骨出現裂紋。痛比死亡更折磨人。／十天，站起來艱難，躺下去也艱難；／十天，軀體成為自己的敵人。／詛咒成為練習曲。」（孫文波《上苑短歌集》）當一個人擁有健康的體魄時，一切個人經驗和對世界的感受力或許都在一種有條不紊的秩序中生成和起作用，只有當身體這架機器發生故障的時候，當它給予自我的不再是庇護，而是疼痛的時候，我們才會發現個人的身體就好像突然間遠離了自我，成了自我的叛徒、敵人，成了「另一個我」。身體問題可以引發世界問題，「另一個我」的背叛，是否意味著世界開始準備朝向它的另一面逃離，現實生活也並非總是保持著一統江山的常態，就像鐘擺總是嚮往它對稱的另一端，總是希望把自己此時此地的狀態移形換位到另一端一樣，身體和世界總向它們的反面投去詭異的笑容。

　　孫文波在2001年創作的《遺傳學研究》，表達了他對「另一個我」的關注：「我感到有什麼把我從這裏拽走。／但我不想走。另一個我輕輕在房內移動，／借窗外路燈透進的微光打量熟睡的父親和兒子。／我知道我飛了起來，分身在更多地方……／我知道是愛造就了我。在這裏我就是／父親通往孫子的橋樑。有了我，死亡不會發生。」詩人懷揣著尋找「另一個我」的願望，從自己的家族譜系中開闢遺傳學研究的疆域，把自己設想為從父親到孫子三代人之間的「橋樑」。「另一個我」其實正在詩人關注的物件上開始顯形，我是「我」，但「另一個我」很可能就是我的父親或我的兒

子，甚至是詩人遙遠的祖先「衛惠孫」[18]。正因為遺傳學的作用，三代人同時共用著一條綿綿不絕的家族靈魂，傳承著一種均勻有力的生命意志。

> 在夢境中我看見精神的生長。一個人
> 可以是所有的人；一個人，正是
> 所有的人。無限的力量使他生死兩忘。
> 而在他的吟唱中，時間消失了線性；
> 過去就是現在。未來也是過去。生死皆蒼茫……
>
> （孫文波《祖國之書，或其他》）

　　這樣的詩句早在艾略特（T.S. Eliot）的《四首四重奏》中就已出現：「現在的時間與過去的時間／兩者也許存在於未來之中，／而未來的時間卻包含在過去裏。」[19]胡塞爾曾提出過「內時間意識」這一概念，認為時間不是過去、現在和未來的簡單疊加，而是過去和未來同時包含於現在之中。[20]若循此道，詩人此刻的生命便同時包含著父親的生命和兒子的生命，父親、兒子、愛人以及其他親戚、朋友和精神對話者都將成為詩人體內「另一個我」的投注對象。因此孫文波創作了為數眾多的「屬人」的詩歌，如《1626年吳人書》、《博爾赫斯

---

[18]　附原詩注：唐《元和姓纂》載「周文王第八子衛康叔之後，至武公和生惠孫，惠孫生耳，耳生武仲，以王父字為氏。」孫姓一支的姓氏由此而來。

[19]　此處採用趙毅衡譯文。參閱紫芹選編：《T.S.艾略特詩選》，四川文藝出版社，1988年版，第58頁。

[20]　參閱（德）胡塞爾：《生活世界的現象學》，克勞斯‧黑爾德編，倪梁康、張廷國譯，上海譯文出版社，2002版，第71-152頁。

和我》、《我愛何爾木》、《幸福（為兒子而作）》、《走進母親居
住的》、《在路上（為冷霜而作）》、《醉酒（為宋煒而作）》、
《給曙光》、《舊友》、《星期天上午與傅維東拉西扯聊天》、《在
電車上想到埃茲拉‧龐德》、《SUN FALIN（1904-1928）》、《外祖
母》、《姑姑的風濕痛》、《監視器（為吳敏而作）》、《與鄰居陳
建國聊天》、《在夢中見到祖父》、《回家（為兒子而作）》、《哀
歌（為祖母而作）》、《散步（給肖開愚）》、《南櫻桃園紀事（為
臧棣而作）》、《給小蓓的驪歌》、《研究報告》等。孫文波把這些
「屬人」的詩歌中提到的主人公都當作自己的「另一個我」來處理，
他不斷尋找各種各樣的「另一個我」作為抒懷物件，將他人的經驗納
入到自己的經驗範疇之中。在這類「屬人」詩歌作品中，詩人分別
使用了作為親歷者的「我」、作為對話者的「你」和作為被敘述者的
「他」三個人稱代詞，來表徵詩人的介入角度和書寫姿態，同時也揭
示了詩人的身份問題。

　　對此，孫文波有他獨到的見解：「在很多時候我與其說是一個
詩人，不如說是一個平民一個兒子一個父親一個丈夫一個面對朋友
的男人，我認為當我以這些面目來說話時，身份是與我的存在境況
吻合的。很多人曾經說過：詩歌要求誠實。這是正確的。當我們生
活中的面目真正與我們的寫作一致時，所謂的寫作才會產生出動人
的力量，人們才會在其中看到時代到底在一個人身上烙下了什麼樣
的印痕，這些印痕又是怎樣使他做出了自己的反應。」[21]孫文波就
這樣誠實地扮演著一個平民、一個兒子、一個父親、一個丈夫、一
個面對朋友的男人，他從現實生活中不同的稜面去趨近於一種生存

---

[21]　孫文波：《詩人與時代生活》，《環球青年》1997年第2期。

的真實。就像鐘擺運動過程中只能掃過有限的面積一樣，人的一切認識活動也具有有限性，人只能得到他應該得到那部分，不能越過自己的邊界，更不可誇大自己。這種值得追求的「真實」被孫文波稱為「相對的」真實，這種「真實」，就是我們的日常生活，就是我們作為一個兒子一個丈夫所經歷的生活，他認為關注「相對的」真實才是恰當的、可行的，甚至說不得不如此的，因為「絕對的」的真實在現實生活中是不存在的，盲目地崇尚這種「絕對的」真實就會使寫出來的詩歌虛假空洞、矯揉造作；只有關注「相對的」真實的詩歌才是打動人的、有力量的。[22]

小結：鐘擺狀省略號

　　克爾愷郭爾（Kierkegaard）在《非此即彼》中描繪了一隻象徵荒誕的落伍時鐘。受此啟發，錢鍾書先生在小說《圍城》接近尾聲之時，安排了方遯翁送給方鴻漸夫婦一件傳家寶——「每點鐘只走慢七分」的老式自鳴掛鐘。作為錢先生「圍城式」寫作所拋出的最後一枚製造荒誕迷霧的手榴彈，名不副實的老掛鐘完全喪失了一個計時器的功用，它也是分裂的，成為了一種表現荒謬人生的精確意象。鐘擺的往返運動，天然地表達了人類這種根深蒂固的宿命感。如果果真承襲了叔本華的傳統，在當下的中國，孫文波選擇詩歌的真實目的，也不過是想依靠寫作，來打發像鐘擺一樣單調無趣甚至痛苦不堪的生活罷了。然而孫文波卻把這種生活體驗埋藏在了他詩句的最深處。小小鐘擺的力學、速度和對稱性等物理學特徵，深刻

---

[22]　參閱孫文波：《詩寫作：對相關問題的解釋》，《紅岩》2001年第5期。

地啟示了孫文波的詩歌寫作,在他的詩歌中,我們可以瞥見這架若隱若現又無處不在的鐘擺,它不但度量著平凡歲月中的生命航程,彰顯著靠近生活底端的質樸力量,而且敲響了異鄉人渴望回歸的心靈鐘聲,在面孔與面孔之間劃出了一道道詩意的弧線。孫文波經歷的是一個詩歌逐漸走向沒落的時代,一個理想主義聖殿整體沉淪的時代,詩人們彷彿已經渡過了他們最好的年華,然而卻時刻背負著沉重的道德十字架。作為一個詩人,孫文波在這個時代裏的寫作是艱難的,但他始終懷著一種貼近生活土壤的普通人心態,如同勤勞的樵夫和虔誠的金屑收集者那樣,用心貢獻出自己獨特的詩篇。

每一個時代都有每個時代的生活,每一個時代都需要每個時代的詩歌,它們相互關照,相互造就,生生不息。就像每個時代都需要鐘擺用它最典型的肢體語言告訴這個時代的人們:「那是最美好的時代,那是最糟糕的時代;那是智慧的年頭,那是愚昧的年頭;那是信仰的時期,那是懷疑的時期;那是光明的季節,那是黑暗的季節;那是希望的春天,那是失望的冬天;我們全都在直奔天堂,我們全都在直奔相反的方向……」[23]

2008年2月,吉林蛟河

---

[23] (英)狄更斯:《雙城記》,石永禮等譯,人民文學出版社,2002年版,第1頁。

假動作的精神分析
——翟永明詩歌務虛筆記

一

　　博爾赫斯（Jorge Luis Borges）在一次演講上宣稱：「一個瞎子同樣具有他的優勢。我的某些天賦應當歸功於這種黑暗……」[1]這位晚年雙眼緩慢失明的詩人發誓，要在失去看得見的世界之後得到「另一個世界」。他開始致力於盎格魯—撒克遜研究，並寫就了《黑暗頌》。博爾赫斯是樂觀而智慧的，他將失明看成是「命運或機遇奉獻給我們的許許多多工具之中的一種」，[2]堪稱盲人中的典範。生活在黑暗環境中的人群總不免於焦慮、痛苦、茫然失措。那些心明眼亮卻生活在黑暗時代的人們，也不見得比瞎子好到哪去。阿倫特（Hannah Arendt）描述了一個她眼中的黑暗時代：「如果公共領域的功能，是提供一個顯現空間來使人類的事務得以被光照亮，在這個空間裏，人們可以通過言語和行動來不同程度地展示出他們自身是誰，以及他們能做些什麼，那麼，當這光

---

[1]　（阿根廷）博爾赫斯：《談失明》，《作家們的作家》，倪華迪譯，雲南人民出版社，1997年版，第181頁。

[2]　（阿根廷）博爾赫斯：《談失明》，《作家們的作家》，前揭，第188頁。

亮被熄滅時，黑暗就降臨了。」[3]我們可憐歷史，無數次地被黑暗時代的陰雲籠罩過。這黑暗，讓那些時代兒女們在飽經離亂的同時，也接受了時代的「饋贈」，得到了「另一個世界」。「文明的孩子」（布羅茨基語）、俄羅斯白銀時代——一個蘇聯版的黑暗時代——的偉大詩人曼德里施塔姆（Osip Mandelstam）這樣回憶道：「我和許多同時代人都背負著天生口齒不清的重負。我們學會的不是張口說話，而是吶吶低語，因此，僅僅是在傾聽了越來越高的世紀的喧囂、在被世紀浪峰的泡沫染白了之後，我們才獲得了語言。」[4]

中國當代詩人翟永明，想必也是在經歷了自己的黑暗時代之後，在度過了混沌不明的詩歌寫作的胚胎期之後，開始獲得她個人獨立的詩歌語言的。作為女性，她在漫長的黑夜裏逡巡獨行，她洞悉這黑暗的秘密——數千年來人類文明內化在女性心靈中的黑夜意識。[5]作為詩人，翟永明希望用詩歌來將阿倫特所謂的「熄滅的光」再次點亮，從而引領女性走出她們的黑暗時代，尤其是走出她們內心裏黑暗的深淵。她說：「如果你不是一個囿於現狀的人，你

---

[3]　（美）漢娜・阿倫特：《黑暗時代的人們》，王凌雲譯，江蘇教育出版社，2006年版，第2頁。

[4]　（俄）曼德里施塔姆：《時代的喧囂——曼德里施塔姆文集》，劉文飛譯，雲南人民出版社，1998年版，第111頁。

[5]　黑夜意識是翟永明最著名的詩觀。1985年，她撰寫《黑夜的意識》一文，並作為《女人》組詩的序言。她提出：「一個個人與宇宙的內在意識——我稱之為黑夜意識——使我註定成為女性的思想、信念和情感承擔者，並直接把這種承擔注入一種被我視為意識之最的努力之中。這就是詩。」同時提出了女子氣——女權——女性的女性文學三個層次，呼籲與黑夜意識相契合的「女性」的文學。參閱翟永明：《黑夜的意識》，《磁場與魔方：新潮詩論卷》，北京師範大學出版社，1993年版，第140-143頁。

　　總會找到最適當的語言和形式來顯示每個人身上必然存在的黑夜，並尋找黑夜深處那唯一的寧靜的光明。」[6]

　　翟永明以《女人》組詩及詩論《黑夜的意識》嶄露詩壇，立刻引起了批評界的注意。普拉斯式的大段獨白，充沛的肺活量，深沉獨立的語調和意志，堅貞高蹈的神性皈依和命運轉徙，造就了當時翟永明的寫作姿態。沾染著「朦朧詩」運動的抒情餘緒，和20世紀80年代特有的思想氛圍，翟永明所提出的「黑夜意識」，率先被敏感的批評家們讀解成為向同樣敏感的「性別等級」問題的發難。唐曉渡認為：「作為一個完整的精神歷程的呈現，《女人》事實上致力於創造一個現代東方女性的神話：以反抗命運始，以包容命運終。『黑夜』的真義亦即在此。」[7]翟永明被塑造為一個替女性說話的巾幗英雄、為女性爭取話語空間的拓荒先鋒、一個超級女性—女詩人（唐曉渡語）。按照馬克斯‧韋伯（Max Weber）的說法，她被想像成一位卡里斯瑪式的人物，一位超凡魅力者。「黑夜的意識」似乎一語切中女性命運的要害，「女性詩歌」大有在文學版圖上與它想像中的對手（男性詩歌？）分庭抗禮之勢。山雨欲來風滿樓，翟永明似乎要策劃一場詩界革命？

　　其後的十年間，翟永明的詩作相繼推出：《靜安莊》、《死亡的圖案》、《稱之為一切》、《咖啡館之歌》、《莉莉和瓊》、

6　翟永明：《黑夜的意識》，《磁場與魔方：新潮詩論卷》，前揭，第143頁。詩人在寫於十年後的另一篇文章中再次發人深省地將該句置於結尾處。參閱翟永明：《再談「黑夜意識」和「女性詩歌」》，《詩探索》1995年第1期。

7　唐曉渡：《女性詩歌：從黑夜到白晝》，《詩刊》1987年第2期。唐曉渡是國內最早撰寫有關翟永明詩歌評論文章的學者。他在該文中預言了以翟詩為代表的「女性詩歌」寫作通過「創造黑夜」而進一步從黑夜走向白晝。

《時間美人之歌》……當年的「女性詩歌」掌門人又發表了《再談
「黑夜意識」和「女性詩歌」》一文，用平和的語調檢視了她十年
前「混亂的激情」、「矯飾的語言」和「不成熟的自信」，並辯稱
自己不是一個女權主義者，因此才談論一種可能的「女性」的文
學。[8]希望扯掉這十年來不斷纏繞、束縛在她身上的政治咒符，將
自己從一個虛幻誤讀的女權詩人的光環下抽身而出，還原為一個公
正自然的女性詩人。[9]當年「發現」翟永明的唐曉渡的態度似乎也
發生了同步的調整。當《再》文發表後不久，這位獲益於偉大的試
錯法的批評家，提出了一個自己也無法回答的疑問：誰是翟永明？
他說：「隨著閱讀的深入，那最初看來極為鮮明的翟永明的形象
（無論她自我分裂到什麼程度）也慢慢變得模糊，難以分辨，以至
不時從作品中消失。」[10]當批評家把一度充當「黑夜創造者」的翟
永明扶回「作者」的位置上時，他發現寫作只能為她「創造一個可
供書寫主體永遠消失的空間」（福柯語）。

　　靜觀這十年前後詩人與批評家之間發生的的命名與反命名的事
件，我們驚奇地發現這事件本身就形似一首斯賓塞體商籟詩的開篇
（abab），具有規則的押韻形式，透露出了某種偶然的共謀意味。如
果我們非要在這個偶然中找出什麼必然的東西的話，毋寧說，真正

8　參閱翟永明：《再談「黑夜意識」和「女性詩歌」》，《詩探索》1995年第1期。

9　翟永明說：「無論我們未來寫作的主題是什麼（女權或非女權的），有一
　　點是與男性作家一致的：即我們的寫作是超越社會學和政治範疇的，我們
　　的藝術見解和寫作技巧以及思考方向也是建立在純粹文學意義上的，我們
　　所期待的批評也應該是在這一基礎上的發展和界定。」參閱翟永明：《再
　　談「黑夜意識」和「女性詩歌」》，《詩探索》1995年第1期。

10　唐曉渡：《誰是翟永明？》，《辯難與沉默：當代詩論三重奏》，唐曉渡
　　編，作家出版社，2008年版，第161頁。

導致詩人與批評家相互「押韻」的，是這類充滿症候的能指活動的背後，隱匿著的一套時代的總語法。正因為有後者的存在，文本、作者和批評家只能充當它的摹本（柏拉圖）或注腳（懷特海），這套時代的總語法才是永恆的「斯芬克斯之謎」。由是觀之，從20世紀80年代中期翟永明書寫「黑夜意識」、創作《女人》組詩開始，到90年代以來詩觀和詩風的次第轉變，這一過程中必定包含著她歷久彌新的寫作策略，包含著她顛撲不破的生存智慧。也就是說，在她的作品中，必定包含著若干潛意識裏有意無意發出的假動作。[11]

這種活動在語言層面上的假動作，並非人們通常理解的那種奇技淫巧。在翟永明這裏，它彷彿在烈日下撐開的一把花傘，成為一種自覺而恰切的裝飾。如同女性氣質中的頷首、掩面、欲說還休一樣，這些假動作浸透著一種政治美學，它被時代的總語法暗中授命，推至了翟永明詩歌寫作的最前沿。本文著手收集、甄別和分揀翟永明詩歌中的假動作，揣摩這些假動作的發生學意義，並考察它們的使用價值和交換價值，以及最終消逝的過程。更為重要的是，我們要力圖辨識出這些幾乎被指認為翟永明詩歌特徵的假動作，是如何與時代發生關係、如何聽命於時代總語法的指令和召喚的。重新閱讀翟永明的詩歌成為了必要，並且這同時也可看做一次恭敬的「打假」行動。

在列維—斯特勞斯（Claude Levi-Strauss）分析俄狄浦斯神話的著名文本中，這位富於創造力的人類學大師發明了一種「豎讀法」：他拿管弦樂樂譜做例子，認為一首管弦樂樂曲要有意義，就

---

[11] 這裏的假動作，特指在詩歌寫作技術層面上的一種處理方式，具有維特根斯坦所謂的「語言遊戲」色彩。通過詩歌中抒情主體的務虛動作（本文以視聽感官為例），開闢一條闡釋詩歌作品的可能途徑，以期實現語言與生活，心靈與世界的混融。

必須從左到右、一頁接一頁地沿著一條中心線歷時地去讀；同時要著眼於由寫在豎行裏的音符組成的構成單元，它作為另一條中心線以供我們共時地來閱讀。這就是我們所熟悉的「和聲」。[12] 仰仗列維—斯特勞斯對「豎讀法」爐火純青的應用，這柄誕生於語言學、成熟於人類學的方法論利刃，可以所向披靡地挑開神話、親屬制度以及敘事文學的華麗外衣，直逼其嚴密包裹下的內在質地。如果列氏面對古老的俄狄浦斯神話時，所使用的是一把開山巨斧，那麼，為了配合這次筆端的「打假」行動，也考慮到詩人待人接物上一貫優雅豁達的氣質風度，我們在這裏就為翟永明的詩歌外衣打磨一把精緻鋒利的袖珍匕首吧。況且，「打假」行動實質上就是一場詩學演習，我們眉頭緊鎖、氣勢洶洶、手持利器而來，充其量也不過同樣是一組假動作而已。我們只是暫時遵循著自己的語法來「豎讀」一氣翟永明的詩歌，力圖藉此釐清，我們頭頂上方起統攝作用的時代總語法，如何在詩歌語言中悄然現身。

二

列維—斯特勞斯將神話比擬為樂譜，實際上已經在形式上對其進行分行化，甚至詩歌化。「豎讀法」之於詩歌文本，使初級分行文字得到二次降解，勢必呈現出一種「跳讀法」的幻象。「跳讀」的前提是存在跳板，需要一系列踩踏的物件，找到詩歌中助人涉渡的磚塊。本雅明（Walter Benjamin）曾感歎道：「若干世紀以來，

---

[12] 參閱（法）列維—斯特勞斯：《結構人類學》（第一卷），謝維揚、俞宣孟譯，上海譯文出版社，1995年版，第228頁。

文字經歷了從直立到慢慢躺倒的過程……」[13]如果整個世界的印刷文字都躺倒在機械複製時代的床榻上，那麼我們至少還可以摸索到，平躺的文本身軀上不肯倒伏的器官，即一首詩歌中的那些直立的詞。正是踩踏著這類堅挺、直立的磚塊，我們才能得以施展輕功，以它們為跳板，穿越眼前這片霧氣氤氳的詩歌沼澤。

翟永明早期詩歌（20世紀80年代至90年代初期）確如一片沼澤，因為她以排山倒海的長詩（組詩）面目和冷峻晦澀的遣詞造句令詩界側目；同時，這些作品也更像一片荒原：這裏不僅暗藏著一層在T.S.艾略特（T.S. Eliot）意義上的「世俗社會裏現代人的空虛恐怖感」[14]，而且，翟永明憑藉女性獨特的感受力投入創作，從她本己的生存體驗出發，其詩的荒原屬性乃是她對一干黑暗辭彙的海量運用[15]，這已成為詩界的共識。荒原上終年不生草木、沙塵漫捲、遮天蔽日，這樣的物理環境天然適合黑暗辭彙的生長。這批先行注射了玄學針劑的黑色辭彙，也首當其衝地成為了我們涉渡的磚塊和跳板，將我們帶進翟永明的詩歌帝國：

> 貌似屍體的山巒被黑暗拖曳
> 附近灌木的心跳隱約可聞
>
> （翟永明《女人·預感》）

[13]（德）瓦爾特·本雅明：《本雅明：作品與畫像》，孫冰編，文彙出版社，1999年版，第26頁。

[14]引自1948年瑞典文學院常務秘書安代爾斯·奧斯特爾林致獲得諾貝爾文學獎的T.S.艾略特的授獎詞。

[15]黑暗辭彙指的是翟永明早期詩歌中慣用的諸如黑、黑色、黑暗、黑xx、夜（晚）等辭彙。

洪水般湧來黑蜘蛛

在骨色的不孕之地，最後的

一隻手還在冷靜地等待

（翟永明《女人・臆想》）

黑貓跑過去使光破碎

（翟永明《女人・夜境》）

黑色漩渦正在茫茫無邊

（翟永明《女人・旋轉》）[16]

這是翟永明在《女人》組詩中營造出的、立體而動態的時空場景，一幕幕接近於遠古洪荒時代的光學特寫。在領略了沼澤狀的語詞特質和荒原般的冷峻格調之後，我們徒增了第三種觀感，即一種洞穴式的生存體驗。柏拉圖（Plato）在《理想國》中提出著名的「洞穴隱喻」來暗諷人類的生存處境，我們所理解的世界，只不過是洞穴中事物的影子罷了。洞穴中的唯一色調就是黑色，而洞穴中發生的頭號動作就是看：看世界，即看洞穴裏事物的影子。翟永明說：「整個宇宙充滿我的眼睛」（翟永明《女人・臆想》）。詩人希望通過她的眼睛——確切地說是用她臆想中可穿透精神世界的第三隻眼——來目睹這方她置身其中的、充滿黑暗的洞穴和洞穴中的幻象：

---

[16] 本文引用的翟永明作品均出自她的個人詩集《女人》，作家出版社，2008年版。

　　穿黑裙的女人黃夜而來
　　她秘密的一瞥使我精疲力竭

（翟永明《女人·預感》）

　　這是《女人》組詩的開頭一句，也是詩人率先在洞穴中看到的一幕。由於那個在夜色中浮現的、穿黑裙的無名女神「秘密的一瞥」，抒情主人公「我」彷彿因此獲得了神啟，意志世界發生了激烈地交鋒，使「我」迅速地「精疲力竭」。這場發生在預感中的象徵交換，讓獲得神啟的「我」從內到外沾染上了黑色氣質。以耗費心神為代價，「我」從現實層面躍遷到想像層面。詩人說：「白晝曾是我身上的一部分，現在被取走」（翟永明《女人·生命》）。翟永明在用詩化的句子簡短陳述一部女性被凌辱與被損害的歷史。取走了白晝即意味著女性被驅逐出諸如理想國、太陽城這樣的黃金樂土，墜入了黑暗的深淵和洞穴，開始了她們悲慘的受難歷程。但勇敢的詩人在為女性爭取主動權：「女性的真正力量就在於既對抗自身命運的暴戾，又服從內中心召喚的真實，並在充滿矛盾的二者之間建立起黑夜的意識。」[17]「我」的黑夜意識正是基於這兩項必要條件建立起來的，「因此，我創造黑夜使人類倖免於難」（翟永明《女人·世界》）。「我」開始主動投身並創造黑暗，讓它成為女性的僕從。詩人通過製造一個屬於自己的內在洞穴來制衡、抵消外部洞穴的嚴峻和殘酷：

---

[17]　翟永明：《黑夜的意識》，《磁場與魔方：新潮詩論卷》，前揭，第140-141頁。

猶如盲者，因此我在大白天看見黑夜

（翟永明《女人‧預感》）

　　「我」終於變成了一位「盲者」。如博爾赫斯所言，「我」獲得了「另一個世界」，一個內在的洞穴，一個積極意義上的黑暗世界。而「我」成功獲得這一黑暗世界的唯一秘訣在於，翟永明讓她的抒情主人公閉上眼睛，成為一位偽盲者，借此來製造個體的內在洞穴，並用它來抗衡她所存身的外部洞穴。[18]這便涉及到翟永明詩歌寫作中的一個典型的假動作：閉目。張檸最早注意到了翟永明詩歌的這一特徵，認為「她在『視覺佔有』的行為面前最終是一個逃亡者。」[19]拒絕佔有並非拱手相讓，如同「我」閉上眼睛但並非僅「對每天的屠殺視而不見」（翟永明《女人‧生命》）。翟永明在這項絕技中失去了「視覺佔有」的鎖鏈，得到了整個世界。在這個世界裏，「大腦中反覆重疊的事物／比看得見的一切更長久」（翟永明《盲人按摩師的幾種方式》）；在這個世界裏，「我的眼神一度成為琥珀」（翟永明《女人‧證明》），也同時諳熟「夜使我們學會忍受或是享受」（翟永明《女人‧人生》）。

　　在《女人》組詩中，翟永明像她塑造的抒情主人公一樣，也出色地扮演著一位盲者。她閉上眼睛，深呼吸，讓眼前的黑暗帶給她久違的平靜和思索的空間。「炎熱使我閉上眼睛等待再一次風暴」（翟永明《女人‧秋天》）。這個意味深長的假動作為詩人提供了

---

[18]　詩人在十年後依然強調這種抗爭性：「我稱之為『黑夜意識』的正是一種來自內心的個人掙扎，以及對『女性價值』的形而上的極端的抗爭。」參閱翟永明：《再談「黑夜意識」和「女性詩歌」》，《詩探索》1995年第1期。

[19]　張檸：《飛翔的蝙蝠——翟永明論》，《詩探索》1999年第1期。

一片緩衝地帶、一個中繼站、一張午睡的床。作為女性的「我」，並不想就此在這個個體的內在洞穴裏避難，「躲進小樓成一統」，由昏睡入死滅，而是希望在這個假動作的庇護下有所創造：

> 當我雙手交叉，黑暗就降臨此地
> 即刻有夢，來敗壞我的年齡
>
> （翟永明《女人‧證明》）

夢，就是「我」在借助閉目這一假動作，營造個體的內在洞穴時獲得的副產品，是在「我」成為偽盲者之後受孕於黑暗而誕生的驕子。夢在黑暗中的誕生足以對抗時間的暴政，將「我」流逝的年齡橫加敗壞，從而打破慣常的外部時間秩序，建立起個體的內在洞穴時間體系，即時間的靜止。這種無時間感正應和了黑暗洞穴的本質特徵，也是夢的一枚重要標籤。夢開始從一個時間的橫截面上緩緩飄出。「夢顯得若有所知，從自己的眼睛裏／我看到了忘記開花的時辰」（翟永明《女人‧預感》）。

因黑暗而選擇閉目，因閉目而獲得黑暗，這便是翟永明在實施假動作時所遵循的邏輯。適時的閉目暫時取消了一位女性在現實世界面前，目睹的一切血淋淋的不義、掠奪和兇殘，一切「自身命運的暴戾」。在隔絕了外部的消極黑夜之後，相應的迎來了屬於女性自身的積極黑夜的降臨。這並非自欺欺人的愚昧邏輯，而是苦中作樂的靈魂遊戲。在這裏，兒時趣味盎然的遊戲行為變成成人自慰式的假動作，假動作的實施正是繼續踐行這一公平的遊戲規則，當假動作發出，「夜還是白晝？全都一樣」（翟永明《女人‧旋轉》）。翟永明投身於這個積極黑夜，利用假動作來劃出一條

兒時遊戲的延長線，來創造一個詩人的白日夢。佛洛德（Sigmund Freud）認為：「成人創造一種虛幻的世界來代替原先的遊戲，他創造的是一種空中樓閣或我們稱之為『白日夢』的東西。」[20]翟永明用詩歌和詩歌中埋伏的假動作締造了這樣一個白日夢，在白日夢裏自由地進行自我抒寫，以隱喻和暗語與內在黑夜相互交流，「服從內中心召喚的真實」。進而在這種既對抗又服從的矛盾體系中支撐起她所謂的「黑夜的意識」。

三

翟永明在殘酷暴戾的現實面前選擇閉目這一假動作，用語言編織了一個虛幻的個體內在洞穴，並自覺地與洞穴裏獨有的積極黑暗齊心協力，和盤托出了將抵抗與服從熔於一爐的白日夢。這就是閉目這一翟永明式假動作的使用價值和基本功能，也是它所意指的全部詩學內涵。儘管這一假動作中充滿了絕望的色彩，但未必不會帶來驚喜的發現。閉目假動作讓視覺駛入黑夜，將眼球歸零到鴻蒙初辟的起點。然而，恰如一位盲人終年生活於黑暗的環境，卻擁有異常發達的聽覺一樣，閉目假動作使得「我」的聽覺系統馬力強勁，聽力空前活躍。《靜安莊》組詩的問世，讓翟永明在《女人》中吟唱過「黑夜中的素歌」之後，轉而成就她炮製出了一席「聽覺的盛宴」：

20　（奧）佛洛德：《詩人的白日夢》，《性學與愛情心理學》，羅生譯，百花洲文藝出版社，1997年版，第125頁。

我來到這裏，聽見雙魚星的噪叫
又聽見敏感的夜抖動不已

（翟永明《靜安莊‧第一月》）

我的腳　聽從地下的聲音
讓我到達沉默的深度

（翟永明《靜安莊‧第二月》）

我在想：怎樣才能進入
這時鴉雀無聲的村莊

（翟永明《靜安莊‧第二月》）

在水一方，有很怪的樹輕輕冷笑

（翟永明《靜安莊‧第五月》）

在它們生長之前，聽見土地嘶嘶的
掙扎聲，像可怕的胎動

（翟永明《靜安莊‧第十月》）

耳聽此時出生的
古老喉音，肋骨隱隱作痛

（翟永明《靜安莊‧第十二月》）

　　在《靜安莊》中，像這樣摹寫聲音的詩句比比皆是。對可視世
界的棄絕轉而讓抒情主人公「我」盡享聽覺盛宴，翟永明式假動作

在這種意義上實現了它的交換價值。閉目未必塞聽，相反而是助聽、暢聽甚至是幻聽。《靜安莊》不但暗示著詩人採取閉目假動作之後聽覺的全面重啟和復甦，更重要的是，詩人在遮罩了外部視覺圖像的干擾之後，習得了一種清晰分辨宇宙萬籟的特異功能。這種特異功能是在靜安莊這個「鴉雀無聲的村莊」中得以施展威力的：「我走來，聲音概不由己／它把我安排在朝南的廂房」（翟永明《靜安莊・第一月》）。從故事一開始，「我」就聽從一個聲音的召喚姍姍前來，駐紮在靜安莊。敏感的聽覺讓「我」讀透了蘊藏在各類聲音中的靈魂和命運。相對於外部世界「越來越高的世紀的喧囂」（曼德里施塔姆語），「我」偏偏在這座村莊裏聽到「雙魚星的嗥叫」，聽到「樹的冷笑」，聽到「土地嘶嘶的掙扎聲」，聽到「地下的聲音」……「我」可以聽到從村莊各個角落發出的、隱密怪異的聲音。從天空到地下，從現世到亡靈，這些聲音融貫著自然、歷史和潛意識，變得綿延深廣，無處不在。靜安莊的聲學現場圍繞著「我」的個體經驗敞開：

> 是我把有毒的聲音送入這個地帶嗎？
> 我十九，一無所知，本質上僅僅是女人
> 但從我身上能聽見直率的嗥叫
> 誰能料到我會發育成一種疾病？
>
> （翟永明《靜安莊・第九月》）

在這裏，「我」蠢蠢欲動的青春期與古老衰朽的靜安莊不期而遇，「我」的「有毒的聲音」和「直率的嗥叫」與「鴉雀無聲的村莊」形成了尖銳的對立，這是新與舊在暗地裏進行的奇怪交鋒。交

鋒所產生的電光火石，在閉目但暢聽的「我」這裏，全部轉化為各種形式的音響符號，被「我」一一收藏。靜安莊是詩人年輕時代留下深刻成長傷痕的地方，「我十九，一無所知，本質上僅僅是女人」，這是抒情主人公抵達靜安莊時對年齡、閱歷和性別意識簡單而徹底的交代，她等同於詩人柏樺所謂的「無辜的使者」（柏樺《往事》）：一位出使靜安莊這座古老村落的年輕使節，帶著她那個年齡裏唯一的資本、一雙緊閉的雙眼和一對善於捕捉聲音的耳朵。「第一次來我就趕上漆黑的日子」（翟永明《靜安莊·第一月》），既有生不逢時之感慨，又為閉目假動作搭橋。

「內心傷口與他們的肉眼練成一線／怎樣才能進入靜安莊？」（翟永明《靜安莊·第二月》）從「我」與靜安莊的關係來看，它更接近於卡夫卡（Franz Kafka）筆下的土地測量員K之於城堡的關係，在絕對荒誕的時代被「安頓」在靜安莊，卻無法真正被靜安莊接納。而當「我無意中走進這個村莊／無意中看見你，我感到／一種來自內部的摧殘將誕生」（翟永明《靜安莊·第十一月》），「我」在忍受這座「鴉雀無聲的村莊」的摧殘和折磨，對聲音出奇敏感的「我」只能幻想著聽到，自己身上發出「直率的嗥叫」來負隅頑抗。更殘忍的是，靜安莊最終扮演了城堡的角色，宣判了「我」的罪狀：「把有毒的聲音送入這個地帶」，「我會發育成一種疾病」。「我」對靜安莊來說是一個異己分子，和它的鴉雀無聲相比我太不安靜，太躁動不安，太格格不入了。「風蕭蕭而過，我關閉目光／因為內心萌起縱火的惡念／很靜、很長的一瞬間／不動聲色……」（翟永明《靜安莊·第十一月》）。在閉目假動作的掩護下，「我」啟動了最敏感發達的聽覺，我在靜安莊聽到的一切聲響，都聽從「我」內心波動的調度一同起伏。「我」

不動聲色，而這些聲音成為「我」此時獨有的言語方式的外化，在大多數情況下，代替「我」奏響內心的哀鳴。「我」被鴉雀無聲的靜安莊「治罪」，卻傭兵十萬，奪取了一場聲學戰役的偉大勝利。

從整體上看，《靜安莊》裏駁雜的聲音譜系，實際上在圍繞著一個處於核心位置的獨白聲音展開：「我十九，一無所知，本質上僅僅是女人」。十九歲的女人是一個沉默的音符，是一張白紙，是蘇珊・格巴（Susan Gubar）所謂的「空白之頁」。長期以來，女人在父權制的統治下象徵性地被定義成一片混沌、一個缺位、一個否定、一塊空白。女人被認為是一種待書寫的材料，一塊待開墾的土地。女人初夜身下染有血跡的雪白床單，理所應當地被裝裱起來供人觀瞻，因為這符合這個特定時代的語法：女人成為了人們希望成為的樣子。當一塊神秘的、一塵不染的空白床單的悄然問世，卻顛覆了這一切既定的秩序：「空白不再是純潔無暇的被動的符號，而成了神秘而富有潛能的抵抗行為……（這種）抵抗行為意味著一種自我表現，因為她通過不去書寫人們希望她書寫的東西宣告了自己。換句話說，不被書寫就是一種新的女性書寫狀況。」[21]「我」正是處在這個充滿了空白想像的年齡：被外界想像也被自我想像。靜安莊以古老猙獰的面孔，力圖鴉雀無聲地書寫「我」的空白；而「我」渴望摒除外力而進行自我書寫。在拼命的抵擋和抗拒過程中，「我」慌忙迅速地急於認清自我，卻只能聽到四處氾濫的聲音，這一幻聽現象使「我」最終「發育成一種疾病」。病態的

---

[21] （美）蘇珊・格巴：《「空白之頁」與女性創造力問題》，《當代女性主義文學批評》，張京媛主編，北京大學出版社，1992年版，第177-178頁。

「我」的形象更找到了實施假動作的充足理由。因此，《靜安莊》
誕生於「我」在《女人》中所施展的閉目假動作的巨大背影裏，
《女人》成為《靜安莊》的邏輯前提。

就像當初「我」在荒誕中前來，現在又面臨無原因的離去。度
過了驚心動魄的十二個月份的「我」，「如今已到離開靜安莊的時
候」（翟永明《靜安莊‧第十二月》）。也許是接受了靜安莊沉默
的審判，「我」被遠遠放逐。「距離是所有事物的中心／在地面
上，我仍是異鄉的孤身人」（翟永明《靜安莊‧第十二月》）。也
許「我」歸根到底擺脫不了一個過客的命運，就像魯迅作品中那個
從記事時候起就一直趕路的過客那樣，受一個聲音的催促，不停地
趕路。[22]在這兩個同樣對聲音患有強迫症的過客身上，我們發現了
他們之間的差異：魯迅所塑造的過客是一位男性，他可以孑然一
身，從生到死，一意孤行，去追求一個美麗的理想國或太陽城；而
《靜安莊》裏的「我」是一位女性，她從一開始就被開除出那片黃
金樂土，拋入黑暗的深淵──這似乎也是詩人的原罪。她擺脫不掉
命運本然的悖謬感，她既倔強又脆弱，既爭取自尊又忍受屈辱，既
想開口說話又難免歸於沉默。這是女人天生無法克服的窘境。對於
這樣一個女性過客，她的下場可以用翟永明多年後的一首詩的題目
概括為：終於使我周轉不靈。[23]

---

[22]　參閱魯迅：《過客》，《魯迅全集》（第2卷），人民文學出版社，1981年
　　　版，第193-199頁。
[23]　該詩創作於1999年。

四

　　翟永明似乎勾畫出了人被拋入世界上之後必然迎來的一種狀態。距離是所有事物的中心，人類永遠在路上。即使是假動作，也不可能一勞永逸，徹底療救命運中必然的病態成分。因為人永遠成不了神，我們始終存在著生存的界限。《女人》中的主人公因閉上雙眼而駛進黑夜，像蝙蝠一樣成為夜的使者，勘測女性靈魂的底色。在遨遊了整個黑夜王國之後，「我」做出了一個意味深長的驚人之舉：「現在我睜開嶄新的眼睛／並對天長歎：完成之後又怎樣？」（翟永明《女人・結束》）

　　是怎樣的勇氣使「我」決定睜開眼睛？閉目一直是「我」入世的姿態，「我」通過這一假動作炮製了一個人造的黑夜，並在其中重新打量自我。如今睜開了眼睛，這顯然是對「我」與時代簽署的假動作契約的單方面撕毀，是對假動作的使用價值和交換價值的否定，是對假動作的出賣，是一個貨真價實的真動作！翟永明心裏藏著一個疑問句：「完成以後又怎樣？」這頗似丹尼爾・貝爾（Daniel Bell）關於「真正的問題都出現在革命勝利後的第二天」的論斷。她讓她筆下的抒情主人公睜開眼睛來問這個問題，因為「我」不願陶醉在自己編織的幾近完美的假動作當中。為了窮極事物的真相，努力找到一個答案，「我」情願掙脫假動作的紙枷鎖。《靜安莊》中的聽覺盛宴和沉默審判加速了假動作的破產，「我」終於發現了自己的病態和永恆的困窘，假動作所帶來的一切終於使我周轉不靈。這或許正回答了「完成之後又怎樣」這個疑問。

　　從《女人》到《靜安莊》，從「完成之後又怎樣」到「終於使我周轉不靈」，是時代總語法的穩步推演，是邏輯學的大獲全勝，是歷史書裏一個美麗而蒼涼的手勢，卻是一個女人的一生。雖然靜安莊裏的「我」不過十九歲，但她和斯嘉麗一樣，這位《亂世佳人》的主人公，在影片結尾時站在黃昏中的山崗上，雖然她依然年輕，但好像經歷了太多。「我」就在十九歲時瞥見了自己完整的一生，頓悟了所有女人的命運。「誰此時沒有房子，就不必建造，／誰此時孤獨，就永遠孤獨」（里爾克《秋日》）。翟永明站在靜安莊的山崗上迎來自己創作上的一個嶄新黎明，儘管據傅雷先生的估計，真正的光明絕不是沒有黑暗的時間，只是永遠不被黑暗所遮蔽罷了[24]，然而翟永明更寧願相信存在「黑夜深處那唯一的冷靜的光明」。這是她在拋棄了假動作之後，在與時代互敬互諒、盡釋前嫌之後，潛心修煉之所在。「我」決定睜開眼睛，用自己獨立的眼睛去看清世界。

　　在另一首長詩《顏色中的顏色》中，翟永明展示了試圖睜眼的努力，儘管它依然身著玄思的外衣。經過長久閉目神游、並施展假動作與時代抗衡的「我」，由於在黑暗裏度過了太多的時日，瞳孔鬆弛地張開了，眼球對光線的敏感度倍加提升，因此，哪怕從試圖睜開的眼睛的縫隙裏鑽進來的些許光線，都會令「我」感到異常的明亮和刺激。《顏色中的顏色》就是一次在久違的光線沐浴下的官能調適和舒展。我迫不及待地睜開雙眼，外界的光線一下子全部傾瀉進「我」的眼睛裏，本能地造成瞳孔急劇縮小，稚嫩的視網膜上

---

[24]　參閱（法）羅曼・羅蘭（Romain Rolland）：《約翰・克里斯朵夫》（第1卷），傅雷譯，人民文學出版社，1980年版。第1頁。

只能留下白花花的一片光斑，造成了短暫的「失明」。雖然同屬於眼睛的病態，這時的短暫「失明」不同於此前的閉目假動作，後者將「我」帶入人造的黑夜，而前者製造了一幅有大量白色堆積的太虛幻境。因之，詩中此起彼伏的哲思玄想便不足為奇了。

　　大象無形的白色隱藏在任何顏色中，它參與了各種顏色的生成，也可以從任何顏色中取走，因此白色堪稱「顏色中的顏色」。詩人決定讓她的抒情主人公試圖睜開眼睛，書寫「我」所看到的事物，然而此時「我」只看到了白色。本詩即是對白色的共時遐想，是拋棄假動作庇護後的另一個白日夢：

　　　「白色日益成為——」你說
　　　——「我色彩的靈魂」你說過

　　　　　　　　　　　　　　　（翟永明《顏色中的顏色》）

　　從《顏色中的顏色》開始，翟永明正式啟用眼睛的日常功能，除了剛剛睜眼後需要面對的大量氾濫的白色之外[25]，進入詩人視線的另一個重要的辭彙就是人稱代詞「你」的出現。相似的轉變也出現在《壁虎與我》、《肖像》和《迷途的女人》等作品中。詩人把目光從「我」自己身上稍稍移開，開始打量眼前的對話者，開始關注人間事務和瑣屑的世俗生活。這一切轉變都陸續體現在她20世紀90年代以來的詩歌創作中，但此時只是一個投向現世的眼神而已，它將作為一個信號，預示著翟永明正在走向詩歌寫作的改良時代。在這個改良時代裏，詩人的視野中將有更多的新面孔出現，不

---

[25]　據粗略統計，《顏色中的顏色》中涉及到「白色」的辭彙達42處之多。

但出現了「你」，而且還出現了「他（們）」或「她（們）」，甚至可以說，詩人實際走進的是一個「他（她）」時代，一個主觀獨白全面隱退、雜語共生廣泛登陸的時代。這或許是一種更好地與時代總語法進行對話的形式。《咖啡館之歌》、《盲人按摩師的幾種方式》、《時間美人之歌》、《編織和行為之歌》、《去面對一個電話》、《小酒館的現場主題》等作品就在這個更為廣闊的寫作空間裏相繼誕生。翟永明不但收起了早期詩作中頻頻出現的假動作，睜開眼睛去看這個世界，而且要看個明白，看個真切。詩人在這個「他（她）」時代中獲得了新的經驗和見識，逐漸找到了新的表達方式和新的語言，這正是我們在她其後的詩作中有目共睹的。

五

　　翟永明的個人詩歌創作史，是一部從閉目到睜眼的漫長革命史，一部假動作的消亡史。她的作品是不斷敞開的，從單極的黑夜中的獨白到多極的「他（她）」時代的對話與速寫，體現了一位對技藝精益求精的詩人的成長過程。假動作的使用價值和交換價值一度造就了一個翟永明的詩歌神話，但永遠不會成為詩人的完成時態，她終究是一個履歷卓然的過客；所向披靡的「跳讀法」在分辨假動作上功不可沒，但最終因為找不到當初的沼澤而宣告擱淺，演出了一幕刻舟求劍的荒誕劇。就像翟永明在《潛水艇的悲傷》中寫道的那樣：「現在我已造好潛水艇／可是水在哪兒」？

　　潛水艇與水的關係或許可以揭示出，一個詩人的語言方式與時代總語法的關係吧。所有的書寫都是在時代語法的逼視下進行的，就像潛水艇必須停留在一片廣大的水域才能成為自身。潛水艇與水

有三種可能的位置關係：沉潛到水下、飄浮在水面或擱置在岸邊。由此，寫作與時代的關係也可以分別理解為深入時代核心的寫作、蕩漾在時代表層的寫作和脫離時代的寫作。深入時代核心的寫作就好比穩穩行駛在平靜水底的潛水艇，它諳悉時代的總語法，具有波瀾不驚的寫作姿態，全方位與時代嚴密契合，與時代融為一體；蕩漾在時代表層的寫作如同飄浮在水面的潛水艇，因受制於變換的風向、奔湧的激浪和凡塵的喧囂而全身顫慄不安，它迫不及待地受命於時代的表層語法，卻往往逃脫不了周轉不靈的命運；脫離時代的寫作並非與時代毫無瓜葛，它至少比擱淺在岸邊的潛水艇更類似於一座碩大無朋的精緻墓園，一個黑暗的洞穴，一件充滿能指卻懸置靈魂的瓷器，類似於努力燃燒後的灰燼或缺乏羊水的胚胎。

「現在我必須造水」（翟永明《潛水艇的悲傷》）。翟永明宣告了她寫作的及物性，著手開發可供自己的潛水艇縱橫馳騁的水域。因此，從《女人》、《靜安莊》到《咖啡館之歌》、《時間美人之歌》，詩人正經歷著操練自己的潛水艇逐步挪向岸邊，直至下水啟航的全部過程。那麼在下水之前的緩慢程式，可權當視作一艘潛水艇在真正實現自我完成前所必然做出的假動作，因此它必然會經歷著從擱置岸邊、蕩漾水面到最後沉潛水下這三個階段。潛水艇生來就該下水，投入水下另一片黑暗，這卻是與此前決然不同的黑暗，一種可將其融為一體的黑暗，那也是詩人必須忍受住的、詞的黑暗。

翟永明先後依靠施展假動作和拋棄假動作推進了個人詩學的逐步完臻。一個寫作者意欲追求一種深入時代核心的寫作，對此前的艱苦歷練似乎是必不可少的。因此我們就要充分地理解一套假動作之於時代的特殊含義。在某種意義上，它是一種政治美學；在更高

的意義上，它是一種倫理學。「一點靈犀使我傾心注視黑夜的方向」（翟永明《女人·結束》），翟永明的寫作正朝那裏走去。

2009年5月，北京魏公村

刀可道
——《時間裏面的刀》閱讀劄記

一段史前史

　　明嘉靖二十四年，王陽明的朝中弟子路迎出任兵部尚書。據《路氏族譜》記載，此公被譽為「汶上四尚書」之一，更被推為「善政中第一人」，八十歲駕鶴歸西時，天子曾親自過問祭事。貴州畢節的路氏子嗣也因貢獻過翰林這樣的不凡角色而聞達鄉里，享受著亭台樓榭、雕樑畫棟般的外省生活。路家在靜止的鄉土社會裏成長起來的倒數第三代家長，沒能捱過西元1957年的批鬥，下葬時禁止使用棺木入殮，只能用草席匆匆捲走這個家族漫長煊赫的歷史。地主的女兒路蓮禧繼承的唯一遺產，是一個不掛憂傷的普通人的名字，她在中國的奧運年辭世，生前在他兒子身上打斷過三根雞毛撣子。

　　正當貴州畢節的路家在封妻蔭子的榮耀中安閒度日的時候，廣東梅州大埔縣城的饒員外終於為自己面相醜陋的女兒釣得金龜婿，姑爺是饒家的私塾先生、前河南光山知縣、康熙二十七年進士楊之徐。饒氏過門後，奇蹟般三度六月懷胎，所生三子相繼進士及第，皆被擢為翰林。楊饒二人齊心協力，不但通過了夫妻忠誠度的痛苦

考驗，而且成為了「一腹三翰林」的光榮雙親。現實總喜歡給歷史拆臺，其後楊家竟也出過買兒買房去闖蕩南洋的不肖子。解放後，頭上插過稻草的翰林後代楊國權奔赴路翰林的家鄉支援火熱的「三線」建設，並娶路蓮禧為妻，於1963年產下一子，延續著兩家翰林的血脈。[1]關於這件事，楊展華在2007年投入創作的個人自傳史詩《時間裏面的刀》中寫道：「他的名字刻上了白骨先人的墓碑／發黃的族譜多了一絲耀祖的希望／家族的生死也從此相連」。

這個戰勝過三根雞毛撢子、把自己稱為刀的硬漢，在剛出生不久，一度因缺少奶水而無力支撐起幼小的身體，後又因身在馬來西亞的祖父幾經周折傾囊相助，才喝上了大量奶粉。賣過兒子的老人倒救活了自己孫子的命，靠走私貨幣買來的奶粉讓刀活到了現在。他當過兵，復員後換過十幾種工作，到過中國的很多地方，結交了不少朋友。他右手賺錢，左手寫詩，間歇作畫，嚐盡「被親人在商業中丟棄的辛酸」（《刀在1966》）[2]，半生遊走在謀稻粱的旅途上。同米蘭·昆德拉（Milan Kundera）把人與世界的關係比喻為蝸牛和它背上的殼的關係一樣，刀把最初給養自己的母腹稱為「肉的一個人的宇宙」（《刀在1963》）。如今，他停駐在北京的一家餐館，抽空在大廳一角擺弄文字，像一隻艱苦爬行的蝸牛找到了一隻寄居的殼，發現了一個人的宇宙，一個生命的新起點。

---

[1]　上述史實請參閱張後對刀的訪談錄：《時間裏的刀是一把什麼樣的刀》，《中國藝術批評論壇》，http://www.zgyspp.com/bbs/dispbbs. asp?boardID=32&ID=10115&page=1，2009年8月10日檢索。

[2]　《時間裏面的刀》是按年代次序創作的大型組詩，每一組（或幾組）作品均以諸如「刀在1966」這樣的小標題來命名，以此類推。為方便起見，凡引用該組詩中的詩句，本文只在引文後注明該組詩的小標題，並省略作者名。下同。

「我是一個偷偷混進列車的旅客，我在坐席上睡著了，查票員搖醒我，『請出示你的票！』我必須承認我沒有車票，身上也沒有錢可以立即補足這筆旅費……我只有扭轉局勢才能拯救自己，所以我向他透露了一點情況：我身負著重大而又秘密的使命，事關法國，甚至整個人類，我必須到第戎去一趟。」[3] 說謊者薩特（Jean-Paul Sartre）在他7歲的時候，膽大妄為地給自己「一個人的宇宙」找到了一個阿基米德支點。這個自稱沒有超我的存在主義者，過早地認識到了一種叫做命運的東西：人來到世上，如同被偶然地拋入一列疾行的列車，成為無票的旅客，那個急中生智捏造出來的「重大而又秘密的使命」，成為一塊欺騙所有人（包括薩特本人）的有效王牌。命運像一個黑洞，通常的因果律和目的論在它面前黯然失效。一切都變得模糊起來，令人撲朔迷離、難於解釋。或許真像普羅提諾（Plotinos）所描述的那樣，宇宙的生成、事物之間的關係均是一個流溢的過程。正是這種一刻不止的流溢，促成了刻錄在一個民族肌體或個人肉身上的時間性的生成。這種史詩感的湧動，讓生命獲得一個可辨識的長度，從那個無法確知的神秘源頭溢出的流體，在不斷充滿著我們的身體和意識，推動著我們的降生，並面向擺在我們眼前的這個世界從容前行。在刀的個人史詩中，我們能清楚地看到這個過程：

> 秋天裏的八月，他血淋淋滑進
> 世人暫住而且要證的世界

---

[3]　（法）讓—保羅・薩特：《詞語》，潘培慶譯，三聯書店，1989年版，第77-78頁。

　　從此，陰兒成了嬰兒

（《刀在1963》）

　　刀也像薩特那樣，給自己的降生一個荒誕而嚴肅的理由。如果薩特是被拋入了一輛開往第戎的列車的話，那麼刀就是「血淋淋滑進」他存身的世界。前者的出場可以依靠如「上帝之手」一類的超驗力量來解釋，晚年牛頓曾深深為此著迷；後者誕生於「秋天裏的八月」，這個時間介面是令當事人百般懷疑的，而就目前來講，它卻是唯一可解的來處。臨盆，就像順著傾斜的時光隧道滑行而出，刀需要鳴謝的，除了放之四海而皆準的地球引力之外，似乎還有周身血液的潤滑和證明作用。他塗滿了上一代人的鮮血來這個「暫住而且要證的世界」報到，紅色讓剛剛降生的刀成為了這個國度的合法屬民，並且時刻被告誡不要忘記佩戴這種天然保護色，因為他和身邊的所有人正沐浴在這片血和火的光芒之中。就像刀早在4歲時就隱約意識到，「沒見過外公的孫子，從小／都有一個高高在上的公公／都有一顆紅亮的心」（《刀在1967》）。刀從「肉的一個人的宇宙」降生到「世人暫住而且要證的世界」，以母體為界，完成了從內部世界到外部世界的空間轉換，也完成了從「陰兒」到「嬰兒」的身份轉化。由前鼻音的yin（陰）變為後鼻音的ying（嬰），語音先於生理獲得了一次完善的發育，詩歌則堅守在產道門口，待那顆幼嫩的頭顱一經鑽出，便迅速敞開那塊先行縫製好的語言繈褓。

美麗壞世界

　　中外文學史上總是記載著些奇怪的現象：薩特的自傳只從出生
寫到十歲（《詞語》），沈從文比他好些，延長到了二十歲（《從
文自傳》），即便是這樣，和傳主們一生顛簸漫長的履歷相比，終
止在這樣的年齡實在是顯得太過年輕。精神分析學家們則持反對意
見，他們尤為重視那些發生在患者孩童時代的早期經驗，依靠這些
經驗來解釋患者行為中呈現的諸多怪誕之舉和疑難雜症。有趣的
是，一些古生物學家同佛洛德（Sigmund Freud）的門徒採取了相似
的立場。他們甚至認為，一旦獲得一種未知動物的頭骨化石，就可
以掌握該動物全身上下的骨骼構造，繪製出它的大體輪廓。因為
動物的一塊頭骨化石好比它體內的DNA一樣，已經包含了該動物
在生物學方面的全部資訊。刀的個人史詩依然以出生之日為寫作起
點，迄今已寫到了九歲的光景[4]，就像從母腹中率先探出的嬰兒的
頭顱，實際已為讀者貢獻了一座縮微而完備的資訊庫。據一位現代
生物學家推算，比起地球上有機生命的歷史來，人類區區五萬年的
歷史不過像一天二十四小時中的最後兩秒鐘。按這個比例，文明的
歷史只占最後一小時的最後一秒的最後五分之一。[5] 由是觀之，一

---

[4]　截至筆者寫作該文之時，刀已創作出個人史詩的最新一節《刀在1976》（詳
　　見作者博客：http://blog.sina.com.cn/s/blog_557585750100dwux.html，2009年
　　8月10檢索），但筆者依舊遵照《時間裏面的刀》出版時包含的時間跨度
　　（1963-1972），特此說明。

[5]　參閱（德）瓦爾特・本雅明：《歷史哲學論綱》，《啟迪：本雅明文選》，
　　（德）阿倫特編，張旭東、王斑譯，三聯書店，2008年版，第275-276頁。

個人年齡的長幼似乎不再是一個問題，時間的秘密或許正藏在一個細小的褶皺中，而不是它龐大的整體。儘管新生的嬰兒還在繼續努力地全身而出，刀的史詩寫作還在一點點地推進，在我們看來，誰看見了現在，誰就看見了一切，九歲的刀就是九十歲的刀，眼前發生的就已足夠。當獲得了大量奶粉補給而終於學會站立後，「開襠褲中的刀，邁走兩歲的路／他哪知這腳板和地面印成的路／一旦開了頭，也就沒尾沒頭了」（《刀在1965》）。

　　直立行走是人類從猿到人進化過程中決定性的一步，對慢慢長大的刀來說，這是一次幼年期的「成人儀式」，是一次革命意味十足的肢體宣言，它宣告了刀開始在「生理身體」之上側生出了一個「交往身體」，從而刀的身體成為了二者的結合。[6]比起爬行時代的平行姿態，直立行走讓刀作為一個完整的個體而獲得了一種宗教極性：讓頭顱朝向天國，讓雙腳嵌入人間。它構成了一種交流模式，讓刀正式與天地，與「從此站起來」的國家和人民建立聯繫，在三維的社會空間中具有了自覺的行為能力，也帶給他更多「成長的煩惱」：「能一個人走路後，總想一個人遠離黑暗／他害怕外婆那太多房子的不愛開燈的家／害怕大人們在白天也像夜裏的堂屋中圍攏火爐」（《刀在1965》）。也就是說，直立行走意味著年幼的刀要從頭到腳接收人間的資訊，遭受艱難時世的拍打，不但有上半身「反醫學地失眠，幻想，緊張」，還擔心下半身「開襠褲中的雞雞／幸好沒被沒人性不設

---

[6]　美國學者約翰·奧尼爾（John O'Neil）認為，生理身體即肉體，它和其他客體一樣包圍在我們的周圍，能被撞擊、敲打、碾碎，進而被摧毀；而交往身體是人類進入社會生活的身體形態，它是人類世界、歷史、文化和政治經濟的總的媒介。兩種身體不可分離，共存於個體中。參閱（美）約翰·奧尼爾：《身體形態：現代社會的五種身體》，張旭春譯，春風文藝出版社，1999年版，第3頁。

防的開襠褲瀆職」（《刀在1965》），甚至「在愛勞動地幫大人送
搓衣板時，他的右小臂／撲上火爐，燙出了一生的烙印」（《刀在
1967》）。我們必須承認，一批批和刀一樣純潔而脆弱的孩子們降
生在一個壞世界當中，就在刀的手臂留下「一生的烙印」的年頭，
更多「沒有過錯的人們」則在檔案中留下了「人為的刺青」。

在壞世界中，那些被刺青和擔心被刺青的大人們，與具有「閹
割焦慮」的刀心照不宣，因為在心理狀態上，前者是後者的成年形
式。在克服這些焦慮症狀上，兒童們找到了遊戲：「刀們的運動是
『滾鐵環』／這是一代人的玩具」（《刀在1968》）；大人們找到
了觀看遊戲：「躲避被玩的假病人們，把對孩子們的觀看／當成
可以放心說話的安全休閒／從中領悟了不敢承認的童心的正軌」
（《刀在1968》）。遊戲擔當了一個安全地帶的律法，籲請了意味
深長的「看／被看」模式，讓國家的主人和所有的大人們，從兒童
的遊戲場景中看到了自己的原型，看到了眼前這場浪漫主義運動的
「童心的正軌」，看到了一場國家級盛會的遊戲本性，即「為了一
個家長的夢話，實習全族人的廝殺」（《刀在1970》）。遊戲在兒
童世界和成人世界裏同時開展：

> 父親喜歡把他搭在肩膀上閒逛
> 還喜歡把他拋向天空的底部又接回懷中
>
> 　　　　　　　　　　　　　　　　（《刀在1965》）

> 否則就不會有今天刀晨勃到一點十五
> 刀雞也晨勃到一十七點五
>
> 　　　　　　　　　　　　　　　　（《刀在1965》）

科學家中的好人，這一年
能把殺壞人的氫彈，送上了天

（《刀在1967》）

紙的鳥，從孩子的手中擲過頭頂
又從地面上的天空，落到天空下的地面

（《刀在1968》）

也許是直立身體的宗教極性在發號施令，也許是刺青年代裏的人們承受著太多朝下的氣壓，壞世界裏的遊戲大都具有一種向上的屬性，那些熱衷遊戲的人們，彷彿都懷有一種「天空情結」：父親的遊戲是把兒子拋向天空，科學家的遊戲是把氫彈送上天空，孩子的遊戲是把紙鳥擲向天空，連刀在被子下的晨勃也依舊堅定地指向天空。遊戲場景和被子下都是難得的安全地帶，刀和其他的遊戲參與者都不由自主地表達出，他們在一個壓抑空間裏的反彈本能，揮霍著積蓄在潛意識裏過剩的力比多，演繹了「一代老實的人們」在「不老實的年代」裏酣暢淋漓的狂歡動作。這些受「天空情結」驅使發出的向上的動作，無一例外地成為了晨勃的擬像。作為一個符號，晨勃穿越了未知的時空指向一處童貞，渴慕一種神聖的結合，於是在蔚藍的天空裏開啟一場華麗的幻想。刀言：「美如童貞的方向」（《刀在1968》）。在真與善晦暗難辨的時代裏，「天空情結」正是童心未泯的人們求美的方向。這種愛美之心，在特殊的時刻傾巢出動，以一種向上的姿態，力圖修補頭頂上方那塊受損的天空。

斷裂諸形態

　　當美的力量僅僅困守在遊戲場景和被子下的時候，瘋狂卻無處不在。大人們的努力是無效的，因為，「此刻，天，只高過孩子的尿平面」（《刀在1968》）；孩子們的努力是徒勞的，因為在他們的世界裏，美就是全部：

　　　　一張還沒寫成大字報的牛皮紙
　　　　被稚嫩的手撕疊成鳥的仿生，滿身折痕
　　　　一會天上搖擺，一會地下被踩
　　　　最終卻不能讓自己擺平、張開

　　　　　　　　　　　　　　　　　　　（《刀在1968》）

　　空中跟蹌飛行的紙鳥，是大地出訪天空的使者，是孩子們的精魂。它代替孩子達成了與天地更為親密的交流，讓一張社會主義牛皮紙暫時擺脫了充當大字報的尷尬命運，帶著滿身折痕，成為一件自由世界的藝術品，一件詩化的改造物。將紙折疊成鳥的過程中，著名褶子研究專家德勒茲（Gilles Deleuze）提供了兩種折疊方法，用他的話來說：「物質要被折疊兩次，一次是在彈力作用之下，一次是在創造力作用下，而且不可以從第一次過渡到第二次。」[7]可見，這是一套動作的兩種認知途徑，呈現了兩種意義的生成和闡釋過程：一種是生

---

[7] （法）吉爾・德勒茲：《福柯 褶子》，於奇智、楊潔譯，湖南文藝出版社，2001年版，第159-160頁。

理身體在彈力作用下折成鳥的形體；另一種是交往身體在創造力作用下折出鳥的靈魂。兩者發生在不同的層面，是不可通約的。無疑，較之前者平庸的物理過程，後者蘊含著更高的智慧。

　　或許是在回應德勒茲的觀念，本雅明（Walter Benjamin）在閱讀卡夫卡時唱和似地貢獻了「展開」的雙層涵義：一種是像教小孩折疊的紙船，一展開就形成一紙平面；另一種是像蓓蕾綻放為花朵的那種展開方式，並稱卡夫卡的寓言就是在這種意義上展開的。[8]「折疊是解讀一組其來無始的數碼。」（昌耀《折疊金箔》）如果說德勒茲是在靠兩類折疊進行編碼，那麼本雅明的「展開」論剛好用於解碼。可以看出，小孩折紙的反向過程，是將折起的紙張抹平復原，紙上的折痕記錄著這種循環的、可逆的過程；而蓓蕾綻放為花朵卻仰仗著神秘的創造力，這是一個線性的、不可逆的過程。在這種意義上，那只牛皮紙鳥「最終卻不能讓自己擺平、張開」，不能像德勒茲設想的那樣，進入像「蝴蝶折成毛蟲，毛蟲伸展為蝴蝶」那種收放自如的理想狀態。就如同甲蟲不再成為小職員格里高利，在花朵準備向蓓蕾回溯的當口，在紙鳥意欲向紙張還原的片刻，一出卡夫卡式的變形記早已在這之前悄悄上演了。

　　在時間意識的參與下，以循環性為主要特徵的第一種展開方式演繹著古典的時間觀念，而第二種展開方式則打破上述認識，具有了現代時間觀念的色彩。刀的史詩寫作即是按照現代時間觀念的邏輯開展的：刀在1963，刀在1964，刀在1965……從史詩中每一個近乎自我複製的小標題中可以看出，刀將自己緊密地懸掛於時間的雲

8　　參閱（德）瓦爾特・本雅明：《弗蘭茨・卡夫卡》，《啟迪：本雅明文選》，（德）阿倫特編，張旭東、王斑譯，三聯書店，2008年版，第130-131頁。

梯之上，他講述的是一個出生在中國的現代人與不斷流逝的西元紀
年的關係史。這種直線運動的、一往無前的現代時間，除了給我們
帶來技術進步的幻象、馬基雅維利的冷笑和共產主義的幽靈之外，
也帶來了個體生命經驗空前的斷裂感，它讓花朵無法變回蓓蕾，讓
紙鳥無法變回紙張。我們不必把「斷裂」概念的歷史上溯到巴什拉
或阿爾都塞，如果把在刀的記憶裏「第一次對遷移的激動」也想像
成一次生活中名副其實的斷裂的話，那就足以說明問題了。幼小的
刀清楚地記得，在那輛雙層的豬押車上，「上一層放的是全家人的
衣被雜物／下一層是桌子，床，火爐，煤炭，父親和我／這是我們
全部的家當，還多屬單位的配發／沒有我在外婆家時見過的翰林
後人的／雕花的床，碗櫃，衣櫃，書櫃，椅子……」（《刀在1972
（上）》）。在刀的生命中，單位配發的簡易傢俱也無法變回翰林
後人的雕花床，現代性的在場導致了神性的缺席，偉大諸神的創造
力已經萎蔫成灰，神蹟的失靈正是生成斷裂的根源。

　　這種斷裂，尤其體現在海德格爾（Martin Heidegger）所謂的「在
已逃遁的諸神之不再和正在到來的神之尚未中」[9]，而刀作為一位篤
信基督的詩人，正是在這雙重匱乏的時代被拋入了諸神和人類之間。
誠然，只有詩歌才能在象徵意義上對斷裂危機做出挽回的努力，詩歌
暫時行使了諸神的創造力，通過書寫來形成一股追憶的力量，「用這
種方法，人們就能逐漸接近一個場景，某個某事物的場景。人們描述
它，不知道它是什麼，只知道它同時與過去相關，既與很遠的過去和
最近的過去相關；也與自己的和別人的過去相關。逝去的時光不是像

---

[9]　（德）馬丁·海德格爾：《荷爾德林和詩的本質》，《荷爾德林詩的闡
　　釋》，孫周興譯，商務印書館，2000年版，第52頁。

畫一樣呈現，它甚至沒有呈現，它是畫中元素，一幅不可能畫出的畫的元素的呈現者。」[10]刀的史詩就這樣橫空出世，它並沒有妄圖恢復過去生活的本來事象，也並非想拼合已然破碎的時空圖畫，這些努力和水中撈月沒什麼兩樣。刀只想通過追憶，採擷過往歲月中的經驗片段，以斷裂的詩章回應斷裂的時間，促成個體生存中的往事再現。他從自己在混沌的母體中忍饑挨餓時起筆，率先交代了全詩的寫作性質：「他已忘了，當時的胎想／是我現在，在替他再想」（《刀在1963》）。刀試圖用詩歌搭起一座跨越斷裂的文字浮橋，通過多年後的「再想」來重建過去生活的直覺現場。在刀的詩歌裏呈現的，不一定是歷史的本來面目，卻很可能是刀的早期記憶裏充滿斷裂感的經驗事實，是在歷時性線索上若隱若現的「畫中元素」。

刀的詩歌不但在思想和結構上佈滿斷裂意識，它也逐步滲透進他的詩歌語言裏，讓讀者明顯地辨別出這種獨特的刀式風格：

> 刀是後天性不喜歡院的，先天喜歡
> 而且內心像所有祖國的花朵們一樣崇拜院
> 包括有天使不會故意讓人痛成死屍的醫院
> 今天刀知並道：院讓耳朵完蛋為只聽院的
>
> （《刀在1965》）

這裏選取以上這四行詩作為代表，用於闡釋刀的詩歌中斷裂式修辭的三重特徵：

10　（法）弗朗索瓦‧利奧塔（Jean-Francois Lyotard）：《重寫現代性》，《非人：時間漫談》，羅國祥譯，商務印書館，2000年版，第33頁。

（一）詩句層面的斷裂。它表現為遣詞造句上的二元對立思維，這一思維在中國古典詩詞中迎來它的黃金時代，如今在刀的詩歌中俯仰皆是，比如這裏的先天—後天，喜歡—不喜歡，人—屍的對立已經成為顯而易見的詩歌技巧。

（二）非單字辭彙層面上的斷裂。它表現為將日常熟識的一些辭彙強行拆開，製造閱讀上的間離感和陌生化，這一操作成為刀式詩歌的一大景觀，比如「刀知並道」、「新址的家，沒具」（《刀在1972（下）》）以及「有文化的大人們，都在鬧大革命」（《刀在1967》）等等。

（三）單字辭彙層面上的斷裂，即漢字層面上的斷裂。比如在這裏，刀講出一句極為怪誕的話：「院讓耳朵完蛋為只聽院的」。細察之，終生痛恨單位的刀，將漢字「院」做了一分為二的微觀拆解，分離出「耳」和「完」的再生詞義。這樣便從漢字構詞法角度尋求了一條讀解路徑，對幾千年的漢字體系施了一齣木馬計，在詩行中重新啟動了漢字的生命力和增殖力。韋勒克（René Wellek）和沃倫（Austin Warren）指出：「辭彙不僅本身有意義，而且會引發在聲音上、感覺上或引申的意義上與其有關聯的其他辭彙的意義，甚至引發那些與它意義相反或者互相排斥的辭彙的意義。」[11]刀在2000年的一首作品名為《漢語深處的詩歌》，通篇採用了這一技法，令人歎為觀止。與其相類似的一批談論語言的詩也頗值得玩味，表現了詩人始終沒有放棄對漢詩語言空間的勘探和實驗。

---

[11]　（美）勒內·韋勒克、奧斯丁·沃倫：《文學理論》，劉象愚等譯，江蘇教育出版社，2005年版，第197頁。

　　斷裂式修辭可以成為辨認刀的作品的一個極為重要的詩學標識。這也讓讀者聯想到刀這個字的本義：正是這把明晃晃的利刃，在文字叢中用力一揮，便製造出了形態各異的斷裂。據刀本人披露：「刀是最早的筆，最早的筆寫下的最早的文字，都是些記事性的，沒有殺傷力，也沒有敵人。還有就是詩歌的神秘胎盤。我這刀，是為了紀念最早的刀。」[12]他把自己稱作刀，是在向最早的文字致敬，向詩歌致敬。因此，時年四十四歲的刀，在史詩創作的一開始便「把液晶屏當作烏龜甲／刻骨，銘心」（《刀在1963》）。無疑，這是刀的夙願，他只能用現代人的方式來回應一個古老的問題，並以親歷者的真誠記錄一個特殊時代裏的身體，以及銘刻在身體上的家族和祖國。

器官歷險記

　　斷裂的時間感鑄造了詩人斷裂的生命經驗，在多數情況下，這些經驗由在特殊時空裏呈斷裂形態的身體器官所分有。我們在上文中浮光掠影地聽過刀用他「一歲的口唇」（吃奶）和「四歲的小臂」（燙傷）講述的故事後，刀在他關於西元1966年的史詩中，僅用「三歲的小腳」講述了一個簡短但意味深長的故事：他在賣花布的國營商店裏被母親帶丟，有單位的母親因此遭到外婆的責罵。刀雖然最終憑著本能的直覺，用「三歲的小腳」平安顛回到外婆家，但他還是第一次聽到外婆如此撕心的哭喊，他在若干年後寫道：

---

[12] 張後對刀的訪談錄：《時間裏的刀是一把什麼樣的刀》，《中國藝術批評論壇》，http://www.zgyspp.com/bbs/dispbbs.asp?boardID=32&ID=10115&page=1，2009年8月10日檢索。

今天刀想說，如果公民非得把祖國喊成母親

那麼每家祖國的偉大傳統，都是我們的外婆

（《刀在1966》）

在刀的眾多故事中，外婆一直是一個無聲的角色，刀只告訴我
們她是一座大庭院的主人。外婆的情緒為什麼突然異常激動起來？
她為什麼要責罵母親呢？故事的講述者刀在這裏做了一個大膽的類
比，按照當年的時代語法，如果人們把祖國比作母親，刀就順水推
舟地把祖國的偉大傳統比作外婆。通過這一類比，刀便把「外婆罵
母親」的問題從家庭倫理層面上升到了政治哲學層面。進一步說，
「祖國」可以理解為20世紀以來從西方輸入我國的「民族—國家」
概念，這是個異邦的舶來物；而「偉大傳統」則是中國文化幾千年
來獨有的「天下」概念，這是中國的「歷史文明」。中國自「五
四」以來燃起的反傳統烈焰，到了刀三歲時掀起了一場歷史性的高
潮。「如今，老實的人都是只能在家的老人／在家的外面，你們萬
眾萬心攻於心計」（《刀在1972（下）》）。母親成為公家的人，
外婆變成沉默的人，「民族—國家」思維日益膨脹，「偉大傳統」
黯然神傷。

當子孫後代成為迷途羔羊的時候，外婆終於忍不住要訓斥母
親，「偉大傳統」要不顧一切地站出來矯正「祖國」母親的過失，
以期尋求未來可行之出路。按照甘陽的看法，21世紀的中國必須徹
底破除20世紀形成的種種偏見，而不是把它們繼續帶進21世紀。21
世紀的中國能開創多大的格局，很大程度上將取決於中國人是否能
自覺地把中國的「現代國家」置於中國源遠流長的「偉大傳統」的
源頭活水之中，進而實現由「民族—國家」向「文明—國家」的戰

略轉換。[13]刀在這裏是利用家庭事件來折射和反省國家事件。

古代日本民間有拋棄老人的風俗，年過70歲的老人都要被兒子背到山上餓死，中國在20世紀的情形可能也大抵如此吧。刀生在一個激進主義橫行的時代，一個盲目除舊佈新的時代，在這個時代裏，「一個國在家裏餓／陰兒，在胎盤上瘦」（《刀在1963》），外婆們也都被她們那些幹革命的兒子們背到了山上，一個家沒有了外婆如同一個國斷絕了歷史，國家在倒退。刀的父母是體制內的人，他們終生在執迷著某種幻覺；刀的外公在刀出世前就遭批鬥，去見馬克思了；21世紀的刀想到他「三歲的小腳」，這個時候，不論是一個家族還是一個國家，都該是鄭重地懷念外婆的時候了，因為天下的外婆都是最通曉歷史的人，也是最會講故事的人。今天，刀用他機警的詩句，以他對繁體字的一貫熱忱，為祖國召喚出智慧的記憶，把不老的外婆請下了山。

和「三歲的小腳」所講述的家國故事相比，另一個關於他「七歲的大腿」的故事至今都讓刀驚魂未定。接受學前班教育的刀，開始正式邁上紅色教化殿堂的第一級臺階，有幸成為了共產主義「意識形態國家機器」（阿爾都塞語）有待深加工的億萬顆零部件之一。他「迷迷糊糊立志要向大人寫的小人書學習／隨時準備一有機會就獻出年輕得還沒上學／也不懂寶貴是何意思的生命」（《刀在1970》）。七歲的刀整天夢想著成為董存瑞、黃繼光、邱少雲和歐陽海，這些只存活於連環畫上的英雄志士，把幼年的刀逗引進了一個幻覺世界。有一天，當刀遇上一台廢棄的手扶拖拉機時，就像癲狂的堂·吉訶德戰馬長矛般地衝向一座碩大的風車，一段充滿喜劇

---

[13] 參閱甘陽：《從「民族—國家」走向「文明—國家」》，《書城》2004年第2期。

意味的英雄事蹟就此開場了。若干年後，刀竟然精彩絕倫地將其想像成一場令人銷魂的「床上戰役」：

> 刀一上來，她就從憂怨與靜默中被激活
> 緊握她的方向，瞳光目視下方首腦
> 下肢展開，摸到那處能令她動與不動的鎖齒
> 之後，急速地翻滾，衝撞，纏繞，肉體爆發出
> 魂飛的尖叫
>
> （《刀在1970》）

　　熟悉刀的詩歌的朋友應該都會清楚，刀最擅長寫的當屬情色詩，它在刀的詩歌創作中形成一道獨特的景觀，從以上小試牛刀的幾行頗可領教詩人的非凡道行。[14]刀與手扶拖拉機的這次尷尬遭遇完全被灌注進欲遮還羞的情色描寫模式，諸如「啟動」、「握緊」、「下肢」、「動與不動」、「翻滾」、「衝撞」、「纏繞」、「肉體」、「尖叫」等多少帶有些少兒不宜和限制級嫌疑的辭彙，在刀駕輕就熟的運用中，將讀者也帶入了幻覺世界。初駕時的生澀身手與初夜時的懵懂經驗產生了戲劇性的同構，「身體和內心一樣弱幼的刀，分不清理想和虛榮／他是國家的人，不能不管家裏的她」（《刀在1970》）。她，一台報廢的手扶拖拉機，「是被

---

[14] 刀較著名的情色詩有：《與你的那一剎那》（2000）、《取鳥為妻的人或鳥人》（2000）、《高貴女人的青春歲月》（2000）、《美女與搖頭丸》（2002）、《陽臺上的輪迴》（2005）、《波上的浪》（2006）、《幻想性生活》（2006）、《玩耍在情慾的實惠中》（2006）、《愛到床邊為止》（2008）等，但詩人的情色詩創作不在本文討論之列。

另一個男人駕馭到陡坡後沒了機油遭遺棄的」，成為了孩童期的詩人在英雄情結驅策下的拯救物件，也是他成年後施展異性戀幻想的征服對象，成為了他終生難忘的「躺在他大腿上的命中的處機」。

　　然而這樁完美的纏綿事件畢竟是一場白日夢。銷魂的代價是讓七歲的刀右大腿骨折，「三個月裏，刀的雙腳被牽引朝向天花板」（《刀在1970》）。若干年後的詩人並不願從這場白日夢中醒來，他品咂出幾分福禍相依的道家命題：「這成了他成年後和她們在一起時喜歡的姿勢／因為沒有一種人身與人生的姿勢註定是不幸的／出院後的石膏，拐杖和藥酒讓他獲得健康和酒齡」（《刀在1970》）。嬰兒期的刀因為缺奶而站不起來，可以用大量奶粉來補給；七歲的刀遭受腿傷站不起來，靠的是石膏、拐杖和藥酒的幫助，甚至還有漫長病床生涯裏無邊的空虛和寂寞，詩人「七歲的大腿」洞悉這一切：「無知時，有本來的孤獨／知知為不知時，更孤獨」（《刀在1966》）。

　　饑餓與疼痛伴隨著詩人的童年，沁入他的早期記憶，它們深深地鑴刻在刀的身體上，鑴刻在那些擅長回憶的器官上。可是，「母體只能孕育他的／血肉，不包括也是物質的靈魂／這事有些主義解釋不了／有些主義不准解釋」（《刀在1963》）。然而，器官自己會為自己解釋。一歲「想奶」的口唇和四歲「刺青」的小臂來自刀的上半身；「三歲的小腳」劃出夢魘和清醒的邊界，「七歲的大腿」親歷了激情和空虛的時刻，它們來自刀的下半身。他身體的各省都飽經憂患，但未曾背叛，不論是塞北還是江南，上下半身這些有靈性的器官具有一種身體現象學所謂的「處境的空間性」，某個器官在特殊處境下單獨存在，卻表徵著整個身體；又在一般意義上合力包抄，將身體上下貫通，使肉體和靈魂緊密縫合，家國和歷史

心氣相融，用整個身體來講述一個共同的故事，這時便形成了詩人的「身體圖式」。[15]

這種「身體圖式」，正是詩人的身體在他安身立命的世界上存在的方式，他的身體朝向它的任務而存在。發現了這一點，我們就能慢慢理解了更多刀在特殊處境裏的姿態和動作，理解了「軍裝裏的嫩肉，支撐起／文件要求的會場隊列／被一塊紅布結紮的頸內的喉／勒出樣板戲的頌歌」（《刀在1971》），諸如此類的身體規訓像肥皂劇一樣無邊無際；理解了那個「夾緊雙腿的男童／以不動，攪動了女澡堂」（《刀在1969》），從而解構了一場真正的肥皂劇；也理解了詩人為瞭解構那場更大的肥皂劇，而頷首默念：

> 雞雞，一個吊兒郎當的雞雞
> 在古城大街徘徊
>
> （《刀在1965》）

時間愛上刀

最近，刀在部落格中宣佈改名為「楊上」，告別工具意味的刀。從這個新筆名所提供的資訊可以看出，詩人一面重新和家族先人建立了聯繫，一面敞開了與上帝交流的天窗。傳統和信仰，是他用手掌穩穩托起的兩件聖物，詩人把兩者熔鑄進對自己的命名中。

---

[15] 參閱（法）莫里斯・梅洛─龐蒂（Maurice Merleau-Ponty）：《知覺現象學》，薑志輝譯，商務印書館，2001年版，第138頁。

其實，詩人掌握了一種變形的本領，從刀到楊上，不過是大卡車變成擎天柱的過程，不過是從一個器物形態的名稱轉渡到屬人的名稱上。隨著詩人心態的變化，刀漸漸地藏進了楊上的懷中，帶上了他的體溫。在一個詩人名字的嬗變過程中，工具的冷硬感逐步內斂，人性的慈悲心緩緩外露，應該是一種進步。在詩人楊上還不曾有新作問世之際，我們一面心懷憧憬，一面還是將刀這個名字堅持到底吧。刀終究會在楊上的胸口融化，在時間中融化，就如同他的史詩題目說的那樣，刀已經成為了時間裏面的刀。

不管這組個人史詩是以刀的名字來創作，還是以楊上的名字來創作，詩人都是與時間同氣連枝的。在詩人還把自己稱為刀的時候，他寫道：「如果這事發生在2005年／那這一年他四十二歲／搬過四十二次家／寫詩二十五年／留職停薪十三年／離婚四年／沒見到兒子五年……」（《真的好像自畫像哦》）。這是刀用時間這把唯一精確的尺規，定位出自己人生遊走的座標；同時也以當下這個唯一真實的原點，描繪出自己波詭雲譎的足跡。對於一個搬過四十二次家的四十二歲男人來說，平均一年要唱上一次流浪者之歌，從童年一直唱到不惑，確實不是一件容易的事情。「有樹挪死，就有人不一定挪活／一次遷徙，可以是一次奔命」（《刀在1972（下）》）。生活成了無主句，「搬」成了永恆的謂語，「家」成了最不穩定的賓語，刀一生都在時間中做客，「這個孩子一生都在搬家和被搬」（《刀在1972（下）》）。這大概就是上帝安排給刀的生活吧。在「搬」的讖語之下，這個酷愛自由、拒絕束縛的男人，就必然要經歷搬家、寫詩、留職停薪、離婚和遠離兒子的命運，就必然要過著一種孑然一身的生活。這是一種為衣食細軟而奔波輾轉的生活，是不可抑制的焦慮的生活，也是在並不抒情的年代

裏絕對抒情的生活。在經歷了生活中種種斷裂的危機之後，刀對他的倫理譜系做了最大程度的簡化和修正，正像那爬行中的蝸牛背著蝸殼一樣，他將個體與家園合為一體，將時間與上帝視為手心和手背。既然流浪是永恆的宿命，他就學會了隨遇而安：

> 深藏於空氣中的時間
> 寄生沒有聲息的光陰
> 生命，被時光無情擺渡的靈巢

（《刀在1966》）

　　如今的刀或許還會在夢中神游外婆家的那所大庭院吧。這位翰林的後代或許因為喝了他闖蕩南洋的爺爺寄錢買的奶粉，身體裏也沸騰著浪人的血液。他把對空間的征服作為對時間的回應，時間用近乎無情的力量擺渡著他的命運，他用極富個性的詩歌綁定了時間，在生活瀕臨絕境之時，我們發現，這其實是一場人與時間的偉大愛戀。在這場愛戀中，所有的斷裂，所有的變遷，所有的喜怒哀樂，都會在時間中安定，變成生命的自然的紋理。刀和所有清醒的人一樣，不曾被時間挫敗，但願意和時間一起慢慢變老。而有時候，就像刀對所有他邀請的客人那樣滿懷期待一樣，他期待著時間能夠加速。比如，我和刀約好星期五下午五點在他的餐館見面，而在星期四下午五點時，刀會打來電話問：「到了嗎？」

2009年8月，北京魏公村

貓科壁虎
——柏樺詩歌片論

一

　　共和國的顴骨，高傲的貧瘠，笨拙地混合著時代的憂傷——鍾鳴用如此嘹亮的妙筆為他的好友柏樺奉獻了最為震撼人心的描述。「笨拙」或許是鍾鳴對他的一種隱晦的褒獎，因為在時代的憂傷面孔之下，我們需要這種「笨拙」的力量來揭示掩藏在身旁的未知世界。對於柏樺來說，「笨拙」意味與時代生活的格格不入，意味著負重般的踟躕前行，意味著攜帶一點超然的迂腐，意味著寫作上的節制和真誠。作為中國當代最優秀的抒情詩人之一，柏樺在他的《在清朝》中不動聲色地描述了一種「越來越深」的「安閒和理想」：「在清朝／一個人夢見一個人／夜讀太史公，清晨掃地／而朝廷增設軍機處／每年選拔長指甲的官吏」。[1] 據說，最初柏樺在原詩中試圖表達為「安閒的理想」，歐陽江河把中間的「的」換成了「和」，這樣就把「安閒」解放出來，提到了與「理想」並列的

---

[1]　本文引用的柏樺作品均出自他的個人詩集《往事》，河北教育出版社，2002年版。

高度；在另一處，具有「左邊」情結的柏樺，本來希望遵循馬克思「上午從事生產，晚間從事批判」的理想訓導，來上一句「夜讀太史公，清晨捕魚」，而付維則不以為然，他耿直地建議柏樺將「清晨捕魚」改為「清晨掃地」，不但掃出幾許仙風道骨，而且乾脆讓整首詩從「勞動」中解放出來，掃進了「安閒」的優雅行列。在柏樺另外一首名作《望氣的人》中，付維卻徒生了對「左邊」偉人曖昧的敬意，一次性說服柏樺將「一個乾枯的道士沉默」改為「一個乾枯的導師沉默」，相似的發音卻將詩歌帶進了截然不同的意境。

「風箏遍地」、「牛羊無事」、以「安閒」為理想的清朝或許從來不需要什麼導師，從官員到百姓過著太平日子。柏樺在歷史深處製造了一個各得其所的烏托邦世界，這個世界風靡著一種令人深深迷戀的、近乎頹廢的美。在這裏，朝廷的軍機處為選拔長指甲的官吏而設置，這個政治的神經中樞因而更貌似一個集權的藝術崗哨，讓傾頹之美流布天下：「瞧，政治多麼美／夏天穿上了軍裝」（柏樺《1966年夏天》）。這個伸手可及的「清朝」似乎在我們的生活之外存在了許久，卻又在我們向它投以豔羨之時如迅雷驟雨般消失，就像馬貢多小鎮隨著奧雷良諾・布恩地亞譯完羊皮卷手稿的那一瞬間被颶風捲走（馬爾克斯《百年孤獨》），就像一個急躁的詩人在某一刻呼出了一口長氣：「在清朝／哲學如雨，科學不能適應／有一個人朝三暮四／無端端著急／憤怒成為他畢生的事業／他於1840年死去」（柏樺《在清朝》）。

按照柏樺的心願，《在清朝》其實是一副關於成都的寫意鏡像，他無意繪製天府之國的「清明上河圖」。這種烏托邦圖畫尤其讓江南詩人潘維意猶未盡，他閒庭信步般地告訴我們：「白牆上壁虎斑駁的時光，／軍機處談戀愛的時光，／在這種時光裏，／睡眠

比蠶蛹還多，／小家碧玉比進步的辛亥革命／更能革掉歲月的命。」
（潘維《同裏時光》）「軍機處」與「談戀愛」，「辛亥革命」與
「小家碧玉」，多麼奇巧的搭配！在潘維這裏，公共事件與私人領域
凸顯出微妙的張力；而在柏樺那裏，這兩者則是混融的，他追求的是
更高的、更為本質的「安閒和理想」。儘管鍾鳴指出，柏樺的詩是在
世俗與不朽、在女性的精緻和政治的幻覺的互滲中建立自己隱喻的[2]，
然而這位鍾情於「左邊」的、毛澤東時代的抒情詩人，並未因此被改
造成一名「革命的僮僕」（張棗《跟茨維塔伊娃對話》），他作品中
瀰漫出的頹唐與戀舊的氣息，在很大程度上抵制了具有中國特色的、
一味求新的集約化現代性的裹挾，卻在對古典詩歌花園的流連忘返中
貢獻出了極為純熟凝練的現代漢語。他在詩歌中期望表達的「安閒和
理想」，正是一種「人和自然的初始印象和關係」（鍾鳴語）。

　　柏樺曾提出過一個著名觀點，一首好詩應該只有百分之三十的
獨創性，百分之七十的傳統。那無與倫比的「安閒和理想」正發微
於中國人無與倫比的傳統，而詩人就這樣酣甜地睡在一面傳統的牆
壁上，至少大部分軀體在感受著傳統之牆的厚重，也承接著它的濕
氣，如同盛產於南方的壁虎，把牆壁想像為自己廣袤的田野，並在
其上建立起它的坐標系。柏樺一貫傾向於做一個小詩人，一個雕蟲
紀曆式的詩人，他熱愛中國古典傳統中的骨感和清臒，熱愛它靜態
的美姿和悠然的意境，他甘願像一隻瘦小的壁虎那樣，與傳統之牆
親密結合，彷彿它有力的鱗爪已經悄悄生根，成為堅硬的牆壁上鑽
出的一株倔強的植物：「一聲清脆的槍響／掌心長出白楊」（柏樺

2　參閱鍾鳴：《樹皮、詞根、書與廢黜》，《秋天的戲劇》，學林出版社，
　2002年版，第68頁。

《春天》）。壁虎或許可以流露出時代憂傷下的「笨拙」行腳，它
時而倉皇竄動，時而靜靜發呆，苦苦尋覓自己的位置。柏樺就是這
樣一隻自願被命運固定在傳統之牆上的詩歌壁虎，按照他的精確要
求，至少要有百分之七十的身軀與牆壁合而為一，讓自己表現出一
套靜默的植物性特徵（鍾鳴在讀柏樺的作品時指出過這種人與植物
的互喻關係）。憑藉對辭彙極度敏銳的直覺，柏樺以穿透肉體為代
價，實現自身與傳統之牆的結合：「割開崇高的肌膚／和樹一起完
成一個方向」（柏樺《春天》）。牆上的壁虎孤獨得近似一個有病
的小男孩，憂鬱、暴躁、神經過敏，無法再去東跑西顛，它的痛苦
為它確定了一個位置，在這裏，壁虎叩問著一個植物性的世界，這
讓它註定要成為牆上長出的一截奇崛的古木，成為「一個乾枯的導
師」，它「為清晨五點的刀鋒所固定」（柏樺《春天》），低吟著
一曲憂傷的輓歌：

　　　偶爾有一隻鳥飛過
　　　成群的鳥飛過
　　　偶爾有一個少女歎息
　　　成群的少女歎息

（柏樺《在秋天》）

　　一具固定的肉體觀察、感受到了世界的植物性，世界的千篇一
律。一種微妙的情緒在這個植物性的世界裏會像蒲公英的種子一樣
迅速地在空氣中擴散，演變為這種情緒的複數形式。與此相平行的
是，柏樺發現了辭彙世界的植物性，在柏樺的詩歌肉體中穿插著一
支個人性的辭彙家族，它們在他的作品中頻頻露面，比如夏天、男

孩、舊、乾淨、老虎、寧靜、痛、病、神經、焦急、疲乏、仇恨、
白色，死亡，肉體等等。這些辭彙組成了柏樺詩歌創作的核心詞
庫，它們在相似的情緒和語境下自我複製，流播開去，形成了一組
組詩人心愛的意象群。它們像一根根纖細而鋒利的針頭，刺進了壁
虎的皮膚，刺進了男孩的神經。這些專屬於有病的小男孩的辭彙，
相對穩定地在柏樺的抒情細節中顯出腰身，在辭彙內部的呼吸和外
部的黏合中構成形象。歐陽江河發現：「形象對於柏樺而言，是一
種權力上的要求，是比寓言更為迫切的道德承諾的具體呈現，是語
言的戀父情結……形象屬於不同的時間和空間，屬於不同的速度、
不同的局面，是承諾和轉換、傷害和恢復的奇特產物，但終得以統
一。」[3]柏樺的戀父情結體現為他以壁虎般的虔誠，實現對中國古
典詩歌傳統自戕式的親和，試圖用簡潔的現代漢語融合進這些個人
性辭彙，來重新表現那種戀舊的、頹唐的、美不勝收的意境。這不
但讓我們看到《在清朝》中詩人對慢速、怡然、平和的生活圖景的
描述，而且也領略了他詩中擎天撼地式的招魂：「你摸過的欄杆／
已變成一首詩的細節或珍珠／你用刀割著酒，割著衣袖／還用小窗
的燈火／吹燃竹林的風、書生的抱負／同時也吹燃了一個風流的女
巫」（柏樺《李後主》）；「器官突然枯萎／李賀痛哭／唐代的手
再不回來」（柏樺《懸崖》）。

　　柏樺在詩歌語言上的戀父情結瀰漫在他絕大多數作品中，這些
作品可以基本統攝在他一首詩的題目下，即「唯有舊日子帶給我們
幸福」：「哦，太遙遠了／直到今天我才明白／這一切全是為了另

---

[3]　歐陽江河：《柏樺詩歌中的道德承諾》，《站在虛構這邊》，三聯書店，
　　2001年版，第230頁。

一些季節的幽獨」。無疑，相對於清朝百姓的「安閒和理想」，
「舊日子」一詞更能切中要害，也更能體現柏樺的人生態度和美學
趣味，更靠近左邊，一個平靜典雅的父親傳統。「舊日子」在詩中
為我們開闢了一塊具象的時空場域，用以盛放更加傳神的細節，盛
放「另一些季節的幽獨」：

> 真快呀，一出生就消失
> 所有的善在十月的夜晚進來
> 太美，全不察覺
> 巨大的寧靜如你乾淨的布鞋
>
> （柏樺《夏天還很遠》）

在快慢得當的抒情節奏中，「舊日子」轉瞬即逝，又穩穩地落
在「你乾淨的布鞋」上，寧靜、幽獨、全不察覺，這柔和的力量讓有
病的小男孩繼續在他的病床上淺睡，又彷彿一道耀眼的戀父強光投
射進壁虎趴伏的陰暗角落，讓它徒生置身於夏天的盛大錯覺。就這
樣，這隻「乾枯的導師」因而一勞永逸地記住了「夏天」——這個與
「舊日子」血肉相連的季節———一如植物在太陽最亮的時刻記住了生
命的光合作用，收穫了最醲濃的回憶。柏樺承認，他所有詩歌密碼中
最關鍵的一個詞是「夏天」，這個詞包括了他所有的詩藝、理想、形
象，甚至指紋，也啟動了他抒情的魔法。[4]「夏天」是一個令柏樺顫
抖的辭彙，是他詩歌的靈感之源，詩人在他生命中的「夏天」度過了

---

[4] 參閱柏樺、泉子：《柏樺：「夏天」這個詞令我顫抖》，《西湖》2007年
第6期。

最飽滿旺盛的白熱年華：「是時候了！我白熱的年華／讓寂靜的鋒芒
搖落陰影／讓猛烈的葉子擊碎回憶／那太短促的酷熱多麼淒清」（柏
樺《光榮的夏天》）；這種濃烈的熱帶情緒在「夏天」的語境中不斷
地瀰散，製造著它的複數：「催促多麼溫柔／精緻的鋼筆低聲傾訴／
哦，一群群消失的事物」（柏樺《途中》）；「夏天」的白熱情緒總
在「舊日子」的過去時中展開，它總是指向我們背後那段或真實或虛
幻的歲月：「再看看，荒涼的球場，空曠的學校／再看看，夏天，
啊，夏天」（柏樺《夏天，啊，夏天》）。

　　「夏天」和「一群群消失的事物」沉浮與共，這個季節吞吐
著白熱的酒精氣息，容納了最稠密的抒情和最迷醉的回憶，因而也
最易奏響頹唐之音，它暗示著植物性世界的盛極而衰，像烈日下墨
綠得近乎萎蔫的葉子。這種渙散、潦倒、傾頹的激情，隨著「一群
群消失的事物」一同在仲夏的氣氛中消歇。是時候了，植物性的世
界終於隨著季節的輪換改變了容顏。夏天，一個盛極一時的季節，
也是一個走向沉淪的季節，植物性世界的晴雨枯榮最精確地詮釋了
「夏天」對於詩人的涵義。柏樺在作品中製造了一派衰敗的、腐朽
的氣息，如「酒杯裏發出血液的歌唱啊／酒杯裏蕩著自由的亡靈」
（柏樺《飲酒人》）；「這大腿間打著哈欠／這大腿間點不燃種子
／這大腿間淪陷了南京」（柏樺《種子》）。肉體腐朽是復活的保
證，這種對腐朽的描述很大程度上成為了柏樺詩歌的總體特徵，成
為了壁虎們低吟的宿命，成為詩人在植物性世界裏流動的夢想，但柏
樺將這種腐朽維持在中國古典審美體系內部，把它放回了傳統之牆
的縫隙裏，因而，將這種悲觀的情感萃取為一種不含異味的腐朽，
一種潔淨的腐朽，它「如你乾淨的布鞋」一般，將細膩溫熱的夢想轉
化成一種純粹的頹廢力量：「光陰的梨、流逝的梨／來到他悲劇的

正面像」（柏樺《演春與種梨》）。作為來自植物性世界的使者，「梨」用它與「離」的諧音，帶來了關於腐朽命運的傳訊，它告訴我們：「今夜你無論如何得死去／因為她明天就要來臨」（柏樺《震顫》）。就像憤怒將柏樺眼中的清朝推向1840年的門檻，讓他久久迷戀的「安閒和理想」也如氣球一般在空中越飄越遠，這個「動輒發脾氣，動輒熱愛」的抒情詩人，穿上他「乾淨的布鞋」，帶著壁虎的夙願，遠走他鄉。當成都變為了南京，「舊日子」也變為了「往事」：

> 那曾經多麼熱烈的旅途
> 那無知的疲乏
> 都停在這陌生的一刻
> 這善意的，令人哭泣的一刻
>
> （柏樺《往事》）

二

米什萊（Michelet）發現：「植物和動物都利用它們的天然標誌和外貌從事特殊的交換活動。那些柔軟黏稠的植物有著一些既不像根莖，也不像葉子的器官，顯示出動物的曲線形的肥膩和溫柔，似乎希望人們誤以為它們是動物。真正的動物卻好像千方百計地模仿植物世界的一切；其中有些像樹木一樣堅實，近乎永恆；有些像花朵般綻放，隨後枯萎……」[5]趴伏在傳統之牆上的壁虎被辭彙

5　（法）羅蘭・巴爾特（Roland Barthes）：《米什萊》，張祖建譯，中國人

所固定，變成了一株蒙埃的、灰舊的植物，借助它的肉身（壁虎沒
有大腦），一具傳統的鮮活軀體展現在我們眼前，我們也得以展開
一個植物性世界的脈絡。我們如何聽懂壁虎的語言？牆壁的語言？
柏樺的同鄉兼同行翟永明描述過自己與壁虎之間隔岸的對話：「我
們永遠不能瞭解／各自的痛苦／你夢幻中的故鄉／怎樣成為我內心
傷感的曠野／如今都雙重映照在牆壁的陰影」（翟永明《壁虎與
我》）。這位穿著黑裙黧夜而來的詩歌女巫，雖然領教了牆上這位
「乾枯的導師」的沉默，但卻可以聽到柏樺代替壁虎發出的唱和：
「它淒涼而美麗／拖著一條長長的影子／可就是找不到另一個可以
交談的影子」（柏樺《表達》）。面對著眼前這片巨大而無聲的陰
影，兩位詩人都在慨歎於言說之難。這個悲傷的、彷彿被降了巫
術、擅長吐納光陰的小生靈，充當了牆壁的守護者和陰影的偷窺
者。它靜靜地停留在房間的一角，將瘦小的胸膛全部交付給它的世
界，試圖找到一道洞悉牆壁的細瑣孔隙。當我們對視它如豆的眼神
時，便感應到從那片陰影裏汩汩流出的隱密啞語：

> 一個向你轉過頭來的陌生人
> 一具優美僵直的屍體

（柏樺《震顫》）

　　柏樺依賴壁虎般的敏感和固執行使了一個密探的天職，他無比
虔敬地趴伏在傳統之牆的龐大身軀上，先於常人目睹到傳統的綿延
軀體霎時間的衰亡、風化，坐賞傳統之牆上沉默的壁虎如何變為

「乾枯的導師」。柏樺善於在詩歌中構造這種令人驚懼和震怖的小場景：「夜裏別上閣樓／一個位址有一次死亡／那依稀的白頸項／將轉過頭來」（柏樺《懸崖》）；「他就要絞死自己了／正昂起白玉般的頸子」（柏樺《飲酒人》）；「無垠的心跳的走廊／正等待／親吻、擁抱、掐死／雪白的潛伏的小手」（柏樺《或別的東西》）。這些驚心動魄的時刻率先預示了傳統之於現代語境的一種不祥的命運，也讓柏樺抱以壁虎式的警覺，讓他無比清晰地記住了「依稀的白頸項」、「白玉般的頸子」，記住了「雪白的潛伏的小手」，這些白色的幽靈器官正來自那具「優美僵直的屍體」，猶如在波德賴爾（Baudelaire）憂鬱的目光注視下，「一個優雅而光輝的幽靈，／不時地閃亮，伸長，又展開，／直到顯出了整個的身影。」（波德賴爾《一個幽靈》）[6] 毋庸置疑，傳統的身軀正在變為一具「優美僵直的屍體」，變成一朵惡之花，柏樺說：「你如果說它像一塊石頭／冰冷而沉默／我就告訴你它是一朵花／這花的氣味在夜空下潛行／只有當你死亡之時／才進入你意識的平原」（柏樺《表達》）。作為柏樺詩歌中長久籠罩的意象，死亡的觸鬚就從那些雪白的幽靈器官中探伸出來，用變幻不定的旖旎身姿，來展示著它魔鬼般的美麗，彷彿那屍體在做著復活的準備，或者久久不願邁進死亡的門檻：

> 因為危險是不說話的
> 它像一件事情
> 像某個人的影子很輕柔

---

[6]　（法）波德賴爾：《惡之花》，郭宏安譯，廣西師範大學出版社，2002年版，第245頁。

它走進又走出

（柏樺《下午》）

　　柏樺所描摹的是一個恬靜的亡靈在我們身後徘徊時的芬芳步履，她危險、不說話、輕柔、走進又走出，像一隻神秘而無聲的貓，她的眼神直穿心靈，奪魂攝魄。T.S.艾略特（T.S. Eliot）的作品中也游離著這樣一團輕聲移動的迷霧：「把它的舌頭舔進黃昏的角落，／徘徊在陰溝裏的污水上，／讓跌下煙囪的煙灰落上它的背，／它溜下臺階，忽地縱身跳躍，／看到這是一個溫柔的十月的夜……」（T.S.艾略特《阿爾弗瑞德‧普魯弗洛克的情歌》）[7]儘管這種貓一樣的形象浸透著消極的現代體驗，然而作為現代性的五副面孔之一，這種頹廢的末世論基調也貫穿了波德賴爾詩中那個「優雅而光輝的幽靈」，貫穿了柏樺筆下那個「優美僵直的屍體」。這種如貓如霧般的死亡意象，在柏樺的詩中匯成一種難以言及的情緒：「一種白色的情緒／一種無法表達的情緒／就在今夜／已經來到這個世界／在我們視覺以外／在我們中樞神經裏」（柏樺《表達》）。

　　由於受到法國早期象徵主義的影響，柏樺形成了自己的一條重要的詩觀：「人生來就抱有一個單純的抗拒死亡的願望，也許正因為這種強烈的願望才誕生了詩歌。」[8]在柏樺看來，死亡成為了詩歌的永恆分母，而對死亡審美式的抗拒則造就了柏樺的寫作氣質，

7　（英）T.S.艾略特等：《英國現代詩選》，查良錚譯，湖南人民出版社，1985年版，第2頁。

8　柏樺：《左邊──毛澤東時代的抒情詩人》，江蘇文藝出版社，2009年版，第92頁。

生成了瀰漫在他詩中的那種極難表達的白色情緒。白色，這種在死亡震懾下的抽象抒情，在柏樺的作品中故意保持著一種詩意的含混，像一團白色的濃霧，也像一隻蜷縮的貓。這種含混拒絕了描述的精確性，卻將意義傳遞給由白色情緒衍生出的遊移形象，因而在柏樺的作品中具有強大的闡釋力：「一個人側著身子的謙遜／正一點點死去／這一切真像某一個」（柏樺《誰》）。索福克勒斯（Sophocles）說，當死亡給生命規定一個不可寬限的時限時，生命才變得可以理解。瞥見死亡，就猶如猛然瞥見牆角久久趴伏著的壁虎，或從窗臺上跳下來的貓，猶如感到一絲突如其來的冷風劃過臉頰，猶如迷思於那無法確知的「某一個」，帶給我們直穿心靈的震顫。

里爾克（Rilke）在與貓進行對視之後寫下：「於是你不意間重新在它的／圓眼珠的黃色琥珀中／遇見自己的目光：被關在裏面／宛如一隻絕種的昆蟲。」（里爾克《黑貓》）[9]貓的眼睛深不可測、神秘絕倫，與柏樺的白色情緒如出一轍。我們這些可憐的人類，在那兩洞無底深潭中，瞥見了死亡的幻影。柏樺的詩中就藏著一隻貓，它輕手輕腳，悄聲竄動，動若象徵，靜如死亡，伸展若濃霧，繾綣如線團。它的眼睛反射了觀者自己的目光，也為我們開啟了一個靈異的世界，這裏「飄滿死者彎曲的倒影」（北島《回答》），充滿了各類蠕動的靈魂，讓我們在固定的、聽命於季節的植物性世界以外，找到了一個遊牧靈魂的世界，一個想像死亡的世界。在愛倫・坡（Allan Poe）的意義上，貓成為了一個操度死亡與復活的祭司，它的腰臀間佈滿了陰森、恐怖的魔力，讓他的主人一

---

[9]　（奧）里爾克：《里爾克詩選》，綠原譯，人民文學出版社，1996年版，第381頁。

次次陷入危險、瘋狂和絕望，將人類推向懸崖的邊緣，帶進那片靈異的世界。靈異的世界是象徵主義的天堂，死亡在生命中深遠的回溯力與普通人「單純的抗拒死亡的願望」發生了無止境的迎頭相撞，兩者的衝突造成了辭彙間超越常識的混搭，造成了許多鍾鳴所謂的「局部自戕」或「自瀆性的句子」[10]，造成曼傑斯塔姆（Mandelstam）所謂的「被封了口的容器」[11]。這種白色的抒情焦慮，讓柏樺專注於對詩歌語言的構造，尤其是他持續動用著詩歌口袋裏那支心愛的、病態的辭彙家族，希望以此來描述靈異世界的可能圖像，揭示人類在死亡面前暴露出的真實而躁動的生存狀況：

> 歇斯底里的女性時刻
> 布下缺席的陰謀
> 到處嚼出即興的鬥爭
> 生理的、趕不走的抱怨
>
> （柏樺《冬日的男孩》）

柏樺坦承，他寫詩的起因是由於童年的痛苦。[12]那「歇斯底里的女性時刻」在年幼的詩人心中代替了死亡的恫嚇，並成為一種影

---

[10] 鍾鳴指認出了柏樺詩歌中眾多「自瀆性的句子」，如「鎮靜的仇恨」、「拾起從前的壞習慣」、「性急與難過交替」、「酒杯騰空安靜的語言」、「囁嚅的營養不良的歌聲」、「我們更多毀容的激情了」、「由於一句話而自殺的一個細節」、「示威的牙齒啃著難捱的時日」等。參閱鍾鳴：《樹皮、詞根、書與廢黜》，《秋天的戲劇》，前揭，第76頁。

[11] （俄）曼德里施塔姆（即曼傑斯塔姆）：《論詞的天性》，《時代的喧囂——曼德里施塔姆文集》，劉文飛譯，雲南人民出版社，1998年版，第175頁。

[12] 柏樺：《往事・自序》，河北教育出版社，2002年版，第5頁。

響他一生的、切近的、擊穿肉體的陰霾力量。這一攝人心魄的時刻，在柏樺的時間體驗中指向了一天中的下午——「一天中最煩亂、最敏感同時也是最富於詩意的一段時間，它自身就孕育著對即將來臨的黃昏的神經質的絕望、囉囉嗦嗦的不安、尖銳刺耳的抗議、不顧一切的毀滅衝動，以及下午無事生非的表達欲、懷疑論、恐懼感，這一切都增加了一個人下午性格複雜而神秘的色彩。」[13]下午為柏樺剝落出一個靈異的世界，一個充滿象徵的世界。如同魯迅把在仙台醫學院上演的「幻燈片事件」作為自己「怒向刀叢覓小詩」的邏輯起點，柏樺詩歌的起點暨痛苦的起點，就發在若干年前的一個遙遠的下午，由她的母親向他展示的一個「歇斯底里的女性時刻」，一個永劫的危險時刻，這一時刻「充滿了深不可測的頹唐與火熱的女性魅力」[14]，充滿了死亡的震顫。它直接把當年那個多病、敏感的男孩塑造成一個「白熱的複製品」，將他變成一隻貓，最終迫使他的命運與詩歌緊密纏繞在一起：「我開始屬於這兒／我開始鑽進你的形體／我開始代替你殘酷的天堂／我，一個外來的長不大的孩子」（柏樺《獻給曼傑斯塔姆》）。

　　這個洋溢著「下午性格」的詩人，在那一刻迎來了自己處女般的疼痛，讓他的文字散發著酒精的白熱之美，彷彿這個孱弱的男孩佇立在遙遠的俄羅斯的冬日雪野，「穿過太重的北方」（柏樺《獻給曼傑斯塔姆》），「嘴裏含有烈性酒精的香味」（翟永明《壁虎與我》），成為「冥想中的某一個」（柏樺《誰》）。與柏樺一樣過早領略了太多疼痛的俄羅斯大男孩曼傑斯塔姆終於開口說話了：

---

[13]　柏樺：《左邊——毛澤東時代的抒情詩人》，前揭，第3頁。

[14]　柏樺：《左邊——毛澤東時代的抒情詩人》，前揭，第3頁。

「纖細的軀幹和這些／脆弱的肉體之冷／指示著怎樣膽怯的律令，
／怎樣玩具般的命運！」[15]（曼傑什坦姆《存在著純潔的魅惑》）
男孩們在下午展開的對話，憂鬱而絕望，「仇恨在腸子裏翻騰／裏
進一小塊堅硬的石頭」（柏樺《給一個有病的小男孩》）。他們共
識般地發現了痛苦和詩歌的肉體根源，而這一發現直到很晚才真正
走進漢語新詩的皮膚：

再瞧，他的身子

多敏感，多難看

太小了，太瘦了

嘴角太平凡了

只有狡點的眼神肯定了他的力量

但這是不幸的力量

（柏樺《夏日讀詩人傳記》）

柏樺痛苦的詩歌起點引得了他對肉體的關懷，並從一開始就
將它置於寫作的中心，讓他的詩普遍散發著肉體的氣息。據這位
肉體詩人觀察：「如果說朦朧詩到後朦朧詩是從主體到客體的變
異的話，那麼90年代的漢語詩歌就是從客體直接到身體，也可以說
肉體、性的抵達。」[16]在柏樺的作品中，肉體之痛或肉體之癢是如
此真實地呈現著：「痛影射了一顆牙齒／或一個耳朵的熱／被認為

[15] （俄）曼傑什坦姆（即曼傑斯塔姆）：《曼傑什坦姆詩全集》，汪劍釗
譯，東方出版社，2008年版，第6頁。
[16] 柏樺：《當代詩歌寫作中的主體變異》，《今天的激情——柏樺十年文
選》，上海人民出版社，2006年版，第93頁。

是壞事，卻不能取代／它成為不願期望的東西」（柏樺《痛》）；
「這恨的氣味是肥肉的氣味／也是兩排肋骨的氣味／它源於意識形
態的平胸／也源於階級的多毛症」（柏樺《恨》）；「他們的兒子
／那些純潔的性交者／在今天正午／吟詠藥物」（柏樺《我歌唱生
長的骨頭》）；「我的每一小時，每一秒／我嚴峻的左眼代替了心
跳」（柏樺《十夜 十夜》），等等。肉體概念在柏樺的詩中被眾
多充滿感性的辭彙沖決和浮現，讓來自人類軀體家族中的牙齒、耳
朵、肥肉、肋骨、眼球、心臟獲取了普遍的發言權，讓「粉碎的膝
蓋／扭歪的神經／輝煌的牙痛」（柏樺《給一個有病的小男孩》）
在他的詩歌體系中得以縱情地自瀆，讓肉體的獨立意志在「冥想中
的某一個」細節中徹夜狂歡：「可以是一個巨大的毛孔／一束倒立
的頭髮／一塊典雅的皮膚／或溫暖的打字機的聲音／也可以是一柄
鑲邊的小刀／一片精緻的烈火／一枝勃起的茶花／或危險的初夏的
墮落」（柏樺《或別的東西》）。此外，肉體的登場讓由死亡孕育
的白色情緒具有了直觀的形式：「辭彙從虛妄的詩歌中暈倒／幽靈
開始復活／他穿上春天的衣服」（柏樺《青春》）。

　　柏樺詩歌中的幽靈在貓眼裏征服了一個靈異的世界，一個象徵
的世界。在波德賴爾那裏，貓身的肥膩和溫柔讓他聯想起自己鍾愛
的女人：「從她的腳到她的頭，／有一種微妙的氣氛、危險的清香
／繞著褐色的肉體蕩漾。」（波德賴爾《貓》）[17]在流蕩情慾的肉
體中，我們更加刻骨銘心地靠近著生之激情，體味著死之靜美，這
一切由靈異世界散佈的內心能量，集中呈現在柏樺詩歌中的一個夏

---

[17]　（法）波德賴爾：《惡之花 巴黎的憂鬱》，錢春綺譯，人民文學出版社，
　　1991年版，第81頁。

日的午後：「這些無辜的使者／她們平凡地穿著夏天的衣服／坐在
這裏，我的身旁／向我微笑／向我微露老年的害羞的乳房」（柏樺
《往事》）。貓眼中的靈異世界，讓我們看清了愛情、集權、肉體
和死亡，它們正等待著「美的行刑隊」前來對其進行最終的處決：
「而我們精神上初戀的象徵／我們那白得炫目的父親／幸福的子彈
擊中他的太陽穴／他天真的亡靈仍在傾注：／信仰治療、宗教武士
道／秀麗的政變的軀體」（柏樺《瓊斯敦》）。這一切恍若一個未
知的世界，像一場即將降臨的黃昏，像一隻疲乏的、慵懶的貓閉上
雙眼：「十夜，所有沉重的都睡去／十夜，所有交媾後的青春、豹
／江南和江北都睡去」（柏樺《十夜　十夜》）。死亡即睡眠，貓
停止腳步，肉體追本溯源，柏樺的詩歌也於1997年就此睡去（儘管
如今柏樺重拾寫作，但卻不可同日而語），他那些陳年的、珍貴的
作品，也如同一曲催眠的歌謠反覆吟詠著時代的憂傷：

　　　　天將息了
　　　　地主快要死了
　　　　由他去吧
　　　　紅軍正在趕路

　　　　　　　　　　　　　　　　　　　　　（柏樺《奈何天》）

三

　　地理學家巴諾（Baron）有一個很有意思的發現：「巴布亞人的
語言很貧乏，每一個部族有自己的語言，但它的語彙不斷地在削減，

因為凡是有人死去，他們便減去幾個詞作為守喪的標記。」[18]這條高貴的風俗剛好配得上柏樺洋溢著傾頹和白熱的寫作，無論是壁虎趴伏在牆壁等待著下午和潔淨的腐朽，還是靈異的貓在陳舊的黃昏瞥見死亡和肉體的睡眠，柏樺的作品以輓歌的形式，讓我們的生命銘記下那些珍貴的辭彙，儘管這些詞經年反覆地出現在他的作品中，驚人地缺少變化，但不得不承認的是，正是這些無比基本的辭彙，讓古老而美麗的漢語在當代生活中一直保持著新鮮，讓我們在這些令人顫抖的辭彙中，重新認識和學會了生活。當我們把柏樺為數不多的抒情詩當作燦爛的夏天來盡情徜徉之時，它們已悄悄變成我們的空氣：

> 你的名字是一個聲音
> 像無數人呼吸的聲音

（柏樺《名字》）

柏樺說：「詩和生命的節律一樣在呼吸裏自然形成。一當它形成某種氛圍，文字就變得模糊並融入某種氣息或聲音。」[19]柏樺的詩深深契合著我們的呼吸，讓人讀上去就像感受著早晨刷牙的節奏，就像走在放學回家的小路，它們讓我們懂得了語言就是生活毛孔溢出的產物，如父母遺傳一般自然和諧。柏樺將自己的詩歌概括為以「父親形式」為外表，以「母親激情」為核心，按照馬鈴薯兄弟的解釋，父親代表古代、平和、右、正常、緩慢、肯定、日常、低吟；母親代表著現代、激進、革命、左、神經質、快速、否定、

---

[18] 轉引自（法）羅蘭・巴特：《神話修辭術 批評與真實》，屠友祥、溫晉儀譯，上海人民出版社，2009年版，第246頁。

[19] 柏樺：《左邊——毛澤東時代的抒情詩人》，前揭，第92頁。

神秘、尖叫。柏樺贊同這種解釋，他說：「當我在詩中飄起來，我便是母親的，這時我是本能的、獨裁的、也是自信的；而當我在詩中靜下來，我便是日常的、猶豫的、自我的，一句話，軟弱的。父母的影響如兩條河流，時而分流，時而交匯，而我寫得最好的時刻一定是軟硬妥帖之時，是在母親尖銳的高音之中加入父親『逝者如斯』的悲音。」[20]

按照這種自然遺傳規律的啟示，或許我們可以發現，柏樺的詩歌也可看作是壁虎與貓兩種形象的疊合：瘦小的壁虎擁有一副風乾的肉體，它成為一名傳統之牆的守護者，一個「乾枯的導師」，柏樺借助它的目光向我們展示了一個植物般的世界，一段充滿「安閒和理想」的舊日時光，這裏為柏樺詩歌提供了一個宏觀秩序、一塊靜穆的家園，詩人在這裏小心翼翼地封存起古典意境，喟歎流逝的光陰；神秘的貓則反覆遊歷在房間的每一個角落，它閃爍著深不可測的瞳孔，踩著輕盈的步子，渾身披著象徵主義的絨毛，讓我們在它眼中窺測到一個靈異的世界，一個見習死亡的未知領地，它的足跡敏捷地鑴刻在柏樺詩歌的細節之處，構成了詩句的局部自戕，語義的反動透頂，辭彙的震顫不寧。壁虎和貓所各自表徵的精神向度，也同時釐定了柏樺詩歌的基本寫作格局，用歐陽江河的話來說就是，每一行詩都是平行的（壁虎的秩序），但其中的每一個字都有些傾斜（貓的秩序）。[21]

在死亡的威脅面前，擅長斷尾逃生的壁虎遵循了植物性世界的生存法則，就像折斷了枝椏的樹幹，依然具有再生的可能。當傳統遭遇現代撻伐進而奄奄一息之時，壁虎守護的植物性世界為它提供

20 參閱柏樺：《對現代漢詩的回顧：困惑與展望》，《今天的激情——柏樺十年文選》，前揭，第264-265頁。
21 歐陽江河：《柏樺詩歌中的道德承諾》，《站在虛構這邊》，前揭，第231頁。

了得以自保的空間，傳授了生存進化的技能，柏樺在他的詩歌中極為顯著地證明了這一點：「今夜我知道有一種幻想是無法變換的／就像堅強地忍受下去的四季的更替／消瘦和壯大的生息／周而復始的興奮和悒鬱」（柏樺《抒情詩一首》）；對於傳說有九條命的貓來說，這項特權暗示了它在靈異世界中的不死，在我們這只渾身透著邪氣的鄰居身上，折射出了人類本性中的陰暗、乖戾、魅惑，以及走向死亡的本能，就像愛倫‧坡筆下的那隻黑貓，為人類帶來災難的預兆和復活的恐懼一樣，這個不安定的未知世界始終悄然潛藏在常識世界身旁，為我們的生活製造著麻煩，也提供了解釋。在柏樺的詩歌中，尤其是精緻的細部，那些中魔的詞語在繪聲繪色地「說明為什麼另一種風／如同真理／向我們進攻」（柏樺《三月》）。

柏樺詩歌中貫穿著這兩種對死亡的態度，一種向左，一種向右，一種在地上，一種在空中，一種靜默，一種流動，而肉體成為融合這兩種態度的樞紐，成為壁虎和貓和諧共處、迎接死神的一個房間。柏樺的詩歌引起我們肉體的震顫，猶如我們在他的文字中間發現了老虎：「金黃頭髮的羅馬少女／站立懸崖岸邊／聆聽密林深處老虎的怒吼／依然安詳地微笑」（柏樺《震顫》）。對於這個優雅的獸中之王來說，壁虎得虎之名，滿足了這個瘦弱的安閒者的夢想；貓得虎之形，將靈異和震顫傳遞給自然生命中的每一個細節。老虎既是壁虎與貓的子嗣，又是他們的祖先，老虎就是死亡，就是肉體，就是疼痛，就是焦急，就是寧靜，就是白色，就是舊日子，就是有病的小男孩……當柏樺昂起共和國的顴骨、享受著高傲的貧瘠、無可救藥地混合著時代的憂傷之時，在他的詩中呈現的，「該是怎樣一個充滿老虎的夏天」（柏樺《海的夏天》）？

2010年6月，北京魏公村

在一切麥田之上
──海子詩歌漫議

過渡時代？

　　泰利蘭德（Terriland）曾經懷著極端複雜的心情宣稱：只有那些生活在1789年之前的人才有可能嘗到過生活的全部樂趣。[1]如果這個判斷屬實的話，那便意味著，我們這些太晚來到這個世界上的人，註定要用畢生的時間和精力，來對付頭頂日益猖獗的文明陰霾，來辛勤修補愈發巨大的經驗斷裂。屠夫般的時間不但齊腰截斷了人類一度綿延的生存譜系，而且還對它的下半身施以縱切，讓各部分之間多元割據、互生變亂。在這種嶄新的時代觀念滋養下，上帝授意將一大批前所未有的生存體驗空投給我等不幸的時間災民。我們一邊空前調用人類的理性，一邊開始變得敏感、虛弱、躁動不安，這些新奇的感受讓我們中的絕大多數人，要麼成為未來主義者，坐等下一個輝煌時代的到來；要麼信奉末世論，遁入虛無和絕望的深淵。然而，當有人逐漸將自己的時代認定為某種過渡時代時

---

[1] 轉引自（德）卡爾‧雅斯貝斯（Karl Jaspers）：《時代的精神狀況》，王德峰譯，上海人民出版社，2008年版，第9頁。

——根據雅斯貝斯的觀察——一部分人的希望黯淡下來，另一部分人的恐懼也緩解了。自此，這種過渡的觀點一直足以使精神虛弱的人得到平靜與滿足。[2]

> 公元前我們太小
> 公元後我們又太老
> 沒有人見到那一次真正美麗的微笑
>
> （海子《歷史》）[3]

　　難怪大徹大悟的歌德（Goethe）霸氣十足地感歎道：「我已學習過生活，主啊，限我以時日吧。」[4]而歌德的同胞荷爾德林（Hlderlin）卻沒有前者那樣的好運氣，這位與歌德共同跨越了1789年的落魄詩人，不得不用瘋癲、譫狂和囈語來詮釋籠罩他大半生的茫茫黑夜。荷爾德林斷言，他生活的時代不是詩人的氛圍，並且追問在貧困的時代裏「詩人何為」。對於這個熱情的靈魂來說，寫作恐怕是他唯一的樂趣了，但在他生逢的時代裏，這種樂趣卻像風一樣轉瞬即逝。

　　1789年之後的詩歌寫作逐漸成為一種轉瞬即逝的樂趣，這是生活在過渡時代或貧困時代的詩人最顯著的體驗。荷爾德林用先知般的口吻，預言了明日世界裏寫作的命運。這種情形非常類似於中國詩人在1989年之後的整體精神挪移，儘管詩歌寫作從此不再成為詩

---

[2] 參閱（德）卡爾·雅斯貝斯：《時代的精神狀況》，前揭，第7頁。

[3] 本章引用的海子作品均出自《海子的詩》，人民文學出版社，1995年版。

[4] （奧）茨威格（Stefan Zweig）：《與魔鬼作鬥爭》，徐暢譯，西苑出版社，1998年版，第10頁。

人們的唯一樂趣,甚至乾脆不是樂趣,這些中國當代的寫作者們,仍舊在爭相分食著一塊叫做「剩餘快感」(齊澤克語)的碩大雞肋,而那種純正的、全面的樂趣或許早已被時代拒之門外了。長期以來,詩歌界驕傲地將於1989年自絕辭世的海子徵用為一個悲情符號,一座理想主義的紀念碑,並且教化所有讀者從殉道者的光環之外,來眺望這個早夭的中國詩人,瞻仰他的作品,領會這一事件的不凡含義。在今天看來,與其說自殺是對中國詩歌的自我判決,不如說這種由自殺引起的震驚效果,無異於章魚逃生時施放的黑色迷霧。中國詩人靠闡讀海子之死來肆意昇華它的意義,在一片漆黑肅穆、貌似崇高的價值氛圍裏,妄圖將海子——這位「中國最後一個抒情詩人」,這個無辜的祭品——裝點為即興神話的主角,順便也將他轟出地球:

> 萬人都要從我刀口走過　去建築祖國的語言
> 我甘願一切從頭開始
>
> （海子《祖國（或以夢為馬）》）

一個有目共睹的現象是,在1989年之後,「海子事件」策動了大批熱血青年拿起筆來從事詩歌創作,他們的目的是各種各樣的,彷彿這個詩歌烈士要用一己的死亡來換取整個中國詩歌在當代的復活,試圖藉此延續20世紀80年代中國詩歌界的盛況。然而,此時的中國卻偏偏迎來了人文精神的通貨膨脹,那些紙筆只能淪為泡沫,為祖國的妖嬈新寵接風洗塵,而詩歌現已不再是國人的稀罕物了。改弦易轍的時代邏輯,只允許海子以封面的形式出現在他身後的喧囂歲月裏,他的詩句不過是封面上他平面塑像的抒情注腳:「我自己被塞進像框,掛在故鄉」(海子《故鄉》)。海子和他的壯舉被諸多的詩人、批評家

建築成一種特別的「祖國的語言」（儘管最初駱一禾、西川等人的努力方向並不在於此），這種話語在不斷地塑造、加固海子的形象，將這個硬邦邦的頭顱樹立在一個脆弱靈魂的「刀口」之上，而更多的寫作者則聰明地躲在詩人的背影裏高枕納涼，締造「亂石投築的梁山城寨」（海子《祖國（或以夢為馬）》）。

　　如今，我們可以清楚地看到，「海子事件」或許可以看成是中國詩歌與時代的一次合謀，聲東擊西的當代詩人們，用製造神話的方式讓自己從懸崖邊上全身而退、另闢蹊徑，只有天真的海子為那只逃遁的章魚買了單。然而，對於海子，我們中間又有誰能夠大膽地講出：「我已替亡靈付賬」（歐陽江河《晚餐》）？從海子生前創作的大量詩歌作品來看，他是一個對語言和詩歌極為敏感的人，我們可以在每一個感性的詩句中，感受到它背後強大的氣場，體會到他希望用自己的方式來「建築祖國的語言」的抱負。自殺，或許是「甘願一切從頭開始」的海子，做出的最後的、也是最驚人的努力：

> 這是一個黑夜的孩子，沉浸於冬天，傾心死亡
> 不能自拔，熱愛著空虛而寒冷的鄉村
>
> 　　　　　　　　　　　　（海子《春天，十個海子》）

唯一樂趣？

　　海子與他畢生熱愛的荷爾德林一樣，也擁有一個熱情的靈魂，並且名副其實地把詩歌作為他的唯一樂趣，在海子那裏，這唯一樂趣也正是泰利蘭德所謂的「全部樂趣」。西川描述了海子在昌平住

所的日常生活：「在他的房間裏，你找不到電視機、錄音機、甚至收音機。海子在貧窮、單調與孤獨之中寫作，他既不會跳舞、也不會騎自行車。在離開北京大學以後的這些年裏，他只看過一次電影……海子的日常生活基本是這樣的：每天晚上寫作直至第二天早上7點，整個上午睡覺，整個下午讀書，間或吃點東西，晚上7點以後繼續開始工作。」[5]作為「中國最後一個抒情詩人」，選擇詩歌，就意味著放棄塵世的聲色。從安徽鄉村負笈進京的海子，不得不一方面在變幻莫測的大都市中尋找自己的生活軌跡，另一方面偏居於京畿小鎮，在這裏，他被噪雜、碎屑、骯髒這些招招致命的生存細節所包圍，成為一座人體孤島，幾乎無法與令他失望的外界展開交流。鍾鳴的觀察是深刻的，海子要以不同的身份和態度來應付這兩種生活，因此他越公允，便越孤立。[6]「窮孩子夜裏提燈還家　淚流滿面／一切死於中途　在遠離故鄉的小鎮上」（海子《淚水》）。

　　海子，這個在北大求學的山裏娃，中國政法大學的年輕教員，這個渴望飛翔的詩人，卻是歌德失敗的學習者。只有依靠純粹的內心生活才能暫時擺脫窘境，獲取樂趣，於是他努力在詩歌中營造自己的精神王國，用高傲的姿態回絕時代的魅惑。依此我們就更加能夠理解，西川對海子房間的描述中所提到的凡·高的油畫、喇嘛教石頭浮雕、格列柯的畫冊和擺滿書籍的書架等陳列物在海子精神世界裏的顯要地位。[7]然而，不論海子在長期的逆境中，創作出了在他自己看來多麼偉大的詩篇（如《太陽·七部書》），這位崇尚凡·高、梭

5　西川：《懷念》，《不死的海子》，崔衛平編，中國文聯出版社，1999年版，第23頁。
6　鍾鳴：《中間地帶》，《不死的海子》，前揭，第62-63頁。
7　參閱西川：《懷念》，《不死的海子》，前揭，第22頁。

羅、荷爾德林的中國詩人，沒有能夠在「反求諸己」的聖訓中合理地轉化掉自己的精神危機，而是在單一的理想速滑道上表現得更加急功近利，他拼了命地構築心目中的「大詩」（即史詩），並迷戀上了氣功（這很可能是導致他自殺的直接原因），引起嚴重的幻聽和思維混亂，這種危機四伏的急躁心態加劇了他孤獨的自我流放和精神酷刑：

> 黑夜從大地上升起
> 遮住了光明的天空
> 豐收後荒涼的大地
> 黑夜從你內部上升
>
> （海子《黑夜的獻詩──獻給黑夜的女兒》）

　　海子最終走向了荷爾德林，然而對於這對惺惺相惜的詩歌兄弟，世人卻用截然相反地態度接納了他們的死亡。海子這樣對自己的偶像說：「二哥索福克勒斯／是否用悲劇減輕了你的苦痛」（海子《不幸──給荷爾德林》）。與過渡時代多少稀釋了我們血管中濃稠的焦慮意識的情形不同，如果悲劇真的可以減輕現世痛苦的話，那絕不意味著他人的不幸僅僅是為了掩飾、轉移自己的窘境，而正說明了悲劇所包含的強大預言性，它不是讓人忽視生存的痛苦，而是認清這些痛苦。在某種意義上說，悲劇可以看做一種現代觀念，它是現代人的不幸宿命對古典悲劇概念的一種反轉和置換，而現代人的寫作，無論良莠，如今正為這種反轉和置換的發生提供可能。因為詩人經歷著苦難深重、支離破碎的生活，而從既往的經典秩序中游離出來，詩歌成為轉瞬即逝的樂趣，它在微小的生存空間裏蘊藏著更加強勁的回憶能力，它將叩

問人類更悠久的秘密。因而，海子認為：「做一個詩人，你必須熱愛人類的秘密，在神聖的黑夜中走遍大地，熱愛人類的痛苦和幸福，忍受那些必須忍受的，歌唱那些應該歌唱的。」[8]這些秘密就隱藏在籠罩我們的黑夜之中，隱藏在豐收之後的大地之上，前者是痛苦的重重迷霧，後者是蒼涼裏的一絲幸福，人就是在這裏獲得了寶貴的生命，渾身沾滿了花香和泥汙來到人間。不論時間的剃刀如何犁過無邊的黑夜和大地，海子卻時刻準備在語言中「從頭開始」，在時間中漫遊，追溯生命和詩歌的共同源頭：

> 我不能放棄幸福
> 或相反
> 我以痛苦為生
> 埋葬半截
> 來到村口或山上
> 我盯住人們死看：
> 呀，生硬的黃土　人丁興旺
>
> （海子《明天醒來我會在哪一隻鞋子裏》）

風景學？

本文重點探討海子的抒情詩。不僅因為，這些清新、洗練、雋永的詩句，以最直接的方式體現了海子卓越的才華，而且相較於氣勢恢

8　海子：《我熱愛的詩人——荷爾德林》，《海子詩全編》，西川編，上海三聯出版社，1997年版，第916頁。

宏的「大詩」，這種「短、平、快」的文字，更能真切地幫助海子抒發他日常裏對事物的詠歎，更能澄明地傳達海子決心「建築祖國的語言」的微言大義。在海子留下的大量抒情詩中，他直接用生命面對風景，尋找對實體的接觸，「找到對土地和河流──這些巨大物質實體的觸摸方式」，海子認為，「詩應是一種主體和實體間面對面的解體和重新誕生。詩應是實體強烈的呼喚和一種微微的顫抖。」[9]而抒情正是生命在風景（實體）中的一種自發的舉動，一種消極能力，它在行為的深層下悄悄流動。[10]「你在漁市上／尋找下弦月／我在月光下／經過小河流／你在婚禮上／使用紅筷子／我在向陽坡／栽下兩行竹」（海子《主人》）。海子的抒情幾乎是信手拈來的，如同他隨身的衣袖，如同他行走的步履，用他自己的話來說：「抒情就是血。」[11]

> 我彷彿
>
> 一口祖先們
>
> 向後代挖掘的井。
>
> 一切不幸都源於我幽深而神秘的水。
>
> （海子《十四行：夜晚的月亮》）

　　海子是通過閱讀荷爾德林來建立自己的詩歌觀念的。按照海子的邏輯，詩人要從熱愛生命中的自我進入熱愛風景（亦指實體）中的靈魂，再進入熱愛元素的呼吸和言語。[12]簡單地說，就是在詩歌

9　海子：《尋找對實體的接觸》，《海子詩全編》，前揭，第869頁。

10　參閱海子：《日記》，《海子詩全編》，前揭，第879頁。

11　海子：《日記》，《海子詩全編》，前揭，第879頁。

12　參閱海子：《我熱愛的詩人──荷爾德林》，《海子詩全編》，前揭，第

中力圖完成「自我——風景——元素」這個轉換路徑。該轉換機制包含著先後兩重轉換：第一重是從自我到風景，這是一個融化的過程，把詩人的主體性投射進抒情物件之中，形成客觀對應物，創造一種洋溢生命力的物境；第二重是從風景到元素，這是一個析出的過程，經過風景施洗的靈魂，已經作為構成世界本原的要素再一次現身，它又以極為普遍的形式回歸大地，重新喚醒躲藏在風景深處的幽閉之身。

　　海子詩歌中包含的這兩重轉換，提供了一種認識世界、認識生活的圖式，作為這架邏輯鏈條中的核心和樞紐，風景成為海子詩歌中的寵臣。海子正是通過詩歌中充滿形象感、畫面感和夢幻感的景致來展示內心顫動的：「再不提起過去／痛苦與幸福／生不帶來　死不帶去／唯黃昏華美而無上」（海子《秋日黃昏》）。儘管進入海子書寫聖殿中的風景形象為數不多，而且相對穩定（如村莊、麥地、河流、馬匹等形象成為海子反覆吟詠的對象），但它們一經與主體結合，簡潔的詩句中便會衍生出極為豐富的情感體驗。無論幸福痛苦，還是歡樂悲傷，無限風景中誕生的諸多夢想、錯覺、祝祈、震顫、慾望、騷動或咒語，最終會像拼圖那樣，共同碼成一組有關人的命運的圖案，躍出海子詩歌的肌體，在我們面前站立起來。這條寫作內部的轉換路徑，猶如一枚從此岸擲出的石子，在平靜的水面上輕輕掠過，又迅速彈起，最終落在對岸。風景就是這片被石頭點觸而形成漣漪的水面，人的靈魂就是被水沾濕而渡到彼岸的石頭。

　　如果從這個線索來觀察海子的抒情詩，我們可以把他的寫作特徵歸結為：到風景中去，從風景中來。這一系列過程是成就了詩歌

915-916頁。

中的風景學運動，海子希望在自己的寫作中盡力對它加以綻現和完
成。那些簡短、跳躍的抒情詩，為海子的自由意志和無盡幻想提供
了棲息的雲朵，在靈魂的飄來遁去間，風景是一個永遠澄明的介
質，像一個戀愛中的女人呢喃出的夢幻世界：

> 坐在三條白蛇編成的籃子裏
> 我有三次渡過這條河
> 我感到流水滑過我的四肢
> 一隻美麗魚婆做成我緘默嘴唇
>
> （海子《我感到魅惑》）

到風景中去？

　　到風景中去，讓自我走進風景，是海子的抒情詩中普遍呈現的
一種趨勢。農業文明的成長背景、田園式的生活理想和個人的美學
趣味，讓海子對自然界的美麗細節尤為敏感和熱愛，並且像畫家
凡・高那樣，利用文字的色彩和線條與眼前的風景展開對話，告訴
它自己的憂傷和歡樂：「生存無須洞察／大地自己呈現／用幸福也
用痛苦／來重建家鄉的屋頂」（海子《重建家園》）。走進風景，
就是走進大地，就是走進更廣闊的田野。海子在中國繁星般的村莊
中找到了風景的典範，那些呈現在海子眼前的和幻想中的村莊，猶
如臥在大地上仰望天空的幼獸，我們彷彿在海子濕潤的文字中感受
到了它的鼻息和安寧。那是一座座融化在海子血液中的村莊，他帶
著自己熱情的靈魂，帶著孤獨的宿命，奔向了那片村莊中的麥田：

麥地
別人看見你
覺得你溫暖，美麗
我則站在你痛苦質問的中心
　　被你灼傷
我站在太陽　痛苦的芒上

（海子《麥地與詩人》）

　　麥子（麥地）是海子發明的抒情辭彙，它不但顆粒飽滿、姿態高貴、充盈著豐收的喜悅，而且頂著根根直立的針狀頭髮，彰顯著獨立的個性和超拔的信念。麥地是太陽在大地上傾灑的黃金，它們在風中滾滾流動，將堅韌的麥芒指向太陽：「太陽是我的名字／太陽是我的一生／太陽的山頂埋葬　詩歌的屍體──千年王國和我」（海子《祖國（或以夢為馬）》）。海子幻想自己站在麥子上，彷彿置身於太陽的光芒中間，他通過麥子找到了太陽，通過太陽找到了自己的位置，找到了一個王座。在海子的眾多詩篇中，他滿懷豪情的謳歌太陽，他渴望成為太陽，在宇宙的中心，驅散黑暗，將全部的風景照亮。太陽，成為了他帶著靈魂走進風景過程中一個至關重要的原點，一扇耀眼的門扉，它成為一切風景形成的先決條件，是萬能的風景之母。

　　海子站在這個宇宙中心，就等同於鑽進風景中的每一個褶皺，又囊括了風景總和的浩瀚之美。通過這個中心，詩人才得以鋪展開他的心靈，創造他崇高的生活，建立他對世界的整體觀念：「在黑暗的盡頭／太陽，扶著我站起來／我的身體像一個親愛的祖國，血

液流遍」（海子《日出——見於一個無比幸福的早晨的日出》）；
「在我手能摸到的地方／床腳變成果園溫暖的樹椿」（海子《肉體
（之一）》）。以太陽為基點，海子成為一個想像中的王，詩歌的
王，浪漫的王。在他的王國裏，海子可以輕而易舉地施展他的力
量，把自己的「身體」變成「一個親愛的祖國」，把「床腳」變成
「果園溫暖的樹椿」。同時，我們可以發現，海子的抒情詩幾乎都
毫無疑問地採取第一人稱的視角，從絕對的個人內心經驗出發，自
然流露他的悲喜。在太陽底下廣袤的風景中，他天馬行空般地馳騁
自己的自由意志，嬌縱自己在風景中學會愛、恨、撒野、歌哭……
海子就是風景的王：

> 你既然不能做我的妻子
> 你一定要成為我的王冠
>
> （海子《十四行：王冠》）

　　海子以太陽為權力中心，在風景中建立了一個王國，並以風景
為臣民，形成了自己的人倫建制。由此我們可以猜想，在海子提出
的從熱愛自我到熱愛風景的詩學轉換過程中，存在著一種風景倫理
秩序，它將詩人的自我定位在風景的中心，以太陽的光芒將這個自
我投射進周圍風景的深巷中，投射給周圍的人們。於是，這些接受
照耀的人們，圍繞著詩人的自我，形成不斷向外散播的同心圓，形
成一個敞開的人倫譜系：「媽媽又坐在家鄉的矮凳子上想我／那一
隻凳子彷彿是我積雪的屋頂」（海子《雪》）；「全世界的兄弟們
／要在麥地裏擁抱／東方，南方，北方和西方／麥地裏的四兄弟，
好兄弟」（海子《五月的麥地》）；「我醉了／我是醉了／我稱山

為兄弟、水為姐妹、樹林是情人」（海子《詩人葉賽甯》）；「收麥這天我和仇人／握手言和」（海子《麥地》）……在這個展示於風景裏的人倫譜系中，母親、兄弟、姐妹、情人、仇人分門別類地在各色景物中出場，他們都把臉朝向我，呈現出一副副美好的、理想的姿態。

海子的風景王國無疑具有隱喻性質，這讓他發現了風景與人之間的秘密。他自豪地為萬物命名，希望在這種隱喻中，能夠把人際語言轉化為風景語言，將人的本質向風景還原。於是，海子可以提議：「讓我把腳丫擱在黃昏中一位木匠的工具箱上。／或者讓我的腳丫在木匠家中長成一段白木」（海子《讓我把腳丫擱在黃昏中一位木匠的工具箱上》），也可以猜測「明天醒來我會在哪一隻鞋子裏」，還可以用低沉的聲音喃喃自語：「而我身體裏的河水卻很沉重／就像房屋上掛著的門扇一樣沉重」（海子《天鵝》）。

海子眼中的風景是一個廣義的概念，有時他也稱它為「實體」，而海子認為它與人之間的秘密是這樣的：「實體就是主體，是謂語誕生前的主體狀態，是主體的沉默的核心。我們應該沉默地接近這個核心。實體永遠只是被表達，不能被創造。它是真正的詩的基石。才能是次要的，詩人的任務僅僅是用自己的敏感力和生命之光把這黑乎乎的實體照亮，使它裸露於此。這是一個輝煌的瞬間。詩提醒你，這是實體——你在實體中生活——你應回到自身。」[13]實體或風景是主體沉默的核心，而人們需要悄無聲息地走向這個核心，走向它，就是走向自身，這就是海子建立風景倫理秩序的根本信念。詩人就是揭開這秘密的使者：

13　海子：《尋找對實體的接觸》，《海子詩全編》，前揭，第869-870頁。

　　八月之杯中安坐真正的詩人

　　仰視來去不定的雲朵

（海子《八月之杯》）

從風景中來？

　　詩人是讚美風景的、至高無上的無冕之王；詩人也是在麥芒上、在酒杯中端坐的微小生命。他渴望聽到這個世界任何一個角落的聲音，渴望豐富飽滿的人生，於是他渴望變小，然後讓整個世界在他面前變大：「頭舉著五月的麥地／舉著故鄉眩暈的屋頂／或者星空，醉倒在大地上！」（海子《詩人葉賽寧》）仰視，或許是海子讓自我進入風景的一種有效地方式，它並不意味著所有的風景都不可觸摸，而是表徵著海子對待風景的一種姿態，它為我們解釋了為什麼「屋頂」一詞在他的詩中頻頻出現。屋頂就是蒼穹，就是麥地，就是神降臨的地方，它也是海子的頭蓋骨，是他被打濕的眉毛。詩人的自我既置身於風景之中，又游離在風景之外，就好比「空氣中的一棵麥子／高舉到我的頭頂／我身在這荒蕪的山岡／懷念我空空的房間，落滿灰塵」（海子《四姐妹》）。

　　這種將風景高高舉在頭頂的姿態，也催生了海子內心的悲觀意念，他被這種巨大的衝擊力打中，他一邊忍受著疼痛，一邊在自己的詩學轉換路徑上繼續前行。於是，我們可以聽到海子的哀鳴：「多雲的天空下　潮濕的風吹乾的道路／你找不到我，你就是找不到我，你怎麼也找不／到我」（海子《酒杯》）；「沒有任何夜晚

能使我沉睡／沒有任何黎明能使我醒來」（海子《西藏》）；「這是唯一的，最後的，抒情。／這是唯一的，最後的，草原。」（海子《日記》）海子成了一個失蹤的王，而這種哀鳴則是最後的抒情。海子不是風景中永遠的寄宿者，他的目的地是一個詩歌的彼岸，如果站在那片更加神秘的大地上來看，海子並沒有消失在風景裏，而是從風景中走來，他帶著風景的顏色和氣息，朝向更為本質的世界走來。在這裏，「我坐在微溫的大地上／陪伴著糧食和水」（海子《九首詩的村莊》）；「從明天起，關心糧食和蔬菜」（海子《面朝大海，春暖花開》）。糧食和水，是養育人類的母親，是生命開始的地方，走出風景的海子平靜如水，像麥子一樣充實、滿足，他選擇停留在這裏，守望著它們。這是海子詩歌的第二重轉換，他開始從熱愛風景中的靈魂，進入熱愛元素的呼吸和言語。最重要的東西已經找到了，海子開始重新打量這個新世界：

> 村莊，在五穀豐盛的村莊，我安頓下來
> 我順手摸到的東西越少越好！
> 珍惜黃昏的村莊，珍惜雨水的村莊
> 萬里無雲如同我永恆的悲傷
>
> （海子《村莊》）

　　糧食、水、蔬菜、村莊、元素，通過它們，海子讓這個世界重新變得簡單、清澈。在這裏，物質不再是被固定、被觀賞的風景，而復活了的生命。元素本來就具有自己的呼吸和言語，「呼吸，呼吸／我們是裝滿熱氣的／兩隻小瓶／被菩薩放在一起」（海子《寫給脖子上的菩薩》）；「一切噪音進入我的語言／化成詩歌與音樂

梨花陣陣」（海子《馬雅可夫斯基自傳》）。在由元素主宰的世界上，海子開始相信萬物有靈，相信「早晨是一隻花鹿／踩到我額上」（海子《感動》）；相信「孤獨是一隻魚筐／是魚筐中的泉水／放在泉水中」（海子《在昌平的孤獨》）；相信「坐在酒館／像坐在一滴酒中／坐在一滴水中／坐在一滴血中」（海子《詩人葉賽甯》）。據斯賓諾莎（Spinoza）考證，《聖經》中提到的上帝的「靈」，最初的含義是指風。[14]在海子的詩中，「靈」就是元素的呼吸、氣息或氣流，這種氣流在每一個事物內部暗暗相通，彼此交換，促成了「早晨」和「鹿」的等值，「魚筐」與「泉水」的等值，以及「酒館」與「酒」、與「水」、與「血」的等值。在詩歌中，它們形成一個轉喻的發生場，這種轉喻的氣質，帶領我們在海子的詩歌中尋找欲望的起源：

> 亞洲銅，亞洲銅
> 祖父死在這裏，父親死在這裏，我也將死在這裏
> 你是唯一的一塊埋人的地方
>
> （海子《亞洲銅》）

海子沿著「我——父親——祖父」這條人倫譜系無限地推演下去，穿越無數的世代和無窮的風景，追溯到了亞洲銅——這個神秘的、令人熱淚盈眶的元素——唯一的一塊埋人的地方。整個家族把身體埋在這裏，埋在土地之下，埋在一種命運之下，卻時刻期待著

---

[14]　參閱（荷蘭）斯賓諾莎：《神學政治論》，溫錫增譯，商務印書館，1997年版，第26頁。

靈魂被一種歌聲拯救，期待著它能像風一樣來去自由。荷爾德林
說：「只賜予我一個夏天，你們，強大的神！／再加上一個秋天，
我的歌便會成熟，／這樣，我的心才樂於死去，它從／甜蜜的演奏
中得到了滿足」（荷爾德林《致命運女神》）[15]。

王子人格？

　　與很多當代詩人不同，海子並沒有為了搞清楚「個體的世界上
的位置」這類過渡時代哲學的基本命題，而在他的作品中流露出更
多關於言說的惶惑和艱難。可能因為海子在創作它們的時候實在太
年輕了（海子自殺時剛剛25歲），當時他正處於青春力比多的噴薄
期，狂飆突進的海子正在自己的世界裏「以夢為馬」，還沒來得及
品嘗更多、更豐富的人生經驗，更沒有完全形成對生活本身的深刻
洞見。儘管海子博覽群書，尤其對艱深的哲學著作具有高超的理解
力，但這些堆積在他的弱冠年華裏的、浩瀚膨脹的偉大觀念，卻充
塞了海子通往現實經驗世界的道路。海子更樂於在自己的詩歌天地
裏編織巢穴，孵化出純粹的、脫俗的見識，他認為：「詩歌不是視
覺。甚至不是語言。她是精神的安靜而神秘的中心。她不在修辭中
做窩。她只是一個安靜的本質，不需要那些俗人來擾亂她。她是單
純的，有自己的領土和王座。她是安靜的，有她自己的呼吸。」[16]
在一切麥田之上，在自然界那些永恆不變的風景中，海子維護了詩
歌自身的崇高性和純潔性，這讓他的寫作養成了高傲的獨白氣質。

[15]　（德）荷爾德林：《荷爾德林詩選》，顧正祥譯注，北京大學出版社，
　　1994年版，第52頁。
[16]　海子：《我熱愛的詩人——荷爾德林》，《海子詩全編》，前揭，第917頁。

儘管他一直夢想著在詩歌中做王，不斷學習著做王，然而命運卻讓
他永遠地停留在虛位以待的王子時代，這才是他的真實心態，讓他
深深陶醉於一種王子般的自戀話語當中：

> 五月的麥地上　天鵝的村莊
> 沉默孤獨的村莊
> 一個在前一個在後
> 這就是普希金和我　誕生的地方

> （海子《兩座村莊》）

海子說：「王子是曠野無邊的孩子。」[17]在海子眼中，很多年
輕而才華橫溢的浪漫主義詩人都與王子等同，並受到他的推崇，
如雪萊（Shelley），葉賽寧（Yesenin），坡（Allan Poe），馬婁
（Marlowe），韓波（Arthur Rimbaud），克蘭（Stephen Crane），狄蘭
（Dylan Thomas），席勒（Schiller），普希金（Pushkin）等，海子將這
個華麗的陣容引為同道，認為自己與他們用不同的化身、不同的肉
體、不同的文字分有了同一個王子的原型。[18]在海子的詩中，我們到
處都可以瞥見一個詩歌王子的身影，他們純真、任性、敏感、憂鬱、
乖戾、神秘、甚至癲狂，比如：「我要成為宇宙的孩子　世紀的孩子
／揮霍我自己的青春／然後放棄愛情的王位／去做鐵石心腸的船長」
（海子《眺望北方》）；「我是中國詩人／稻穀的兒子／茶花的女兒
／也是歐羅巴詩人／兒子叫義大利／女兒叫波蘭／我飽經憂患／一貧

---

[17]　海子：《詩學：一份提綱》，《海子詩全編》，前揭，第892頁。
[18]　參閱海子：《詩學：一份提綱》，《海子詩全編》，前揭，第896頁。

如洗／昨日行走流浪／來到波斯酒館／別人叫我／詩人葉賽甯」（海子《詩人葉賽甯》）；「一隻陶罐上／鐫刻一尾魚／我住在魚頭／你住在魚尾／我在冰天雪地的酒館忙於宗教／凍得全身發紅／你頭髮鬆開，充滿情慾和狂暴」（海子《尼采，你使我想起悲傷的熱帶》）。

王子人格的幻影在海子的詩中縱橫馳騁，它讓自戀語境變成童話語境，變成一個孩子的欣喜和沮喪，變成萬能的魔法之門。由於王子既渴望變成國王，又害怕變成國王，所以擁有一種前王位時期的焦灼身份，這使得海子詩歌中的王子人格體現為一種無邪的、失重的少年心態。如果鍾鳴的觀點有道理的話，即認為海子死於他奔波往返的兩個地點對他生活的撕扯，那麼這片死亡的陰影也有可能來自，他過於單純的心靈與過於積重的心智之間的錯置。因此，我們有必要仔細體會西川回憶與海子初次謀面時的情形：「海子來了，小個子，圓臉，大眼睛，完全是個孩子（留鬍子是後來的事了）。當時他只有19歲，即將畢業。那次談話的內容我已記不清了，但還記得他提到黑格爾，使我產生了一種盲目的敬佩之情……」[19]

自我復仇？

海子在年華和責任之間保持著持久的緊張，這是孩童心態與成年心態之間的冷戰，是傳統生存背景和現代知識譜系之間的衝撞，是幸福和痛苦之間的相互齧咬，也讓他詩歌中的風景和形象，以極為簡約的形式容納進更多難以言盡的意味：「四姐妹抱著一棵／一棵空氣中的麥子／抱著昨天的大雪，今天的雨水／明日的糧食與灰

---

[19] 西川：《懷念》，《不死的海子》，前揭，第24頁。

爐／這是絕望的麥子」（海子《四姐妹》）。從另一個角度說，海
子的觀念中流動著兩種不同的時間：玄學的時間和在世的時間。[20]
前者是虛幻、混沌、迷宮式的體驗，只有孩童才可能感覺到的時間
形式，它是與赤子之心連通、對話的時間，這種時間在我們的生命
中是靈光乍現的，它會隨著人們年齡的增長而迅速消失，並一去不
回，因此它是屬於上帝的時間；後者遍佈著肉體的真實、疲乏和疼
痛，是在世的、屬人的時間，它將伴隨著人們走過今生漫長的旅
途，是我們頭頂無法僭越的鐵律，只能默默服從，不可改易更張，
因此是悲劇的時間，是屬於上帝之子的時間：

> 兩匹馬
> 白馬和紅馬
> 積雪和楓葉
> 猶如姐妹
> 猶如兩種病痛
> 的鮮花。
>
> （海子《不幸》）

　　原本出現在一個人生命中不同階段的兩種時間形式，如今同時
交疊在海子身上，在命運賦予他至高才華的同時，也導致他精神領
域內的致命病變，給他的寫作製造出一系列的重複、間離、跳躍、
失語、譫妄和脫序。海子成了一個中毒、中魔的王子，他越是想追
求和諧、整飭，就越看到文字的扭曲變形、零落四散，就越加速他

---

[20]　參閱海子：《詩學：一份提綱》，《海子詩全編》，前揭，第908頁。

詩歌試管中怪胎的發育：「一首詩是一個被謀殺的生日／月光下
詩篇猶如／每一個死嬰背著包袱／在自由的行進／路途遙遠卻獨來
獨往」（海子《公爵的私生女——給波特賴爾》）；「黑腦袋——
殺死了我／以我血為生　背負冰涼斧刃／黑腦袋　長出一片胳膊／
揮舞一片胳膊／露出一切牙齒、匕首」（海子《馬雅可夫斯基自
傳》）；「嘴唇和我抱住河水／頭顱和他的姐妹／在大河底部通向
海洋／割下頭顱的身子仍在世上」（海子《喜馬拉雅》）。

　　海子是一個中毒的詩歌王子，是憂鬱而癲狂的哈姆雷特，他神
秘莫測、遠離人群，像一片染著怪異色彩的羽毛在天空中虛妄地滑
翔。他強烈地體會到身上背負的雙重時間所帶來的切膚之痛，隨著
年華的流逝，海子迫切希望自己降落到平靜的大地之上，回歸他的
麥田。他亟待為他的詩歌驅魔——剔除掉自己體內那個只屬於上帝
的玄學時間，保留下屬人的在世時間——這是一種對時間的對抗，
對鐵的律法的破壞，也意味著一種成熟。海子要搗毀一種鑴刻在他
身上的禁忌，這種企圖讓他的作品中飄滿了自虐的意象：

　　　　春天，十個海子低低的怒吼

　　　　圍著你和我跳舞，唱歌

　　　　扯亂你的黑頭髮，騎上你飛奔而去，塵土飛揚

　　　　你被劈開的疼痛在大地瀰漫

　　　　　　　　　　　　　　　（海子《春天，十個海子》）

　　讓一種疼痛代替另一種疼痛，是海子在寫作中採取的行動，
是詩歌的王子復仇記，這個佯狂的哈姆雷特，終於要拔出他的「弒
父」之劍，指向他的仇人，一個虛幻的篡逆之父。海子要用「上帝

之子的時間」來討伐「上帝的時間」。然而矛盾的是，「上帝的時間」卻正是海子身體的一部分，要剔除它，便只能把復仇的火焰引向自己……最終，海子服膺了自己的命運，用「被劈開的疼痛」代替了知行錯裂的疼痛，以斷裂回應了斷裂：「我被木匠鋸子鋸開，做成木匠兒子／的搖籃。十字架」（海子《讓我把腳丫擱在黃昏中一位木匠的工具箱上》）。海子只能選擇自戕，這種最特別的復仇形式，終於讓海子回到自己的麥田：「大地是我死後愛上的女人」（海子《詩人葉賽甯》）。他於生日那天躺在大地上，帶著無限鄉愁，讓疾馳而過的列車把自己的身體截成兩段……海子死於過渡時代，他內部的神話終結了，而他外部的神話開始源源不斷地接踵而來：

> 秋天深了，王在寫詩
> 在這個世界上秋天深了
> 該得到的尚未得到
> 該喪失的早已喪失

（海子《秋》）

2010年8月，北京薊門橋

茨娃密碼
——張棗詩歌的微觀分析

一

　　讓我們的故事從異國他鄉的一個郵局櫃檯開始吧。在有條不紊的工作氣氛中，一個中國小販和一位法國郵局小姐在為一件中國貨討價還價，前者要價三個法郎，後者只想出兩個，相持不下。站在他們身邊的是準備郵寄手稿的茨維塔伊娃（Tsvetajeva），她興致勃勃地走過去充當了兩人的翻譯。「他是個中國人，他有點慢」，這位俄國女詩人用一種極為鄭重的口氣，為那位講法語的買家找到了一條充足理由，彷彿這個遲緩、狡黠的天朝子民是茨維塔伊娃的老朋友一樣。[1]交易成功終止於雙方的妥協，而這個令人莞爾的場景，則進駐了中國詩人張棗創作於1994年的一首組詩的開場：

　　　　親熱的黑眼睛對你露出微笑，
　　　　我向你兜售一隻繡花荷包，

---

[1]　關於茨維塔伊娃與中國人交往的故事可參閱（俄）茨維塔耶娃：《中國人》，《茨維塔耶娃文集・回憶錄》，汪劍釗主編，東方出版社，2003年版，第302-312頁。

> 翠青的表面，鳳凰多麼小巧，
> 金絲絨繡著一個「喜」字的吉兆——

（1：1-4）²

　　這是一首名為《跟茨維塔伊娃的對話》的十四行組詩，張棗將一隻精緻的「繡花荷包」佩戴在了這首詩「光潔的額頭」，或許也是「我多年後的額頭」（張棗《姨》）。按照張棗的創作意識，一切文本都具有互文性。作為郵局軼事的互文，《跟茨維塔伊娃的對話》轉而以一種中國視角，重新講述了一段發生在遠方的故事。在這裏，「我」，是一個帶有南方口音的中國小販（張棗會把他想像成自己嗎？），雖然與「廣告美男子」（11：7）相去甚遠，卻是一個古典意境的兜售者。在盈盈笑意間，「我」用緩慢的民族節律細數著「繡花荷包」風華絕倫的圖案，撫摸著它柔軟的金絲絨，迷戀著它「『喜』字的吉兆」——這些都是純粹的中國手藝。而原本在一旁承擔翻譯工作的茨維塔伊娃，如今成了「我」的兜售對象——「你」，這位女詩人被她鄰國的同行擢升為這場漫長對話的主角之一。於是，「我」和「你」，圍繞著「繡花荷包」（繪有小巧的鳳凰）醞釀著言辭，又被古典意境包圍（「喜」字洋溢的完美想像），剛好湊成一個封閉的圓。這情形，令人想起張棗後來寫出的《祖母》，在這首詩的最後，出現了一種微妙的格局：偷桃木匣子的小偷、祖母和我，「對稱成三個點，協調在某個突破之中。／圓」（張棗《祖母》）。

2　本文所引《跟茨維塔伊娃的對話》中的詩句只標明其在整首組詩中的節數和行數，如「11：7」，指這裏引用的是該組詩第11節第7行中的詩句；另如「3：5-6」，指組詩第3節第5至第6行的詩句，下同。本文引用的張棗作品均出自《張棗的詩》，人民文學出版社，2010年版。

在「繡花荷包」散發的古典意境中，這秩序井然的四句詩統一採用了「通韻」的寫法：「笑」——「包」——「巧」——「兆」，一以貫之，在另一種意義上畫出了一個「圓」。然而，這種自給自足的詩藝免不了將自己「協調在某個突破之中」，它如同一顆潛藏在詩卷縫隙裏「屏息的樟腦」，時刻準備著「緊握自己如同緊握革命」（張棗《夜色溫柔》）。然而革命的螺刀就在頃刻間旋開了「通韻」的長釘。當「我」向茨維塔伊娃宣講完那段自戀般的「廣告語」之後，在一個斬釘截鐵的破折號之後，在重複了剛才那番有趣的討價還價之後，「我」登時被革命「緊握」了一下：

> 兩個？NET，兩個半法郎。你看，
> 半個之差會帶來一個壞韻
>
> （1：5-6）

此言一出，還沒等讀者發難，眼疾手快的「我」就略帶嬌嗔地率先抱怨起來，向著茨維塔伊娃，也向著讀者：瞧，就因為你跟我爭執，這裏出現了一個「壞韻」！古典式的「通韻」秩序被一個從天外飛來的「NET」（「不」）擊中了七寸，因「半個之差」而形成一個斷裂，並且令此後的韻法為之一變，封閉的「圓」被打破了。如果我們再向後耐心地讀上幾行就會發現，「交韻」和「抱韻」的格式開始相繼出現，並合力統治著該組詩其後的韻律樣式。關於這一點，張棗在後面的詩句中做過一個生動的對比：古典式的「通韻」，就好像一個渾厚的「男低音」（3：5）拋出了一個「既短暫又字正腔圓」（7：10）的「您早」（3：5），並且「代詞後顫『R』」（3：7）；而充滿破壞力的「壞韻」，則類似一個「清脆的高中生：／啊——

走吧——進來啊——哭就哭——好嗎」（3：5-6），這種既綿延又震顫的韻律，如同「馬達般轉動著」（3：8），跌宕而快速。詩猶如此，歷史是否也仿照著詩歌被一個莫名的「壞韻」撞了一下腰呢？

這個「壞韻」讓繡在荷包上那個「喜」字尷尬萬分，像一把匕首挑開了說謊者身上僅剩的一條底褲。為了儘快修復這個「壞韻」，彌合上這個「圓」，也為了能夠適時地與茨維塔伊娃押上韻，此刻的「我」彷彿一下子撕掉了那副小販的皮囊，露出了一個詩人的本來面目，以便與這位女主人公兩相對稱。因為「我」現在已經不那麼關心價錢了，反而對詩歌本身的問題更加認真起來，一種與茨維塔伊娃對等的詩人身份，被這突如其來的韻法轉換召喚而出。在這裏，我們依稀聽到了張棗本人的聲音。「通韻」被破壞了，新的身份格律也隨即建立起來。「我」要跟茨維塔伊娃對話，就是要像一個偉大詩人那樣，坐在她的對面，用一口濃重而輕滑的湘音楚語與她娓娓傾談，「讓她坐到鏡中常坐的地方」（張棗《鏡中》），與她重新組成一個「圓」。

可以想見，對話雙方在此時組成了一個最基本的「圓」，即一種原始的、直接的、面對面的對話格局：「我」——「你」。這是古典形式的恩惠，資訊在「我」和「你」組成的一個封閉的「圓」中發出、接收又反饋回來，形成一個閉合線路。在從小販到詩人的身份轉換中，為了實現這種偉大對話的可能，「我」扮演了一個誘惑者的角色：像一個善解風情的紳士主動搭訕一位女孩那樣，「我」，用一隻神秘的「繡花荷包」來向茨維塔伊娃炫耀，誘惑她講出內心的價碼和她不為人知的生活（也許是一種窘迫潦倒的生活），用一個故意為之的「壞韻」，來讓這位充滿熱情卻時運不濟的女詩人中計（也許是命中註定的），以便讓她面對面地出現在

「我」的眼前（也許她就與生俱來地待在「我」的體內）。

在本詩的另一處，「我」的這種願望繼續升級，從一個誘惑者變成了偷窺者：「城南的路燈吐露香皂氣，／生活的她夜半淋浴，雙眼閉緊，／窗紗呢喃手影，她洗髮如祈禱⋯⋯」（11：3-5）「我」的偷窺行為不帶有任何色情含義，而是只想恢復一種原始的對話格局，希望能實現與「生活的她」面對面的交談，可是這種面對面的對話也許就像歷史本身一樣，僅僅是一次性的。「我」在這裏只能採取「看」的姿態，看一個受難的女人在寂靜的夜裏佇立在氤氳水汽中沐浴，這一場景令人頓生宗教情懷：彷彿她在看著「我」。它在一定程度上為我們提供了一種對完美的「圓」的想像，就像那只精緻的「繡花荷包」上的「喜」字帶給我們的「吉兆」。

按照張棗暗地的設計，這只「繡花荷包」其實是個潘朵拉盒子，裏面裝著一個呼之欲出的、魔鬼般的「壞韻」，它被無辜的茨維塔伊娃打開，並永久地攜帶著這個壞韻（或稱「壞運」）顛沛流離。張棗在這裏不但創造性重構了一個「我」與茨維塔伊娃發生對話的契機、一個嶄新的「圓」，而且為後者追認、描述了一個「壞韻」發生的症候，或曰起源。這個起源既來自詩歌內部（即語言的、形式的、結構的因素），也來自詩歌外部（時代的、個性的、甚至命運的因素），它們被來自異邦的「繡花荷包」悄悄裏挾，配製成一個充滿玄機的「壞韻」，強塞給了茨維塔伊娃，同時也成就了茨維塔伊娃。

二

茨維塔伊娃曾在一封信中對里爾克（Rainer Maria Rilke）說：「您的名字不能與當代押韻──它，無論是來自過去還是來自未

來，反正都是來自遠方。您的名字有意讓您選擇了它（我們自己選
擇我們的名字，發生的一切永遠只是後果）。」[3]如果茨維塔伊娃
對里爾克的判斷有道理的話，那麼它同樣適用於張棗對茨維塔伊娃
的判斷，這或許也是他對詩人（也包括張棗本人）這一職業的總體
判斷：詩人先天攜帶著一個屬於自己的「壞韻」，詩人與時代之間
總存在著「半個之差」，這或許也成為了詩人的原罪。他們的名字
都來自遠方的一個烏有之鄉，這「半個之差」的「壞韻」，正橫亙
在詩人之名與時代之名中間的一處幽靈地帶，它永遠地折磨著詩
人，召喚著他們踟躕行進在朝向遠方的路上，像「一個英雄正動身
去千里之外」（柏樺《望氣的人》）：

> 像我們走出人行道，分行路畔
> 你再聽不懂我的南方口音；
> 等紅綠燈變成一個綠色幽人，
> 你繼續向左，我呢，蹀躞向右。

（1：7-10）

與其說「壞韻」的發生讓「我」與女主人公的關係由密轉疏，
不如說全詩內在韻法的改弦易轍暗示了對話的雙方需要拉開一段距
離、「分行路畔」，藉以讓「半個之差」（此處的「韻」與「音」形
成一個「半韻」）翻一個身，繼續沉睡在這片幽靈地帶。在這裏，
「南方口音」漸行漸遠，路口的「紅綠燈」復活為「綠色幽人」，為

3　（俄）茨維塔耶娃：《致萊納·里爾克》，《茨維塔耶娃文集·書信》，
　　汪劍釗主編，東方出版社，2003年版，第416頁。

兩位萍水相逢的詩人指明各自離去的道路：「你繼續向左，我呢，蹀躞向右。」這個對稱的動作彷彿有一扇鏡子樹立在路的中央，樹立在兩人分手的地點：「你」向左，「我」向右，本來是一回事，我們都互為對方的幻影，「你」「我」都走不出這面鏡子。

　　張棗深知，跟茨維塔伊娃對話，其實是在與他體內的另一個自己對話，這「另一個自己」在鏡中呈現為茨維塔伊娃的形象，一個他鄉的知己。這一切，對於茨維塔伊娃也同樣成立。或者乾脆，「我」和女主人公分別在鏡中呈現出的形象，被張棗重構出的嶄新的「圓」圈攏在了一起，合二為一，再通過鏡像的複製、顛倒和反轉等作用，最終匯成一個「多元決定」的第三者。這個神秘的第三者既來自外部世界，與T.S.艾略特（T.S. Eliot）所謂的「客觀對應物」有些類似；也同時接受當事人內心意識的調遣，帶有一定的幻覺色彩。因此，它在全詩中現身為一連串複雜多變、極不穩定、曖昧不明的形象，在「我」與茨維塔伊娃對話的過程中，這些亦人亦物、非人非物的形象，這些「萬變不離其宗的化身」（張棗《色米拉懇求宙斯顯現》），會一直伴隨在對話者左右，串聯起一條潛伏的形象鏈，或形成一個場景，時刻準備與「我」和茨維塔伊娃「對稱成三點」，締造一種嶄新的圓形對話格局：「真實的底蘊是那虛構的另一個，／他不在此地，這月亮的對應者，／不在鄉間酒吧，像現在沒有我——／一杯酒被匿名地啜飲著，而景色／的格局竟為之一變。」（10：5-9）

　　正如張棗有言在先：「你和我本來是一件東西／享受著另一件東西：紙窗、星宿和鍋。」（張棗《何人斯》）在這首依照《詩經》原作進行創造性改寫的作品中，詩人指明了自己的這種造型方式，即預先設置一面隱形的鏡子，將「我」的言說物件與鏡中的自己化為一體，反之亦然。緊接著，繼續利用這個合體和這面鏡子來構造出一系

列第三者形象，這些形象成為了一條不穩定的、活躍的、具有開放性的所指鏈。作為二度鏡像，它們介於存在與空無、真實與虛幻之間，充滿了多種可能的意義闡釋途徑，因而是一種多元決定的產物：「上午背影在前，下午它又倒掛。」（張棗《卡夫卡致菲麗絲》）

於是，我們在《跟茨維塔伊娃的對話》中看到，在「我」與「你」甫一轉身之際，那個匿名的第三者形象來了：「不是我，卻突然向我，某人／頭髮飛逝向你跑來，舉著手……」（1：11-12）一個既非「我」，又非「你」，既向「我」，又向「你」狂奔而來的形象，頭髮飛逝，舉著手，自我塑造成一個亦真亦幻的人形。「某人」的片刻閃現在這裏構成了一個第三者，構成了這一時刻的對話格局：「我」—「某人」—「你」。但這裏出現的只是一個不穩定的第三者形象，該格局隨即又發生了更迭：

> 某種東西，不是花，卻花一樣
> 遞到你悄聲細語的劇院包廂。
>
> （1：13-14）

「某人」攜帶「某種東西」而來，像一個風塵僕僕的信使捎來了烏有鄉的消息。如果說，全詩是從那段茨維塔伊娃親身經歷的郵局軼事起始的（對於這個故事本身而言，存在一個對話格局：中國小販—繡花荷包／茨維塔伊娃—郵局小姐），那麼作為互文，在組詩《跟茨維塔伊娃的對話》的第1節中，同樣也會找到那個中國小販（非「我」）或者郵局小姐（非「你」）的影子，但那並不是某一個確切的形象，張棗只能將他／她抽象化、模糊化，稱其為「某人」；同理，「某人」高舉之物也有可能是郵局軼事裏的「繡花荷

包」，但張棗又同時指出，它「不是花，卻花一樣」，因此我們只能稱它為「某種東西」。從「某人」到「某種東西」，第三者形象發生了改換，正符合了它變動不居的屬性。此刻，正是「某種東西」充當了那個圓形對話格局中飄忽不定的第三極，現在的情形則是：「我」——某種東西——「你」。

「某種東西」從一個未知之地被蒙面郵差遞進了茨維塔伊娃的「劇院包廂」，似花非花，異常神秘。如果按照本詩女主人公對里爾克所講的那樣，這件不明物體莫非就是詩人那個來自遠方的名字？這個名字像一封信箋那樣，千裏迢迢地被送達到它的所有者手中，從而讓這個名字的所有者、這個詩人承擔下選擇這個名字的一切後果——「你在你名字裏失蹤」（8：13）。他／她被指定下一種命運，就像那只繡著「喜」字的「繡花荷包」給茨維塔伊娃帶來了真實的「壞韻」。在這些動作的背後，定然有一種更為強大的幽暗力量，一個玄奧的偷窺者，它躲在流變的第三者身後，靠咒語推動著這個「壞韻」在詩歌迷宮中的傳遞，也推進著詩人在現實世界的跋涉。「永恆像野貓」（11：7），正是在這種幽暗力量的凝視之下，我們的女主角獲得了一個屬於自己的名字——瑪琳娜——一個典型的西方人的名字；而與之相對，張棗在傳統的中國語境中為這種法力無邊的幽暗力量揀了個好聽的詞——萬古愁。

三

我天天夢見萬古愁。白雲悠悠，

瑪琳娜，你煮沸一壺私人咖啡，

方糖迢遞地在藍色近視外愧疚
如一個僮僕。他嚮往大是大非。

（2：1-4）

「我」在白雲悠悠間夢回唐朝，時間停滯；而茨維塔伊娃坐在
「劇院包廂」裏，悄聲細語。這很可能就是上演過她心愛的戲劇
《雛鷹》的那家劇院，因為初戀的失敗，少女時代的茨維塔伊娃曾
決定在這裏開槍自殺。[4]儘管這次行動並沒有成功，但呼嘯而過的
死神卻將置身於劇院中的女詩人反轉為舞臺上的劇中人，一個戲劇
角色，讓茨維塔伊娃傾其一生都投入到一齣跌宕的、充滿「壞韻」
的戲劇當中。如今，她坐回包廂，「某種東西」已經遞到了她的手
中（或許就藏著一個「壞韻」），就像多年以前她帶進劇院的那把
手槍。瑪林娜的戲劇開場了，茨維塔伊娃凝視台前，這情形，令人
想起讓・雅克從他的名字裏跳出來聲色俱厲地審判盧梭。舞臺成為
一個開放的場域，充當了那個活躍的第三者，它輕而易舉地施展穿
越時空的本領，讓茨維塔伊娃的「悄聲細語」，搭乘這塊飄向雲間
的魔毯，化為「我」每日叨念的「萬古愁」。

由於「我」和女主角受「綠色幽人」的指派已經各分東西，甚
至受時空阻隔，不再謀面。二人的對話格局也由先前那種「在場」
的對話（儘管有時以「某人」或「某物」為仲介）徹底轉換為如今
這種「不在場」的對話。這裏的對話格局可表示為：「我」——戲
劇——「你」。戲劇具有召喚時間、重組空間的再現能力，作為對

4　參閱汪劍釗：《詩歌與十字架（代序）》，《茨維塔耶娃文集・詩歌》，
　　汪劍釗主編，東方出版社，2003年版，第2頁。

話格局的中間項，它已經發育成熟，並衍生出一套相對獨立的符號系統。在戲劇舞臺上，被演員表演出的戲劇內容構成了「我」與茨維塔伊娃對話的介質和發生場，由於這個第三者仰仗著一種強大的幽暗力量做後臺，它便具有了一種混淆真實世界與虛幻世界的法術。為了保持通話，「我」和茨維塔伊娃有時也不得不一同捲入這個光怪陸離的世界，不斷改變著自己的位置，改換著自己的形象，就像掉入井中的愛麗絲闖進了那個迷局般的仙境。

於是我們看到，瑪琳娜——茨維塔伊娃的舞臺鏡像——「煮沸一壺私人咖啡」，這是一個來源於日常生活的、具象的動作；而「方糖」卻如同一個頭腦簡單的「僮僕」一樣「愧疚」，這又是一個愛麗絲幻象。「方糖」與「咖啡」搭配成一個「壞韻」，「像黑夜愧對白晝」（張棗《羅密歐與茱麗葉》）。「咖啡」已煮沸，供瑪琳娜獨飲，在釅濃的氣息裏，她「用緊繃的零碎打發下午」（3：3）。「咖啡」代表了現代西方人有序而無趣的生活程式，就像T.S.艾略特描述過的那樣：「我是用咖啡匙子量走了我的生命」（艾略特《J·阿爾弗雷德·普羅弗洛克的情歌》）；「方糖」在遠處的「愧疚」暗示著瑪琳娜的生活中「甜」的缺席和物的貧瘠，對於一個詩人來說，這些現實生活的「壞韻」也的確堪稱「萬古愁」。

這些戲劇動作充滿了豐富的象徵性。利用這種象徵性，本詩將「我」跟茨維塔伊娃的對話格局內嵌進戲劇情節的微觀結構中（如「方糖」和「咖啡」間的「壞韻」）。在這裏可以參照米哈伊爾·巴赫金（Mikhail Bakhtin）的一個區分，他認為作家在自己的作品中，應當反映人類生活與人類思維本身的對話性，因此整個作品將被構造成一個大型對話，作者只是這個對話的組織者和參與者；不僅要有作者的音調，而且還要有「劇中人」（包括所有賦予生命的

事物）的音調，每句話都是雙重聲音的，都能聽得見爭論，這就是微型對話，它是大型對話的回聲。[5]在本詩中，幕後的幽暗力量將這種對話性逐步「向內轉」的過程中，大型對話不斷地激起層層微型對話，從而導致了一派眾聲喧嘩的戲劇氛圍。在這種持久的爭論中，張棗勢必會帶領我們觸摸到這一系列對話的核心成分，那便是直接面對詩歌本身的問題：

> 詩，幹著活兒，如手藝，其結果
> 是一件件靜物，對稱於人之境，
> 或許可用？但其分寸不會超過
> 兩端影子戀愛的括弧。

（2：5-8）

　　由戲劇這種自足的符號系統充當發生場的對話格局，會從一種本體的意義上揭示對話性的涵義，這同時也是一種詩歌的本體論。張棗提出過一個著名的詩觀，叫做「元詩」（metapoetry）理論，這種「詩歌的形而上學」告訴我們：「詩是關於詩本身的，詩的過程可以讀作是寫作者姿態，他的寫作焦慮和他的方法論反思與辯解的過程。因而元詩常常首先追問如何能發明一種言說，並用它來打破縈繞人類的宇宙沉寂。」[6]「元詩」就是關於詩的詩，就是讓詩歌自說自話，就是在詩中探討寫作本身，這是一個標準的「向內

---

[5] 參閱（俄）米哈伊爾・巴赫金：《陀思妥耶夫斯基的詩學問題》，劉虎譯，中央編譯出版社，2010年版，第80-81頁。

[6] 張棗：《朝向語言風景的危險旅行——當代中國詩歌的元詩結構和寫者姿態》，《上海文學》2001年第1期。

轉」。比如在以往的對話中，「我」略帶責怪地指出：「你看，／半個之差會帶來一個壞韻」，或者充滿惋惜地說道：「你再聽不懂我的南方口音」，這些詩句實際上已經帶有十分明顯的「元詩」色彩。作為「元詩」語素，「壞韻」、「口音」等自辯式的辭彙成為詩歌核心地帶開向外界的一扇扇氣窗，有了它們，才可能保證整個詩歌機體的順暢呼吸。

茨維塔伊娃在一部名為《手藝》的詩集中宣稱：「我知道，維納斯是雙手的事業，／我是手藝人，——我懂得手藝」（茨維塔耶娃《去為自己尋找一名可靠的女友》）。[7]同瑪琳娜煮沸一壺咖啡一樣，寫詩也是「雙手的事業」，是一門不折不扣的手藝。鑑於一切文本都具有互文性，善於錘煉詩藝的張棗對此贊同般地點了點頭，並唱和式地強調：「詩，幹著活兒，如手藝」。在「元詩」理論的關照下，張棗開始鄭重其事地提出關於詩歌本身的命題，表達了一個詩人的「寫作焦慮和方法論反思與辯解」。也就是說，全詩對話格局不斷「向內轉」的主要目的，是為了實現張棗與茨維塔伊娃在「元詩」這一母體之上的對話，即關於詩歌本身的對話。於是，仰仗文本的對話性，一種「張棗——元詩——茨維塔伊娃」的對話格局誕生了。

四

張棗認為，作為一項工作，詩歌「幹活」的結果是表達了「一件件靜物」。「靜物」具有兩面性。一方面，它們共同詮釋了詩歌寫作的一個安靜的本質，這個本質培養了詩人對永恆的嚮往之心，

7　（俄）茨維塔耶娃：《茨維塔耶娃文集·詩歌》，前揭，第253頁。

從而與世俗世界保持著距離，與「人之境」遙相對稱。對稱是對話的必要條件，就像先前的「我」為了跟茨維塔伊娃對話，從小販變成了詩人；就像「你繼續向左」，「我」「蹀躞向右」。對稱的詩與人之間是押韻的嗎？會不會也存在著「半個之差」的原罪？對於「人之境」來說，詩歌能否揭示並解釋人類的困境？是否有用？「或許可用？」——張棗，或茨維塔伊娃都在進行著這種內心爭論，向自己，也向對方發問——「但其分寸不會超過／兩端影子戀愛的括弧。」詩人在這裏立刻清醒地為詩歌的功用劃清了界限，把詩歌放進了一個「戀愛」的小天地。戀愛是一種自給自足的、美妙和諧的押韻狀態，詩歌天然適合生存於其中，像它天然適合被放入象牙塔：「人在搭構新書庫，／四邊是四座象徵經典的高樓，／中間鑲嵌花園和玻璃閱讀架。」（3：10-12）在這個典雅的括弧之內，詩人修習著一種永恆的知識，維持著一種天長地久的完美夢想。

另一方面，由於「靜物」缺乏自主性，容易受到外力的操縱，因而暴露了詩歌在客觀世界面前的消極性。這種消極性會演變為詩歌對客觀世界的一種顛倒的、錯誤的表述，類似阿爾都塞（Louis Althusser）意義上的「意識形態」概念。由於這種消極性具有相當強大的自我複製能力，在某種程度上，它也再生產了人類的歷史。在本詩中，作為靜物之一的「圓手鏡」為我們展示了這種消極性的巫術：在自己的括弧裏複製出一個顛倒的世界，猶如「黑白時代的底片」（3：4）。它可以不費吹灰之力「錯亂右翼和左邊的習慣」（2：10），讓「兩個正面相對」、「翻臉反目」（2：11），挑起「紅與白」的「決鬥」（2：12）……詩的功能顯然已經溢出了括弧的邊界，知識衰變為意見，詞架空了物在濫用特權，世界成為了

符號化的產物，「哦，一切全都是鏡子！」（張棗《卡夫卡致菲麗絲》）茨維塔伊娃成為了「靜物」的犧牲品。這位極端浪漫的俄國女詩人因「紅與白」（紅軍和白軍）的「決鬥」吃盡苦頭，「圓手鏡」的巫術讓她在政治立場上的忽左忽右，卻從未被哪一邊真正的接納，導致了她一生的苦難和孤獨。因此，詩的消極性最終帶來的是人的「迷惘」（2：12）：

> 我們的睫毛，為何在異鄉跳躍？
> 慌惑，潰散，難以投入形象。
>
> （4：1-2）

「靜物」的消極性引發了一場關於「看」的危機，就像「抱怨的長腳蚊搖響空襲警報」（7：8）。在一個逐漸被符號化的世界裏，人，尤其是詩人，應該如何去「看」？如何去從事寫作？更為重要的是，我們究竟該如何在一種良性的「看」中還原那些消極的「靜物」？「靜物」對世界進行了消極性改造之後，讓習慣「照鏡」和習慣「被照」的人們生成了一種「歧視」，這是一種病態的「看」，是充滿敵意的「看」：「人周圍的事物，人並不能解釋；／為何可見的刀片會奪走魂靈？／兩者有何關係？繩索，鵝卵石，／自己，每件小東西，皆能索命，／人造的世界，是個純粹的敵人……」（9：1-5）這種來自日常世界的巨大的消極性，在一點點戕害著我們原初的願望，干擾著我們的判斷，讓我們看不到「親熱的黑眼睛」露出的「微笑」。相反，在這一危機下，「我」只能「摘下眼鏡」，充當「聾啞人的翻譯」（10：1），而「夜半沐浴」的「她」只能「雙眼閉緊」（11：4），「回身隱入黑暗」（11：6）。

　　由「看」的危機引發的最為顯著的精神災難便是預言的失效。在詞與物和諧共振的時代，詩歌可以看成是一種預言，它引導人們憧憬幸福的生活，勘探人類靈魂的深壕，它言辭間佈滿了魔力，是一幅為人類心靈繪製的地形圖。按照柯勒律治（Samuel Taylor Coleridge）的說法，詩歌行為本身是一種「神的創造行為幽暗的對等物」[8]。對於大半生流落他鄉的茨維塔伊娃來說，她從很早開始就將詩歌看成自己的一種命運：「像一群小小的魔鬼，潛入／夢幻與馨香繚繞的殿堂。／我那青春與死亡的詩歌，／『不曾有人讀過的詩行！』／／被廢棄在書店裏，覆滿塵埃／不論過去還是現在，都無人問津，／我的詩行啊，是珍貴的美酒，／自有鴻運高照的時辰。」（茨維塔耶娃《我的詩行，寫成得那麼早》）[9]然而，在殘酷的現實世界中，這個珍貴的「鴻運」卻被一個強悍的「壞韻」無限期地向後拖延著，茨維塔伊娃被迫嘗盡了世間的苦難，一直期待實現她的詩歌預言：

> 流亡的殘月散發你月經的辛酸，
> 媽媽，卡珊德拉，專業的預言家，
> 他們逼著你的側影吸外國煙，
> 而陽光，仍舒展它最糟糕的懲罰

　　　　　　　　　　　　　　　　　　　　（4：8-11）

　　在這裏，「月經」彷彿是「殘月」吐露的一句消極預言，兩者也構成一個「壞韻」，不但釀造了女人身體內部的「辛酸」，而且

---

[8]　轉引自（美）肯尼斯・勃克（Kenneth Burke）：《濟慈一首詩中的象徵行動》，《讀詩的藝術》，王敖譯，南京大學出版社，2010年版，第63頁。

[9]　（俄）茨維塔耶娃：《茨維塔耶娃文集・詩歌》，前揭，第26頁。

暗示了她在外部世界的「流亡」宿命（人類學家在這方面有更精彩的闡釋）。張棗將自己隱藏在一個低矮的兒童視角當中（或許是人類的童年？），稱她的談話對象為「媽媽」。緊接著，他濃墨重彩地召喚出了特洛伊城的女祭司卡珊德拉，這位「專業的預言家」、悲劇的神話女主角。張棗不但將筆鋒朝向對「元詩」的探索，而且把此刻的對話格局改寫為：「我」（敏感的兒童）——神話——「你」（受難的母親）。卡珊德拉成為瑪琳娜的一個神話鏡像，瑪琳娜則是卡珊德拉的現實「側影」——她正在流亡的途中被迫吸著外國煙。作為童年期的人類對世界的解釋方式，神話告訴我們一個關於「預言家」的預言：卡珊德拉將遭受「懲罰」！由於她在阿波羅那裏獲取了預言的能力，卻拒絕了阿波羅的求愛，後者在請求和她接吻的時候沾濕了她的舌頭，讓卡珊德拉的預言無人相信：「影子含著回憶的橄欖核，／那是神，叫你的嘴回味他色情的／津沫，讓你失靈，預言之盒／無力裝運行屍走肉，沐浴在／這被耀眼的盲目所統轄的沙灘。」（5：2-6）

預言的「失靈」是一個十足的「壞韻」，是神嫉妒般的懲罰，也形成了詩歌的原罪。作為神力「幽暗的對等物」，詩歌承擔了預言失效的災難性後果，讓它製造出的「一件件靜物」成為「預言之盒」「無力裝運」的「行屍走肉」，被「耀眼的盲目」所「統轄」，引發「看」的危機。這種「看的羊癲瘋」（5：8）始終折磨著茨維塔伊娃，讓她深陷於一個「靜物」雜陳的迷局當中，忍受著「一項最危險的事業」（海德格爾語）帶來的「懲罰」：「不是人／更不是你本身，勾銷了你的形體；／而是這些彈簧般的物品，竄出，／整個封殺了眼睛的居所，逼迫／你喊：外面啊外面，總在別處！／甚至死也只是銜接了這場漂泊。」（9：7-12）「看」的危機讓那些「彈簧般的

物品」「封殺了眼睛的居所」，不但逼迫在「漂泊」途中的瑪琳娜「吸外國煙」，而且逼迫她「喊」出：外面啊！別處！

五

照鏡，革命的僮僕從原路返回；

砸碎，人兀然空蕩，咖啡驚墜……

（2：13-14）

愛倫堡（Ilya Ehrenburg）回憶說：「對於通常被稱為政治的那種東西，茨維塔伊娃是天真的、固執的、真誠的。」[10]如同一個「嚮往大是大非」的「僮僕」，茨維塔伊娃壓根不懂政治，相反，她遵從於另一套規則的調遣，它們被放進括弧內，造成了「政治的美學懸置」（克爾凱郭爾語），那個被懸置起來的部分就是詩歌與美的邏輯，是嚮往永恆的邏輯，也就是詩歌表達出的那個安靜的本質，茨維塔伊娃顯然遭遇了「看」的危機，她只專注於括弧內的唯美化狂歡，忽略了更重要的判斷：「完美啊完美，你總是忍受一個／既短暫又字正腔圓的頂頭上司，／一個句讀的哈巴兒，一會說這／長了點兒，一會說你思想還幼稚」（7：9-12）。

然而蘇聯當時的時代邏輯卻要根本搞爛這個括弧，清洗對話的發生場，從而讓全民接受一個歷史的「大他者」的檢閱，將這種「看」的危機普泛化。在史達林治下，所有參與政治生活的人均無

10　（俄）伊利亞・愛倫堡：《人・歲月・生活》，馮南江、秦順新譯，花城出版社，2004年版，第93頁。

一倖免。難怪齊澤克（Slavoj Zizek）把史達林主義定義為一種「性倒錯」[11]，這可以認為是一種「靜物」的消極性災難。在那個「性倒錯」的年代，「圓手鏡」駭然肆虐，那個一度「愧疚」的「僮僕從原路返回」，站在了「革命」的一邊——她原來立場的對面，一個外面，一個別處。

即便是這樣，茨維塔伊娃也並沒有挽救自己，這或許緣於她先天攜帶的那個「壞韻」，或許歸咎於「看」的危機，這個「壞韻」既讓她以全部的熱情迷戀詩歌寫作，崇尚靜物（永恆）裏那個安靜的本質，與現實生活拉開「半個之差」；「看」的危機又讓她遭受詩歌消極性的擺佈，在靜物（鏡子）面前迷失自己，丟掉名字，用美學判斷代替政治判斷，用詞代替了物，無可救藥地釀成她大半生的厄運。茨維塔伊娃告訴帕斯捷爾納克：「要知道，詞比物大——詞本身也是物，物只是一個標誌。命名——使其物化，而不是分散地體現……」[12]她當初的這種「物化」觀點，正說明了詩歌的結果是「一件件靜物」，她在「看」的危機下選擇了「靜物」的消極性，這讓她走火入魔。

茨維塔伊娃的尷尬境遇也暗示著整個人類歷史發展的「壞韻」：「真相之魂夭逃——灰燼即歷史。」（4：15）純正之物已然消逝，贗品虛像橫行市井：「非人和可樂瓶，圍觀肌肉的健美賽，／龍蝦般生猛的零件，凸現出未來」（5：13-14）。如果詩所製造出的這「一件件靜物」走向極端，這種消極的「圍觀」便會瀰漫整個世界，成為「看」的世界性危機，那結果便是——「完蛋

---

[11] 參閱（斯洛文尼亞）斯拉沃熱·齊澤克：《幻象的瘟疫》，胡雨譚、葉肖譯，江蘇人民出版社，2006年版，第68-69頁。
[12] （俄）茨維塔耶娃：《茨維塔耶娃文集·書信》，前揭，第394頁。

了」（3：2，4，9，13）！就像張棗說：「如果詞的傳誦，／不像
蝴蝶，將花的血脈震悚。」（3：13-14）

　　與「咖啡」和「方糖」的「壞韻」不同，「蝴蝶」和「花」在
這裏構成了一種微觀的對話格局，人與「靜物」的關係卻沒能達到
那種和諧的押韻關係。在「看」的危機之下，「詞的傳誦」最終
導致了人的迷惘和歷史的瘋狂，也就是說，「詞」的自瀆釀成了
「物」的悲劇。張棗在「元詩」的括弧裏推導出了這個不幸的結
論，但他緊接著又警醒我們：「詞，不是物，這點必須搞清楚」
（8：9）。為了救贖詩歌的原罪，為了克服「靜物」的消極性以及
「看」的危機，在搞清楚了「詞」不是「物」之後，我們必須嘗
試用一種方式——哪怕是一種革命的方式——「砸碎」那面妖言惑
眾的鏡子，哪怕鏡中的人影「兀然空蕩」。咖啡杯猛地墜地，是不
是某種嘩變的信號？「我們每天都隨便去個地方，去偷一個／驚嘆
號，／就這樣，我們熬過了危機。」（張棗《枯坐》）

　　身處異鄉的她由於在政治上親近了馬雅可夫斯基，讓她又一次
陷入孤絕。對此，她痛心疾首地總結道：「我不是為這裏寫作（這
裏的人不理解——因為聲音），而正是為了那邊——語言相通的
人。」[13] 在付出了高昂的代價之後，茨維塔伊娃終於摸清了「分清敵
友」這個「政治的首要問題」（施米特語），她分清了「這邊」和
「那邊」，她清楚自己必須洞穿政治的迷霧，找到自己真正的棲身之
所。作為一名俄羅斯詩人，她必須回歸母語的懷抱，然後向全世界宣
稱：「俄語是我的命運。」（張棗《德國士兵雪曼斯基的死刑》）

---

[13]　蘇杭：《致一百年以後的你：茨維塔耶娃詩選·前言》，外國文學出版
　　社，1991年版，第8頁。

「如果你真的想親眼見到我，你就應該行動……」[14]。茨維塔伊娃今生都未曾與里爾克謀面，這讓她每一次這樣熱情洋溢地邀約都顯得意味深長。「咖啡驚墜」警示我們：「經典的一幕正收場」（8：1）。是時候請我們的女詩人走出「劇院包廂」了，走出去就是走出「洞穴」（柏拉圖語），就是面對世界的真相，因為「她等待刀尖已經太久」（茨維塔耶娃《生活》）。[15]這是茨維塔伊娃在艱難抉擇之後做出的決定——行動：

> 你回到莫斯科，碰了冷釘子，
> 而生活的踉蹌正是詩歌的踉蹌。
>
> （7：1-2）

在寫作《跟茨維塔伊娃的對話》之時，張棗已去國八年，箇中滋味可想而知：「母語之舟撇棄在汪洋的邊界，／登岸，我徒步在我之外，信箱／打開如特洛伊木馬，空白之詞／蜂擁，給清晨蒙上蕭殺的寒霜。」（4：3-6）對於他這位始終依靠母語寫作的中國詩人，寫詩是他語言上的還鄉。在這種文化鄉愁的蠱惑之下，茨維塔伊娃頂著「兀然空蕩」的危險，決定付諸行動，她最終回到了危機四伏的莫斯科，回到了她的祖國，因為她聽到「那邊」在說：「沒有你，祖國之窗多空虛。」（6：11）茨維塔伊娃成為了張棗放飛的一隻「夜鶯」，她代替張棗先行實現了還鄉的夢想，讓詩人回到母語，如同「生詞像鱒魚領你還鄉」（6：12）一樣，是一種知

---

[14]　（俄）茨維塔耶娃：《茨維塔耶娃文集·書信》，前揭，第444頁。
[15]　（俄）茨維塔耶娃：《茨維塔耶娃文集·詩歌》，前揭，第381頁。

行合一的夢想。於是，本詩在「元詩」的層面上形成了這樣一種
對話格局：張棗——母語——茨維塔伊娃。母語如「櫻桃，紅豔
豔的，像在等誰歸來」（6：1），它的等待成為一種「純粹邏輯」
（6：9），我們只有仰仗行動，才能抵達那裏，抵達知行合一，像
「木蘭花盎然獨立」（8：11）。

　　那個「純粹邏輯」永遠等候著行動，如同「一面鏡子永遠等候
她」（張棗《鏡中》）。行動就是敞開詩歌的胸懷，使它們「被
手勢的蝴蝶催促開花的可能」（10：4），讓「詞」有效地匹配上
「物」；行動就是通過詩歌聆聽預言，在詩歌中挽救它的失靈，就
是讓自己的作品甩掉「壞韻」；行動就是去想方設法化解「看」
的危機，擺脫「靜物」的消極影響，力圖在寫作中證明「看見即
說出，而說出正是大海」（5：7）；行動就是對話，就是讓「談
心的橘子蕩漾著言說的芬芳」（8：3），就是「生活有趣的生活」
（8：10）。在茨維塔伊娃的世界中，行動就意味著還鄉，名副其
實地回歸母語，回歸存在之家。

六

　　在一次詩歌課上，張棗沾沾自喜於翻譯了勒內・夏爾（René
Char）。據說，這位在「二戰」時做過阿爾卑斯地區遊擊隊長的法
國詩人，在一次危急關頭，將一首即興詩寫在紙片上，瞞過了敵人
的十面圍困，成功地把情報傳遞給了前來援助的戰友，贏取了這場
戰鬥的勝利。很奇妙，正是詩歌，這種看似無用的語言，幫助人們
克敵制勝，獲得生存的喜悅和尊嚴。這就是張棗在詩歌中呼喚的知
行合一，一條輝煌的法則。

這種夢想也召喚著渴望觸摸母語的茨維塔伊娃回國，用她無比熱愛的母語在祖國的土地上寫作。那是她人生中最難以忍受的一段日子，也是她最後的日子：「作協的電話空響：現實又遲到，／這人死了，那人瘋了……」（7：6-7）母語之舟駛回港灣，搭載著它受難的女兒走向一個逼仄的終點。行動的茨維塔伊娃回到祖國，就像多年以後，張棗用他「親熱的黑眼睛」在中國的講臺上「露出微笑」一樣，誰都不會料到，兩位輾轉半生的詩人終究都選擇了一個令人悲傷的終點──祖國。「這些必死的、矛盾的／測量員」（張棗《卡夫卡致菲麗絲》），都試圖在行動中兌現那些反覆縈繞著的文化鄉愁，藉此我們方才明白，「生活的踉蹌正是詩歌的踉蹌」，不論是對於茨維塔伊娃，還是對於張棗，這一定是刻骨銘心的。

左與右，紅與白，生與死……沒有哪一個地方是安定、永久的居所。「踉蹌」才是生活的本來面目，我們從詩歌中瞥見了它──詩歌是一種行動。那些充滿了不確定的指認，那些「看見」後的「說出」，才是行動的詩歌告訴我們的：「手藝是觸摸，無論你隔得多遠；／你的住址名叫不可能的可能──／你輕輕說著這些，當我祈願／在晨風中送你到你焚燒的家門。」（8：5-8）在茨維塔伊娃的生命中，詩歌這種「手藝」賦予了她潛在而強大的行動力，去無限地靠近那個不可能的「住址」，一個多年以後踏進的門扉，在那裏，詩人期待實現一種「珍貴的抵達」（張棗《在夜鶯婉轉的英格蘭一個德國間諜的愛與死》）。

鍾鳴從張棗詩歌中提取了一種特有的寫作方式，或語法關係，即「設局──迷失──尋找主體和客體的對偶及倒置關係──最後，岐問，懸念──也就是斯芬克斯之迷的伎倆。答案其實儘管簡單，不過，彎彎繞，還是孳乳了環境，隔離出了某種距離，讓人有

所期待。」¹⁶張棗詩歌中遍佈著這樣的迷局和疑問，他也等待著我
們遞出的答案。在張棗的詩歌行動中，他一邊探測著自己的最佳位
置，一邊又對它加以否定：「對嗎，詩這樣，流浪漢手風琴／那
樣？豐收的喀秋莎把我引到／我正在的地點：全世界的腳步，／暫
停！對嗎？該怎樣說：『不』？！」（12：11-14）「我」回來了，
然而「我」在哪裏？在落葉紛飛中，「我」與那街邊無家可歸的行
吟詩人其實走著同樣的路，儘管我們擦肩而過，「分行路畔」，他
卻始終在體內與「我」為伴：「飲酒者過橋，他愕然回望自己／仍
滯留對岸，滿口吟哦。某種／悲天憫人的情懷，和變革之計／使他
的步伐配製出世界的輕盈。」（10：10-13）

　　在經過了幾番「踉蹌」地追問後，笛卡爾（Rene Descartes）告
訴我們，只有「不」是永恆的。「有什麼突然摔碎，它們便隱去／
／隱回事物裏……」（張棗《卡夫卡致菲麗絲》）張棗跟茨維塔伊
娃的對話就定格在這個永恆之詞上面。讓行動的詩歌行使「還鄉」
的使命，無論如何，他們，我們，都願意停留在這一刻：

　　　　沒在彈鋼琴的人，也在彈奏，

　　　　無家可歸的人，總是在回家：

　　　　不多不少，正好應合了萬古愁——

　　　　　　　　　　　　　　　　　　　　（11：10-12）

　　茨維塔伊娃終生攜帶著一個詩人特有的「壞韻」，她此生熱愛
詩歌，卻因詩歌受難，在絕望中結束了自己的生命，「作為一個人

---

¹⁶　鍾鳴：《詩人的著魔與識》，《今天》2010年夏季號（總第89期），第104頁。

而生，作為一個詩人而死」（茨維塔伊娃評價馬雅可夫斯基語）。
而天才般的張棗感歎道：「我最怕自己是自己唯一的出口。」
（9：14）然而他卻恰恰中了自己詩歌的「讖」[17]，在自己的世界中
迷途，愛於鏡中，死於鏡中，一生都在飄零中追尋著一個美麗的
「空址」。他回國教書，查出絕症，又返回圖賓根，接受治療。躺
在萬般痛苦的病床上，張棗隨手抓起兒子的作業本勾畫著：「擱在
哪裏，擱在哪裏／／老虎銜起了雕像／朝最後的林中逝去。」（張
棗《燈籠鎮》）

「最後的林中」，美麗的「空址」。彌留之際，他喊出了一句
「救命」[18]，這個「空襲警報」沒能搭救自己，祖國，沒能搭救自
己。和茨維塔伊娃一樣，他們這些「兀然空蕩」的靈魂只能回歸
「萬古愁」，一種「世界的輕盈」，一種無邊的幽暗力量。如果可
以，張棗同他隔著時空之岸的知己——瑪琳娜・茨維塔伊娃——會
在「萬古愁」中、在他們身後傳誦的詩歌中持久地互望，像兩座等
待被「老虎」「銜起」的「雕像」。

里爾克死後，悲傷的茨維塔伊娃寫道：「我與你從未相信過此
世的相見，一如不信此世的生活，是這樣嗎？你先我而去（結果更
好！），為著更好地接待我，你預定了——不是一個房間，不是一
幢樓，而是整個風景。」[19]對於張棗，這個在本命年裏被「老虎」
銜走的詩人（張棗屬虎，享年48歲），我們同樣可以說，你先我們
而去，為了更好地接待我們——這些平凡的對話者——你不但預定

<hr/>

[17] 參閱鍾鳴：《詩人的著魔與讖》，前揭，第102-117頁。
[18] 張棗在去世前幾個小時給他的國內友人發過簡訊，內容是「救命」，以及
一個未知的英文地址。
[19] （俄）茨維塔耶娃：《茨維塔耶娃文集・書信》，前揭，第447頁。

了整片風景，而且邀約了風景中的美人，「誘人如一盤韭黃炒鱔絲」（張棗《大地之歌》），在輕盈與微醺之中與我們徹夜長談。

2010年11月，北京法華寺

「多少代人的耕耘在傍晚結束」
——論多多詩歌中的抒情革命

一

14世紀初期，在法國奧克西坦尼南部一個叫做蒙塔尤的小山村裏，一位名叫皮埃爾・莫里的牧羊人與他的同行發生過一次嚴肅的爭論：「皮埃爾，別再過你那種苦日子了，賣掉你所有的羊吧！這些牲畜賣的錢可以供我們花費。我本人以後可以製作梳子。這樣我們倆就能生活下去……」皮埃爾不假思索地反駁道：「不，我不想賣掉我的羊。我以前是牧民，只要我活著，今後永遠做牧民。」這位看起來無家無業、平凡至極的單身漢，卻是個比利牛斯山「無所不在的人」，一個「快樂的牧羊人」。他食糧寬裕，也不缺少情婦，在最大程度上享受自由帶來的福祉，因此可以隨心所欲地談論著「命運」。在他的個人意識裏，接受命運就是要保持自己在生活中的位置，就是不脫離自己的環境和職業，而且要把自己的職業當作興趣和生命力的源泉，而不應將它看作苦難和奴役的根源。[1]

---

[1] 參閱（法）埃馬紐埃爾・勒華拉杜里（Emmaunel Le Royladurie）：《蒙塔尤：1294-1324年奧克西坦尼的一個山村》，許明龍、馬勝利譯，商務印書館，2007年版，第183-190頁。

在皮埃爾‧莫里這個貧窮的牧民口中，不經意流露出了一種極高的智慧，一種安之若素的生活邏輯。在康德（Immanuel Kant）哲學的注目下，我們發現，在這種樸素的、蒙塔尤式的「牧羊人心態」裏面，存在著一條關於自由意志與自然法則之間的二律背反：皮埃爾既過著一種放浪形骸的遊牧生活，又在另一種意義上遵循著自己命運的裁定。這看起來似乎很難在個人意識裏獲得統一，但在皮埃爾那裏，卻輕而易舉地解決了這個邏輯難題：人靠土地獲取食物，維持生命，最終還要化成灰土，成為土地的一部分。因而人最本質的情感是源於土地的，應該對土地充滿感激和悲憫。

「牧羊人心態」浸透了自然天性，儘管它誕生於中世紀，然而卻傲慢地拒斥了智識的圍困，也懸置了神學的幻影，是普通人的生活史中一個可貴的例證，是少數聰明人的選擇，也是不幸中的幸運。按照摩爾根（Lewis Henry Morgan）的分類，即便這種超然恬淡的「牧羊人心態」多麼符合人類的自然天性，多麼富有生存的智慧，然而它畢竟只能歸屬於「野蠻時代」生活觀中一個不起眼的異端。相對於「蒙昧時代」那些朝不保夕的、掙扎在死亡線上的獵人們來說，「野蠻時代」的牧民們的日子或許配得上「小康生活」了吧。然而，這種圍繞遊牧和種植而展開的「小康生活」，同時也盛產了弱肉強食的邏輯，這是造就鬥士、征服者和篡奪者的時代，也是人對人像狼一樣的時代。個人和種族對生存和繁衍的強烈願望，終於使得穩定的農業社會拔地而起，土地成為人類共同守望的基本家園和普適契約。「農業導致了所有權、政府和法律的誕生，也逐漸把苦難和犯罪帶到人類生活中來。」[2]一種進步力量產生的同

---

[2]　（法）盧梭（Jean-Jacques Rousseau）：《論語言的起源兼論旋律與音樂的模

時，其自身一定裹挾著對它的否定。在以農業為核心驅動力的「文明時代」裏，統治集團聘請站在文明源頭處的至聖先師們，發明出一套規約人性的管理學，用以支撐「文明時代」的金字招牌，同時也在暗地裏縱容著「野蠻時代」裏的充滿腥氣的快樂嚎叫。以朱熹為例，這位老夫子一面在書齋裏高聲宣佈「存天理、滅人欲」，一面在後房對自己的兒媳婦大施「人欲」。與「快樂的牧羊人」的情況相似，我們完全可以將朱子的事必躬親，理解成一個誕生於「文明時代」的精英心態中的二律背反。

中國當代詩人多多，尤其善於發掘他所處的「文明時代」裏俯仰皆是的「野蠻」圖景，在他剛剛投入詩歌創作之時，年輕的詩人在20世紀70年代的中國大地上，體驗著一場由「文明時代」謀劃的集體性癲狂：

> 醉醺醺的土地上
> 人民那粗糙的臉和呻吟著的手
> 人民的面前，是一望無際的苦難
>
> 馬燈在風中搖曳
> 是熟睡的夜和醒著的眼睛
> 聽得見牙齒鬆動的君王那有力的鼾聲
>
> （多多《無題》）[3]

仿》，吳克峰、胡濤譯，北京出版社，2010年版，第52頁。

[3]　本文引用的多多作品均出自《多多詩選》，花城出版社，2005年版。

　　該詩結尾所帶入的場景與另一首俄國詩歌極為相似：「我們活著，感覺不到腳下的國家，／十步之外就聽不到我們的話語，／而只要哪裏有壓低嗓音的談話，／就讓人聯想到克里姆林宮的山民」[4]（曼傑什坦姆《我們活著，感覺不到腳下的國家》）。在這兩位詩人生活的年頭裏，講出「牙齒鬆動的君王」和「克里姆林宮的山民」都需要付出極大的勇氣，指向那個極端時代二律背反的核心。這首俄國詩歌的作者——曼傑什坦姆（Mandelstam）——是一位同樣掙扎在極左而野蠻的文明年代裏的偉大詩人，也正是因為這首詩，他被投入「文字獄」，押上了絕望的流放之途。無論是多多描繪的那塊帶給人民「一望無際的苦難」的「醉醺醺的土地」，還是曼傑什塔姆生活著卻感受不到的那個「十步之外就聽不到我們的話語」的「國家」，它們都在人類共同翹楚的「文明時代」裏驚醒了滿懷熱愛的詩人們最初的夢幻，讓他們發出與以往迥然不同的、異常痛苦的啼喚：「從那個迷信的時辰起／祖國，就被另一個父親領走。」（多多《祝福》）

　　如果從作品中大量相近的題材和形象上來講，多多可以被看作一位心憂土地的遊吟詩人，這種永恆的情懷可以將他放置在中國詩歌史上任何一個階段裏，因為他所矚目的，是全人類共同關注的文學母題：「農民，親愛的／你知道農民嗎／那些在太陽和命運照耀下／苦難的兒子們／在他們黑色的迷信的小屋裏／慷慨地活過許多年」（多多《瑪格麗和我的旅行》）。多多早期大多數的詩歌題材屬於這一傳統領域，即書寫著自然景觀以及農民在土地之上的命

---

[4]　（俄）曼傑什坦姆：《曼傑什塔姆詩全集》，汪劍釗譯，東方出版社，2008年版，第175頁。

運，然而那種古典的宗教情懷已經被一種現代經驗所取代，尤其是
被20世紀六七十年代的中國經驗所取代，我們看到的是他對農耕生
活狀態的一番別樣的表述：

> 歌聲，省略了革命的血腥
> 八月像一張殘忍的弓
> 惡毒的兒子走出農舍
> 攜帶著煙草和乾燥的喉嚨

> （多多《當人民從乾酪上站起》）

　　當人民從乾酪上站起，當一個民族從一種由來已久的生產方式
上抬起頭來，他們究竟看到了什麼？馬克思（Karl Marx）站在一個
歐洲人的立場上，曾把中國、印度等亞洲國家那種勞動密集型的傳
統農業耕作方式稱為「亞細亞生產方式」，並且將它劃歸為人類社
會發展歷程中的最早形態，無論是東方還是西方，它命名了那種最
初的勞作形式。不論馬克思的定義是否準確，「亞細亞生產方式」
居然確鑿無疑地在中國歷史上盤踞過相當漫長的時間，如果我們稍
微瞭解中國當下的國情的話，由於中國農民群體的文化惰性，這種
生產方式時至今日還在主宰著中國主要的農業勞作傳統。盧梭貢獻
過一個很有啟發性的觀察，他認為：「每一種技藝或風俗的起源，
都與我們獲取生存資料的方式有關。」[5]如果依照這一思路推斷下
去，那麼在「亞細亞生產方式」的深切影響下，中國文化的表意傳
統中也一定存在著一種與之相匹配的「亞細亞抒情方式」，而由

5　（法）盧梭：《論語言的起源兼論旋律與音樂的模仿》，前揭，第53頁。

《詩經》——這部源點意義上的中國式抒情民族志——所開闢的那種「思無邪」的品質，正是為這種抒情方式所一貫秉承的衣缽。魯迅先生簡潔地概括了這種抒情方式的總體特徵：「其民厚重，故雖直抒胸臆，猶能止乎禮義，忿而不戾，怨而不怒，哀而不傷，樂而不淫，雖詩歌，亦教訓也。」[6]在《詩經》中，尤其是那些耳熟能詳的農事詩中，我們憑藉著一個內化在中國人血液中的傳統經驗，可以明朗地領略到這種拿捏得恰到好處的「亞細亞抒情方式」。

在著名的詩篇《詩經·七月》中，那些一年到頭辛勤勞作的農人們儘管要「三之日於耜，四之日舉趾」，但每當迎來「同我婦子，饁彼南畝」的時刻，他們依然會因為能在田間地頭吃到老婆孩子送來的飯菜而感到「田畯至喜」，彷彿在抱怨艱苦生活的同時，又在炫耀著這份情感上的滿足；隱者陶淵明更是對農耕生活滿心歡喜，寫下：「秉耒歡時務，解顏勸農人」（陶淵明《癸卯歲始春懷古田舍二首》）這樣的句子，洋溢著安貧樂道的訓教意味；更不用說，在「鋤禾日當午，汗滴禾下土」（李紳《憫農》）和「安得廣廈千萬間，大庇天下寒士俱歡顏！風雨不動安如山」（杜甫《茅屋為秋風所破歌》）這樣婦孺皆知的名句中，呈現出的那副中國農民站立在土地之上的悲情形象所傳達的意味了。然而，上千年來，所有這些對哀苦和艱辛的記錄，並沒有導致詩人情緒的氾濫，這些不安定的因素，被古已有之的傳統詩教以及「亞細亞抒情方式」訓練有素地控制在了一個封閉的模式內部，即化約在了鄉土社會的情感結構之內，就像農業文明用土地將人民固定在一個地方那樣，等待著那些情感中的負面因素在這個封閉的系統中自行消解。

---

[6]　魯迅：《漢文學史綱要》，上海古籍出版社，2005年版，第12頁。

　　中國現代詩人穆旦把傳統中國農民形象做了一番全息式的掃描：「一個農夫，他粗糙的身軀移動在田野中，／他是一個女人的孩子，許多孩子的父親，／多少朝代在他的身邊升起又降落了／而把希望和失望壓在他身上，／而他永遠無言地跟在犁後旋轉，／翻起同樣的泥土溶解過他祖先的，／是同樣的受難的形象凝固在路旁。」（穆旦《讚美》）[7]穆旦的描述依然遵循著「亞細亞抒情方式」的訓導，儘管他的語言形式是全新的，但情感結構依然是傳統的，強大的「亞細亞抒情方式」對中國詩人的深刻規訓，如同那個農夫「永遠無言地跟在犁後旋轉」，如同「溶解過他祖先」的蒼涼泥土。從穆旦對中國農民的總結性刻畫中，我們見識到了一種溶解在「亞細亞抒情方式」中的「土地中心主義」，這種異常頑強的精神力量始終綿延傳承在中國詩歌傳統的軀體之內，它由占基礎地位的生產方式出發，逐漸生成為一種解釋世界的宇宙觀和人生觀，並構築了一個可供容納國人情感方式的想像的共同體。同時，數千年的中國傳統詩教早已將這種「土地中心主義」徵用為一座碩大無朋的蓄水池，它充當了中國式農耕文明中的統治集團和人民、上下社會階級（層）之間擬達成和諧狀態的一架「矛盾終端機」。從戴望舒的詩句中，我們可以看到，中國抒情詩傳統中的「土地」形象具有一種轉化苦難的美學使命：「無形的手掌掠過無限的江山，／手指沾了血和灰，手掌黏了陰暗，／只有那遼遠的一角依然完整，／溫暖，明朗，堅固而蓬勃生春。／在那上面，我用殘損的手掌輕撫，／像戀人的柔髮，嬰孩手中乳。」（戴望舒《我用殘損的手掌》）[8]儘管歷朝歷代

7　穆旦：《蛇的誘惑》，曹元勇編，珠海出版社，1997年版，第54頁。
8　戴望舒：《戴望舒選集》，人民文學出版社，2005年版，第106頁。

激進的統治者打著各種旗號，發動過無數次的土地革命，然而這種上層建築中的「土地中心主義」，卻頑固地寄生其中，具有顛簸不破的自我修復能力，似乎從來不曾動搖過。至今，在華夏同胞的情感結構中，這一核心機制依舊在發揮著作用。

在多多為數眾多的以土地（田野）為題材的作品中，我們幾乎看不到傳統詩教傳授給我們的、「思無邪」所投下的燦爛身影，也就是說，一股否定性的詩歌精神開始在他的作品中慢慢甦醒。多多的創作正是以這種否定的視角為起點來編織他的個人話語的，這種新式的詩歌話語力圖實現對鐫刻在中國詩人身上的「亞細亞抒情方式」的揚棄，而這一任務的核心環節，就是要義不容辭地革掉「土地中心主義」的命，揭除塵封在中國人表意系統上的古老咒語。「寂寞潛潛地甦醒／細節也在悄悄進行／詩人抽搐著，產下／甲蟲般無人知曉的感覺／——在照例被傭人破壞的黃昏……」（多多《黃昏》）在20世紀六七十年代中國人民集體癲狂的高潮背後，「朦朧詩」一代寫作者及其先驅們，開始自覺地醞釀著他們的批判意識和美學反叛，而在這其中，始終游離在「朦朧詩」群體邊緣地帶的多多，讓他的詩學覺醒和現代性啟蒙來得更早，而且更為徹底：

我寫青春淪落的詩

（寫不貞的詩）

寫在窄長的房間中

被詩人姦污

被咖啡館辭退街頭的詩

我那冷漠的

再無怨恨的詩

（本身就是一個故事）

我那沒有人讀的詩

正如一個故事的歷史

我那失去驕傲

失去愛情的

（我那貴族的詩）

她，終會被農民娶走

她，就是我荒廢的時日……

（多多《手藝──和瑪琳娜‧茨維塔耶娃》）

二

與「朦朧詩」一代的大多數詩歌寫作者有所不同，多多將他的抒情視野相對固定地投射在一塊位於記憶深處的魔幻之鄉。這塊神秘的飛地靠近著他所熱愛的田野中央，被黃昏悄然潛藏在跳動的地平線之下，又像人熟悉自己的身體一樣，用詩人回憶的手掌對其摩挲不已，讓它的語言對等物發散著一種荊棘般的光芒，刺破人們一貫希望在詩歌中追逐的甜美想像，並試圖拆解掉駐紮在中國人抒情傳統中堅如磐石的「土地中心主義」。在多多的詩歌中，舊式的「亞細亞抒情方式」逐漸解體，以土地為情感皈依和衝突調和機制的傳統表意體系，在新的時代面前開始露出詭秘的笑容，土地和農具之間慣常的和諧關係被利刃般的語言擊潰。在同一塊土地之上，現代生活的複雜體驗強烈地侵犯著農耕時代的田園幻想，農具似乎

喪失了它們耕犁的本份，蛻變為一把沾染著原始腥氣的、刺傷土地也刺傷弱者的鋒利武器：

> 沉悶的年代甦醒了
> 炮聲微微地撼動大地
> 戰爭，在倔強地開墾
> 牲畜被徵用，農民從田野上歸來
> 抬著血淋淋的犁⋯⋯

（多多《年代》）

當田野上的犁頭沾染的不是芳香的泥土，而是淋漓的鮮血，「土地中心主義」的招牌便開始誠惶誠恐，周轉不靈了。這是多多在現代詩歌實踐中一次有預謀的恐怖行動，這種農具的魔鬼化，率先向「土地中心主義」發起挑釁。與德里達（Jacques Derrida）英勇無畏地向「邏各斯中心主義」拋擲他自製的解構榴彈的情形相似，多多的詩歌也試圖以對傳統土地耕作體系的顛覆性描述，來實現對「土地中心主義」的拆解（就像他在另一類作品中對「太陽」意象的解構一樣）。作為傳統土地耕作體系中的農具以及人和土地之間的媒介——「犁」——在多多所織就的話語譜系中充當了一種不安定的元素，詩人像安插特務那樣將一把陰險的「犁」安插進土地與人之間。於是，「土地——犁——人」，這三者間原本受「土地中心主義」統合的同一關係開始發生質的變化。

具體來說，在傳統耕作秩序中，能量從人體的肌肉通過「犁」的仲介作用傳遞給土地，而相應的收益能否順利地按原路返回，即從土地再回到人類社會，除了人在經典物理學上的虔誠投入之外，

還要祈福於神祇等超驗之物（主要是掌管氣候和土地的神）。關於這一點，古希臘詩人赫西俄德（Hesiod）描繪了西方人最初的耕作場景：「為了獲得粒大實滿的穀物，在剛開始給耕牛戴上頸軛，繫上皮帶，握住犁把，手揮鞭趕它們拉犁耕地時，你就要向地下的宙斯、無辜的德墨忒爾祈禱。」[9]中國人最初的勞作場景與此幾乎是相同的，《詩經》中大量的農事詩都會鄭重地描述祭神的場面。其實，農業生產與祭祀活動、經驗世界與超驗世界本來就是一枚樹葉的兩面，彼此相互關照著，這樣的一種結合，會讓土地帶上一層神秘的性質，也容易令農人們產生對土地的拜物教情結（它是構成「土地中心主義」的重要部分），在國人的情感結構中，這種情結會直接體現為他們對土地本身的迷戀和熱愛，夢想實現自身和土地的融合。比如中國現代詩人艾青就曾這樣刻畫一個農夫的形象：「你們是從土地裏鑽出來的麼？──／臉是土地的顏色／身上發出土地的氣息／手像木椿一樣粗拙／兩腳踏在土地裏／像樹根一樣難於移動啊／／你們陰鬱如土地／不說話也像土地／你們的愚蠢，固執與不馴服／更像土地呵／／你們活著開墾土地，耕犁土地，／死了帶著痛苦埋在土地裏／也只有你們／才能真正地愛著土地」（艾青《農夫》）。[10]

就像古羅馬的農學家瓦羅（Varrault）把農民定義為「會說話的農具」一樣，艾青筆下的「農夫」幾乎就是土地價值的人形翻版。統治階級的意志會挾持「土地中心主義」，通過它，那些站立在權

---

[9]　（古希臘）赫西俄德：《工作與時日 神譜》，張竹明、蔣平譯，商務印書館，1991年版，第14頁。

[10]　艾青：《中國當代名詩人選集·艾青》，人民文學出版社，2006年版，第127頁。

力頂峰而不是站立在土地之上的統治者，迫切希望看到人與土地、與農具的化合體，以便將人牢牢地拴縛在土地之上，以達到他們的剝削目的。在多多大多數描寫土地的作品中，我們發現，「土地——犁——人」，這三者間那種原初的裙帶關係被打破了，土地與犁之間、犁與人之間的密切聯繫也被絕望地切斷了。善於招住七寸的多多，將筆墨集中在對「犁」的消極性描述上，希望用這種手段來撼動「土地中心主義」的堅實地基，進而顛覆既有的、維繫在這一地基上的耕作體系和情感秩序。於是，如此這般的詩句便映入我們眼簾：

> 犁，已脫離了與土地的聯繫
> 像可以傲視這城市的雲那樣
>
> （多多《北方的記憶》）

> 水在井下經過時
> 犁，已死在地裏

> 鐵在鐵匠手中彎曲時
> 收割人把彎刀摟向自己懷中
>
> （多多《走向冬天》）

美國現代詩人弗羅斯特（Robert Frost）喜愛描寫人與農具之間的親密關係：「樹林邊靜悄悄，唯有一點聲音，／那是我的長柄鐮在對大地低吟。／它在述說什麼？我也不甚知曉；／也許在訴說烈日當空酷暑難忍，／說不定它在述說這大地太寂靜——這就是它低

聲悄語說話的原因。」（弗羅斯特《刈草》）[11]這種平和恬靜的敘述再現著人與農具、與土地之間和諧的對話圖景，在某種意義上說，這是「土地中心主義」賞賜給人類的詩意成分。與此相悖，多多的詩歌助長著一股否定性的詩歌精神和普遍的懷疑情緒，他策動詩歌中的「犁」紛紛罷工，拒絕了繼續伺弄土地的遠古使命，幫助它們果敢地從慣常的耕作秩序中解脫了自身，從而擾亂了「土地中心主義」輻射開來的權力體系。多多，這個充滿破壞力的語言巫師，就像一個神情專注的印度流浪藝人，用犀利的笛聲蠱惑著毒蛇跳舞。過去辛勤勞作的「犁」恨不能「死在地裏」，也要掙脫土地，然而離開土地的這些革命的農具會回到它們的主人那裏去嗎？我們看到「收割人把彎刀摟向自己懷中」之後會發生什麼？多多說：「五月的黃土地是一堆堆平坦的炸藥／死亡模擬它們，死亡的理由也是／／在發情的鐵器對土壤最後的刺激中／他們將成為被犧牲的田野的一部分」（多多《他們》）；「而，我們的厄運，我們的主人／站在肉做的田野的盡頭／用可怕的臉色，為風暴繼續鼓掌──」（多多《風車》）；「我想瞭解他的哭泣像用耙犁耙我自己」（多多《北方的聲音》）。在脫離土地的捆綁之後，發動叛亂的農具並沒有和農民站在一起，而是恰恰相反，「犁」用它們的鋒芒窮兇極惡般地刺傷了主人，像它們密謀著去血淋淋地刺傷土地一樣。由此，詩人由衷地感到──正如多多一首詩的名字那樣──「北方閒置的田野有一張犁讓我疼痛」。作為傳統耕作秩序鏈條的仲介，「犁」的破壞行動積聚了足夠的能量去全面震懾、撬動並拆解「土地中心主義」

---

[11] （美）羅伯特‧弗羅斯特：《弗羅斯特詩選》，曹明倫譯，四川文藝出版社，1986年版，第12頁。

的權力體制，讓失去農具在先、不幸負傷在後的農民們孤零零地面對眼前這片凌亂的土地，承受著背叛和流血的痛苦：

> 為了雙腿間有一個永恆的敵意
> 腫脹的腿伸入水中攪動
> ……
> 為了土地，在這雙腳下受了傷
> 為了它，要永無止境地鑄造里程
>
> （多多《為了》）

> 我的腿是一隻半跪在泥土中的犁
> 我隨鐵鏈的聲響一道
> 努力
>
> （多多《十月的天空》）

當面目猙獰的「犁」從傳統耕作秩序鏈條中自行剝除之後，既有的生產方式和抒情方式都將面臨著巨大的斷裂。就像能量已經無法再像過去那樣在「土地——犁——人」三者之間暢通地傳遞一樣，傳統的情感結構也將迎來支離破碎的危險。失去農具的農民們由於找不到情感媒介與土地的溝通，他們對土地的表意方式由此就會發生變化。在人對土地的情感結構或「土地中心主義」那裏，同樣存在著二律背反：一方面，人熱愛土地，因為它養育了人；另一方面，又厭惡土地，因為它不能挽救人們悲觀的命運。在中國傳統的表意系統中，即經典的「亞細亞抒情方式」中，我們從未遭遇過斷裂的危機，而當「土地中心主義」的權力幻象一旦被打破之後，

人們卻不得不服從於這種二律背反，也就是不得不繼續尋找農具的替代物，承續上人對土地的表意通道。在這裏，多多想到了一個好辦法：「我的腿是一隻半跪在泥土中的犁」。我們不難發現，在喪失「土地中心主義」的庇佑之後，人們開始試圖用身體充當缺席的「犁」，這不得不視為一種現代的、消極的智慧，一種服從二律背反的無奈表演，就像「雙腿間有一個永恆的敵意」。那只「半跪在泥土中的」「腿」代替了逃走的「犁」，繼續深入地與土地取得親密聯繫，然而人採取的這種親臨其境的辦法，卻無法真正地修復他們與土地之間的和諧狀態，就像四肢永遠無法代替農具一樣，人走入了一個尷尬的窘境：「永恆的輪子到處轉著／我是那不轉的／像個頹廢的建築癱瘓在田野」（多多《風車》）。

與其說「犁」的背叛是受惑於一種神秘的魔笛，不如說是農人暗地裏導演了這場「苦肉計」，試圖重新拯救自己的命運，或者不如說是這些常年耕作在土地之上的人們突然被「現代性」所豢養的一隻塔蘭泰拉毒蜘蛛咬傷，從而扔下農具，開始瘋狂地跳舞，甚至試圖用自己的身體充當丟失了的農具。對於那些在二十世紀六七十年代的中國僥倖活過來的人們來說，這種猜測一定會贏取廣泛的認同。人們在追求全面解放的道路上希望擺脫對物的依賴，進入那個幻想中的自由王國，但人們卻在這種急火攻心的追逐中把自己的身體當作了物，從而走上了一條走火入魔之路。原本可以視為一種人體器官的「犁」，被人們自行革除了，如今那條「半跪在泥土中的」「腿」，其實僅僅是人類在土地面前的一條「幻肢」，是一條烏有之腿，它永遠都不能代替那把逃之夭夭的「犁」。這同時也是「土地中心主義」的頑固餘孽在大地之上製造出的一條「幻肢」，人獲得了虛假的滿足，等待他們的卻是現實的疼痛。

　　這一切不過是人類自身在田間地頭發動的一場「辛亥革命」而已，辮子剪掉了，牌子更換了，「土地中心主義」依然我行我素，並沒有引起「思想深處的革命」。然而在此刻，走失的「犁」並沒有喪失行動力，而是開始關注另一片田野，繼續著它的原初使命：

　　　　一張掛滿珍珠的犁
　　　　犁開了存留於腦子中的墓地：
　　　　在那裏，在海軍基地大笑的沙子底下
　　　　尚有，尚有供詞生長的有益的荒地。

　　　　　　　　　　　　　　　　　（多多《那些島嶼》）

　　　　只允許有一隻手
　　　　教你低頭看──你的掌上有犁溝
　　　　土地的想法，已被另一隻手慢慢展平

　　　　　　　　　　　　　　　　　　　（多多《只允許》）

　　在人類與「土地中心主義」的長期博弈過程中，先後受雇於雙方的「犁」在引發傳統耕作秩序的斷裂之後，終於覺察到江湖之兇險莫測，於是決定在另一種意義上解甲歸田。在經歷了叛離土地、刺傷主人的腥風血雨之後，這把疲倦的「犁」開始為人們開墾「存留於腦子中的墓地」，並且同時努力「展平」它的主人「掌上」的「犁溝」，其結果是，「記憶，但不再留下犁溝／……／從指甲縫中隱藏的泥土，我／認出我的祖國──母親／已被打進一個小包裹，遠遠寄走……」（多多《在英格蘭》）；「遙遠的地平線上，

鐵匠和釘子一起移動／救火的人擠在一枚郵票上／正把大海狂潑出去／一些游泳者在水中互相潑水／他們的游泳褲是一些麵粉袋／上面印著：遠離祖國的釘子們」（多多《地圖》）。1989年之後，多多遠離了祖國的土地，開始了他遠涉重洋的漂泊生活，這位在農耕文明哺育下的中國詩人，開始攜帶著他心愛的母語穿越大海：「從海上認識犁，瞬間／就認出我們有過的勇氣」（多多《歸來》）。在多多1989年之後的詩歌中，我們找到了一把海上的「犁」，和多多一樣，它也在接受海洋文明的洗禮，告訴我們比土地更寬闊的乃是海洋。這把海上的「犁」，為我們提供了一種轉化的契機，為迷惘於土地之上的人們指明了一條解救之道。在這種意義上，多多的作品為我們開闢了這片「看不見的田野」：

> 走在詞間，麥田間，走在
> 減價的皮鞋間，走在詞
> 望到家鄉的時刻，而依舊是
>
> 站在麥田間整理西裝，而依舊是
> 屈下黃金盾牌鑄造的膝蓋，而依舊是
> 這世上最響亮的，最響亮的
>
> > 依舊是，依舊是大地
> >
> > （多多《依舊是》）

由海洋之「犁」的指引，多多用他的詞語之「犁」引領我們走進這片「看不見的田野」。在這裏，「犁」所耕作的不再是真實

的、廣袤的土地，而是人類記憶的疆域。記憶會將一切過往的褶皺
全部展平，讓人們以一種平心靜氣的態度，來跟隨語言的犁頭再次
去親近久違的、留有餘溫的土地。詞語之「犁」借機告訴我們，還
有比海洋更寬闊的，那就是人的心靈。而記憶正是從人的心靈深處
汩汩流出的清冽山泉，它綿延的流動性可以輕而易舉地把我們帶到
現實中再也回不到的地方，帶我們回到曾經與之朝夕相處的土地
之上：「麥田間有教室，教我聽／大河闖開冬日土地的撕裂聲」
（多多《五畝地》）；「只允許有一個記憶／向著鐵軌無力到達的
方向延伸——教你／用穀子測量前程，用布匹鋪展道路」（多多
《只允許》）。當人們與「土地中心主義」進行曠日持久的對峙之
後，當著魔的犁尖帶領著詩人領略了浩瀚的大海之後，多多在異鄉
漂泊的經驗教會了他一種「水體語法」（朱大可語）[12]，這種以河
流為表徵符號的思維形式，幫助詩人與「土地中心主義」展開新一
輪的和談。就像大禹治水的關鍵之處在於從「堵塞法」轉向「疏導
法」，當多多再一次面對被中國傳統詩教徵用為蓄水池的「土地中
心主義」時，他開始運用「水體語法」來重新打量這座「亞細亞抒
情方式」中的定海神針：「秋雨過後／那爬滿蝸牛的屋頂／——我
的祖國／／從阿姆斯特丹的河上，緩緩駛過……」（多多《阿姆斯
特丹的河流》）；「一切會痛苦的都醒來了／／他們喝過的啤酒，

---

[12] 朱大可解釋了這種「水體語法」的規則：首先是某種堅定的流動氣質，除
非遭到嚴酷的凍結或阻擋，它拒絕屈從於一個閉抑的空間；其次，必須窮
盡它所面對的空間，只要它自量充足，它就要探入世界的所有縫隙；第
三，在水和土地之間出現了互相敵視和征服的跡象，水像永恆的刀鋸，在
時間的聲援下，使諸山崩解，大路破裂成碎片，並借助週期性氾濫對空
間進行廣泛的掠奪。參閱朱大可：《流氓的盛宴——當代中國的流氓敘
事》，新星出版社，2006年版，第379頁。

早已流回大海／那些在海面上行走的孩子／全都受到他們的祝福：
流動」（多多《居民》）。老子曰：「天下之至柔，馳騁天下之至
堅。」[13]漂泊中的多多發現，也許可以將這種「土地中心主義」置
於一種流動性的視野當中，或者說置於一種辯證法的視野當中，就
像時光緩緩淘空了我們的青春一樣，讓河流所表徵的「水體語法」
來慢慢地浸潤「土地中心主義」的閘門：

> 當疾病奪走大地的情慾，死亡
> 　　代替黑夜隱藏不朽的食糧
> 犁尖也曾破出土壤，搖動
> 　　記憶之子咳著血醒來：
> 　　　我的哭聲，竟是命運的哭聲
> 當漂送木材的川流也漂送著棺木
> 　　我的青春竟是在紀念
> 敞開的雕花棺材那冷淡的愁容
> 　　　　（多多《當春天的靈車穿過開採硫磺的流放地》）

為了克服「土地中心主義」的二律背反，多多在「水體語法」
的啟示下，在他的詩歌中演繹了一種形象的「互滲律」，希望通過
調配詩歌形象之間的互滲和雜陳等技術手段，來盡量地擱置矛盾，
從而抵抗「土地中心主義」對詩歌寫作的習慣性壓制。按照列維—
布留爾（Lvy-Bruhl）的說法，「互滲律」是一種原邏輯思維，它既
不是反邏輯的，也不是非邏輯的，它只是不像我們如今通行的思維

---

[13]　《老子》，第四十三章。

那樣必須避免矛盾。這種思維並不害怕矛盾，也不盡力去避免矛盾，而是往往以完全漠不關心的態度去對待矛盾。[14]多多在他的寫作中積極地實踐著這種「互滲律」，以下可以提供一個絕佳的例證：「剛好就是現在的樣子：在今年夏天／一列火車被軋斷了腿。火車司機／在田野步行。一隻西瓜在田野／大冒蒸汽。地裏佈滿太陽的鐵釘／一群母雞在陽光下賣雞蛋／月亮的光斑來自天上的打字機／馬兒取下面具，完全是骨頭做的／而天大亮了。誰知道它等待的是什麼」（多多《壽》）。在這首詩中，我們讀到了一系列有悖於常識世界的奇特形象：軋斷了腿的火車、步行的司機、冒蒸汽的西瓜、佈滿鐵釘的太陽、賣雞蛋的母雞……這些充滿實驗性的語言搭配實現了一種彼此互滲的效果，形象自身與他者之間的交疊形式命名了一種詞語的牛頭馬面效應，從而讓傳統的表意方式和「土地中心主義」感到望而生畏。

多多詩歌中的這種「互滲律」，以及此前他對「犁」的消極性描寫，其實都屬於現代詩歌的典範技巧，弗里德里希（Hugo Friedrich）將這類詩藝命名為「專制性幻想」，為了解釋這一名稱的內涵，他特地引用了蘭波（Arthur Rimbaud）對現代繪畫的一段評論，蘭波認為：「我們必須努力讓繪畫掙脫其進行複製的古老習慣，以便讓它獲得主權。它不該再複製客體，而應該通過線條、顏色和取自外部世界卻加以簡化和馴服的輪廓，將刺激強加給客體：一種真正的魔術。」[15]這的確是一種語言魔術，語言開始前所未有

[14] 參閱（法）列維—布留爾：《原始思維》，丁由譯，商務印書館，1981年版，第71頁。

[15] 參閱（德）胡戈·弗里德里希：《現代詩歌的結構——19世紀中期至20世紀中期的抒情詩》，李雙志譯，譯林出版社，2010年版，第68頁。

地被賦予更多制衡外部世界的權力，通過各種現代主義的手段，實現對傳統抒情方式的拒絕和反叛。在與「土地中心主義」的語言角力中，多多深深受惠於這種「專制性幻想」，通過對「互滲律」及其變體的各類詩歌實驗，他對「水體語法」有了更加深入的體認。

三

保羅‧策蘭（Paul Celan）有一首詩這樣寫道：「那裏曾是容納他們的大地，而他們挖。／／他們挖他們挖，如此他們的日子／他們的夜去了。而他們不讚美上帝，／那個他們所聽到的，知道所有這些。／他們挖，再沒有聽到更多；／他們不願明白，不發明歌曲，／絕不臆想語言。他們挖。／／寂靜來了，也來了一陣風暴，／一切都來到大海。」（保羅‧策蘭《那裏曾是容納他們的大地》）[16]策蘭的詩圍繞著一個中心動詞「挖」展開，開闢了一條從大地到大海的生命征程。同樣從大地走向大海的多多，仰仗著「水體語法」這幅寶貴的河圖，探索出了一套治理「土地中心主義」的可行性方案：「我們身後／／跪著一個陰沉的星球／穿著鐵鞋尋找出生的跡象／然後接著挖——通往父親的路……」（多多《通往父親的路》）；「披著月光，我被擁為脆弱的帝王／聽憑蜂群般的句子湧來／在我青春的軀體上推敲／它們挖掘著我，思考著我／它們讓我一事無成」（多多《詩人》）。在多多的詩中，策蘭所使用過的中心動詞「挖」被廣泛地採用，作為傳統的耕犁動作的一種現代

16　（德）保羅‧策蘭：《保羅‧策蘭詩文選》，王家新、芮虎譯，河北教育出版社，2002年版，第19頁。

重音形式，信奉「疏導法」的多多嘗試著依靠這一頑強的動作，在他語言的田野上進行一番生命的操練：

> 五畝地，只有五畝地
> 空置不種，用於回憶

（多多《五畝地》）

　　我們可以看到，「挖」在一定意義上道出了發生在人身上的存在事件：生命是一種深犁，一種努力去「挖」的動作。一方面，「我」活著，就是在「挖」通往「父親」的路，這條路是通往過去的，因為「父親」先於「我」來到這個世界；又是通往未來的，因為「我」總有一天要成為「父親」。所以「挖」的動作在人類的生命中並不是單向的，而是將此在的生命同時向著過去和未來兩個維度延伸，「我」就在「過去——現在——未來」這條綿延的時間甬道上共時的存在著，這是通過語言得以呈現的，讓我們既能回憶過去，又能思考未來。另一方面，作為存在於茫茫宇宙中的一個微小的生命體，我們每一個人在「挖」著自己通往「父親」的道路的同時，都在靜悄悄地被時間的巨手「挖」著，我們的青春被「挖」走了，我們的愛人被「挖」走了，我們所有美好的時光都被「挖」走了，所有這些被「挖」走的部分，在另一片水草豐美的土地上開墾出了記憶的麥田，而對於已經「挖」得或被「挖」得疲倦不堪的人們來說，只有借助回憶，借助語言的追溯力，才能到達那個地方，哪怕只能做片刻停留。多多詩歌中的動詞「挖」，暗示著一種關於記憶的詩學，它充滿幸福地告訴我們：所有逝去的東西都是美好的東西，只有失去了它們之後，只有從一場心靈的病痛中走出之後，

每當再次沉浸在回憶之中時，我們才能品味到那些失去的事物有多
麼美好：

> 北方的土地
> 你的荒涼，枕在挖你的坑中
> 你的記憶，已被挖走
> 你的寬廣，因為缺少哀愁，
> 而枯槁，你，就是哀愁自身

（多多《北方的土地》）

　　在多多的詩中，我們看到了飽經滄桑的詩人探索著一種有益的
嘗試，他借助「挖」這一普遍的生命動作，在「水體語法」的親切關
照下，力圖將威嚴聳立的「土地中心主義」改造、疏導或解構成一種
水溪繚繞的「鄉愁」，在這種努力中，記憶詩學開始溫柔地漫溢，所
謂「中心」的東西被取締了，等級秩序也悄然隱遁，一切堅固的東西
都煙消雲散了。熱愛土地，眷戀故鄉，這等簡單至極的事情完全成為
個人情感結構的主要內容，成為一種受個人情感支配的私事，一種最
為隱密也最為強烈的情緒，不必再接受著一個高音號令的調遣。即使
沒有這個「中心」，生長在土地之上的人們依然鍾情於土地，如同
「一個盲人郵差　走入地心深處／它綠色的血／抹去了一切聲音　我
信／它帶走的字：／我愛你／我永不收回去」（多多《是》）。
　　然而，一個縱情回憶的人，一定是一個容易受傷害的人；一個
有著太多歷史記憶的民族，也一定是一個悲觀的民族。多多詩云：
「面對懸在頸上的枷鎖／他們唯一的瘋狂行為就是拉緊它們／但他
們不是同志／他們分散的破壞力量／還遠遠沒有奪走社會的注意力

／而僅僅淪為精神的犯罪者／僅僅因為：他們濫用了寓言」（多多《教誨——頹廢的紀念》）。尼采（Friedrich Nietzsche）勸誡我們：「過量的歷史看起來是某一時代生活的敵人。」[17]因此，同那隻塔蘭泰拉的蜘蛛相比，有過之而無不及的是，過於飽和的歷史對於一個民族來說，無異於也是一種致命的毒藥。而對於中國傳統表意體系中的「土地中心主義」，在被統治階級意識形態徵用為蓄水池之後，尤其擅長囤積各種成分的歷史苦水，除非這座歷史蓄水池能夠拓展出無限的空間，不然中國人奉「土地中心主義」為圭臬的情感結構就是危險的。在這種佈滿隱患的形勢面前，哲學醫生尼采給我們開出了一副藥方：「非歷史和超歷史的東西是用來對付歷史壓制生活的自然解藥，它們就是治療歷史病的方法。這種解藥也許會讓我們這些患了這種病的人感到一點痛苦，但這並不能證明我們選擇的治療方法是錯誤的。[18]尼采藥方中提出的「非歷史」，就是讓我們像動物那樣忘掉過去，而「超歷史」則是教導我們將目光從演變進程之上轉移到賦予存在一種永恆與穩定特性的事物之上，也就是學著傾心於藝術或宗教。尼采為我們的歷史觀開出了一副善意而純潔的瀉藥，多多在他的詩中表示同意：

　　　傾聽大雪在屋頂莊嚴的漫步
　　　多少代人的耕耘在傍晚結束
　　　空洞的日光與燈內的寂靜交換
　　　這夜，人們同情死亡而嘲弄哭聲：

---

[17]　（德）尼采：《歷史的用途與濫用》，陳濤、周輝榮譯，上海人民出版社，2000年版，第34頁。
[18]　（德）尼采：《歷史的用途與濫用》，前揭，第92頁。

　　　思想，是那弱的
　　　思想者，是那更弱的

　　　　　　　　　　　　　　　　（多多《墓碑》）

　　世界在一片茫茫大雪之中歸於沉寂。對於雪，巴什拉（Gaston Bachelard）做過一番精彩的詮釋：「它僅用一種色調統一了整個宇宙。對於受庇護的存在來說，宇宙被表達和省略為一個詞，雪。」[19] 雪成為了宇宙的簡化形式，它紛紛落下的樣子，時而悠然，時而急促，卻不帶一點聲響，悄悄將整個大地漂白。在屋簷下「傾聽大雪」的多多似乎聽到了：「一些聲音，甚至是所有的／都被用來埋進地裏／我們在它們的頭頂上走路／它們在地下恢復強大的喘息／沒有腳也沒有腳步聲的大地／也隆隆走動起來了／一切語言／都被無言的聲音粉碎！」（多多《北方的聲音》）是的，多多聽到了雪的聲音，這是寂靜的聲音，是寂靜本身的呼吸。當十指黑黑的我們因為「挖」出太多的回憶而體力透支的時候，當一個民族的情感結構在「土地中心主義」的偉大傳統背影之下日趨僵化、疲乏的時候，多多終於接受了尼采的藥方，請求在大雪紛飛中將這一切光榮與憤怒統統埋葬：「從死亡的方向看總會看到／一生不應見到的人／總會隨便地埋到一個地點／隨便嗅嗅，就把自己埋在那裏／埋在讓他們恨的地點」（多多《從死亡的方向看》）。同雪的方式一樣，「埋」也是一種簡化世界的動作，它憎恨過度開發的記憶，有效地制約了「挖」的工作進度，因而呼喚建立一種關於遺忘的詩學。這種詩學試圖將「土地

19　（法）斯加東·巴什拉：《空間的詩學》，張逸婧譯，上海譯文出版社，2009年版，第41-42頁。

中心主義」整體地放入括弧中，再將它棄置在荒無人煙的沙灘上。它用「埋」的動作將概念世界的一切複雜命題統統抹平，將現代人斑駁的奇異心態，還原為一種原始狀態下的自然天性，有道是「落了片白茫茫大地真乾淨」（曹雪芹《飛鳥各投林》）。

本雅明（Walter Benjamin）在閱讀普魯斯特（Marcel Proust）時，曾拿「珀涅羅珀的編織」來類比記憶與遺忘：「這裏白天拆解的正是夜晚所編織的東西。每日早晨醒來的時候，我們的手裏只不過鬆散地握著過往生活這張織物邊緣的穗飾而已，好像是遺忘將其編織進了我們的生活。然而，通過我們有意識的行為以及甚至有目的的記憶，每天都在拆解這件織物，拆解遺忘的裝飾。」[20]記憶和遺忘，就像是造就一件文本織物的經和緯一樣密不可分，通力合作。多多在他的詩歌體系中同時調遣著記憶與遺忘兩種詩學精神，力圖從這兩個方面重新釐定一套「亞細亞抒情方式」，這種嶄新的情感結構主要由「挖」和「埋」兩種典型的動作形式得以表達：「挖」是「犁」的夢想的延續，在疲憊的「犁」解甲歸田之後，「挖」作為一種純粹的銘記和進取意志，在人類的精神動作史上被保留了下來，它同時關涉著寫作行為本身：「在我的食指和拇指之間／停歇著胖墩墩的鋼筆。／我要用它去挖掘。」（謝默斯·希尼《挖掘》）[21]尤其是那些用心血澆築的詩行，它們正是人類在大地之上犁出的一道道或深或淺的痕跡，也是鐫刻在人類心靈上的累累傷口。寫作就是對這些傷口的展示或者療救；「埋」是對犁溝的撫

[20] （德）瓦爾特·本雅明：《普魯斯特的形象》，《寫作與救贖——本雅明文選》，李茂增、蘇仲樂譯，東方出版中心，2009年版，第163頁。
[21] 《二十世紀英語詩選（中）》，傅浩編譯，河北教育出版社，2003年版，第379-380頁。

平，也是對被「挖」出的傷口的覆蓋，它構成了「挖」這一動作的反面，進駐了詩行間的空白和寫作的虛空之中，它渴望著世界的整一化，人性的原初化，甚至試圖實現對寫作本身的刪刈，就像割草那樣暢快淋漓。

由此可見，「挖」和「埋」這兩套詩歌動作構成了多多詩歌文本的經和緯。其中一個主陽，一個主陰；一個類似儒家，一個靠近道家，在兩者的和諧互補中凝聚力量，輪番向著「土地中心主義」發起語言衝鋒，同時，多多也借用這兩種詩學武器制衡著「土地中心主義」中萬難消除的二律背反，就像尼采說的那樣，無論如何，我們都既要受疾病之苦，又要受解藥之苦。這便是我們的命運。那個快樂的牧羊人恐怕早就已經在暗地裏嘲笑我們了。

時至2010年，人類在21世紀已經走過了十分之一的旅程。此刻，我們這個發達的「文明時代」越來越文明，但卻依然充斥著形形色色的野蠻，其程度卻是有增無減。在中國這片廣袤的土地上，歷史上發生過的一切都在這裏重複上演。無論是城市還是鄉村，國人對「土地中心主義」的膜拜和忌憚從未減弱過，土地與魔鬼梅菲斯特簽署的協議還沒有到期，只有躋身在角落裏的詩歌洞察著真相：「我們唯一忘記的就是人／我們終於戒掉了人／關心別人的壞習慣／當你的手搭到別人肩上／準會感到皮革般的隔膜／當你看到別人的臉／已變得這般冷漠」（多多《鱷魚市場》）。同樣是在2010年，21世紀第一個十年的尾巴上，一個叫汪峰的歌手，其實也算是個詩人，唱紅了一首名叫《春天裏》的歌：

還記得許多年前的春天
那時的我還沒剪去長髮

沒有信用卡沒有她
沒有24小時熱水的家
可當初的我是那麼快樂
雖然只有一把破木吉他
在街上，在橋下，在田野中
唱著那無人問津的歌謠

如果有一天，我老無所依
請把我留在，在那時光裏
如果有一天，我悄然離去
請把我埋在，在這春天裏

……
凝視這此刻爛漫的春天
依然像那時溫暖的模樣
我剪去長髮留起了鬍鬚
曾經的苦痛都隨風而去
可我感覺卻是那麼悲傷
歲月留給我更深的迷惘
在這陽光明媚的春天裏
我的眼淚忍不住的流淌
……

　　無論我們所處的這個時代有多麼文明，或者多麼野蠻，人類在世界面前的迷惘從來沒有消除過。即使在明媚而爛漫的春天，萬物

朝氣蓬勃，像我們的祖國，像我們生活於其中的這個豪情萬丈的時代，然而我們是否真正在這快速流逝的時光中，像一個人一樣地去生活過？長髮剪去了，剪不去生活中的雜草，鬍鬚冒出來，冒不出我們此刻想要的幸福。詩，或歌，飄揚在大街邊、天橋下，飄揚在黃金般的麥田上空，撼動著無數的靈魂，他們為了理想，為了生存，為了別人，去生，去死，去瘋狂……然而，究竟有哪一種屬於普通人的信仰可以像24小時熱水一樣，保障著我們的心靈和肉體的純潔？承諾給我們作為一個人那樣的尊嚴？一切美好的東西都是註定要消逝或已經消逝的東西，我們只能在回憶這種無比憂鬱的動作中，緬懷那一年的春天，那個地點，過於年輕的我們，曾經彷彿像一個人那樣生活過、愛過、恨過、哭泣過，或者僅僅是一次與美好之物的擦身而過。那些詩人們，就這樣深情款款或撕心裂肺地呼喚著那個短暫的春天；那些詩人們，無論是多多、汪峰，還是那個「快樂的牧羊人」，無論活著的，還是死去的，都願意把自己和自己的那些無人問津的詩，永遠地埋在那裏，一個轉瞬即逝的詞語高挺的腹部，一塊安靜的土地。

2011年1月，北京法華寺

米與鹽：家庭詩學的兩極
——以王小妮為中心

一

　　1995年，王小妮從吉林遷居深圳已有10年，離職在家也有1年之久。作為中國沿海開放城市的「首席小提琴手」，深圳成為了古老中國步入全新時代後被傾心哺育的摩登長子，連年接受著追逐淘金夢的百萬雄師前來朝拜。南遷的王小妮在這鼎沸的喧聲中卻獨顯著一份安靜的力量。一邊是鄧小平時代渴望大展宏圖的新國民，一邊是若即若離於「朦朧詩」派的沉默寫作者，在20世紀90年代行將過半的時刻，就像她在這一年寫下的一首組詩的名字一樣，她決定「重新做一個詩人」。組詩《重新做一個詩人》包含《工作》和《晴朗》兩首短詩，其中第一首《工作》是以這樣的句子開頭的：

> 在一個世紀最短的末尾
> 大地彈跳著
> 人類忙得像樹間的猴子。

（王小妮《工作》）[1]

　　王小妮對深圳這座特區城市有她獨特的認識。不僅因為她每天早上下樓去買一份《南方都市報》，不僅因為她像所有家庭主婦一樣穿行在市井人潮中，也不僅因為她可以從丈夫徐敬亞口中聽到外面的消息……重要的是，王小妮不合時宜地成為了這個發達社會主義時代中的抒情詩人，一個地道的「閒人」：「把太陽懸在我需要的角度／有人說，這城裏／住了一個不工作的人。」（王小妮《工作》）自從1994年辭職賦閒在家，王小妮真正成為了一名職業作家，「在一個世紀最短的末尾」，遠離體制生活的她可以用更加沉靜、細膩和豁達的心境來安坐家中，一邊煮飯燒菜，一邊伺弄筆墨。她每天透過房間的視窗，來觀察這座先鋒城市，揣測未來的中國。因為這片「大地彈跳著」，永無休止地震盪著每一個人的價值觀，讓「人類忙得像樹間的猴子」，氣喘吁吁地從事著自己「偉大」的「工作」。他們中間或許誕生了日後嫁風娶塵般的產業「鉅子」，而與這些「鉅子」們比鄰而居的王小妮，卻在自己的「工作」中把雙手解放了出來：

　　　　而我的兩隻手
　　　　閒置在中國的空中。
　　　　桌面和風
　　　　都是質地純白的好紙。

（王小妮《工作》）

---

[1]　本文引用的王小妮作品均出自她的個人詩集《半個我正在疼痛》，華藝出版社，2005年版。

　　隨著詩人群體在迅速崛起的市場經濟面前節節潰敗，在中國改革開放的最前沿，解放了雙手的王小妮獲得了一個直立行走的姿態。她不像那些周轉於財富「樹林」間的「猴子」們，喋喋不休、瘋狂急躁，爭先恐後地從一個枝頭跳到另一個枝頭，就怕一不留神掉到地上，暴露了他們無法直立行走的事實。所以「猴子」們只能賦予他們的雙手以應接不暇的勞碌感和政治經濟學意味的勝利光環，從而形成一種雙手的拜物教。相比之下，王小妮早已站在了她自己的大地上，她單薄的身形筆直地佇立，從達爾文主義的角度來看，這個默不作聲的女詩人，或許比那些勞碌的「猴子」率先獲取了一副人的尊嚴。做人就是要做想做的事。「解放」了的王小妮率先守望的是自己的家庭，按她的話說就是：「我讓我的意義／只發生在我的家裏。」（王小妮《工作》）徐敬亞對妻子王小妮每日的「工作」做出了較為真切的描述：「她，是這個家庭24小時的鐘點工，是一個全天候的母親、一位全日制的妻子。她像一位上帝派來的第一流保姆，兢兢業業地看守著無數個電、水、氣的開關，管理著五、六個不容窺視的房門。一日三餐，她和順地從她的天空之梯上按時走下來，在菜市場、洗衣機和煤氣爐之間，她帶著由衷的母性，為她的兩個親人燒煮另一種讓雙方心裏溫暖的作品。在這一切之後，她才是一個世界上全職的詩人。」[2]

　　與那些信奉雙手拜物教的「鄰居」們相比，王小妮的兩隻手「閒置在中國的空中」，她的動作僅僅與她那間房子有關，並沒有多少改天換地的宏偉抱負；而與眾多渴望優雅生活的知識女性相

---

[2]　徐敬亞：《王小妮的光暈》，《詩探索》1997年第2期。

比，她又承擔了全部的家務瑣事，哪裏稱得上是什麼「閒人」？
蓋爾・盧賓（Gayle Rubin）發現了一處馬克思主義政治經濟學光環
裏的盲點，認為婦女在剩餘價值的實現過程中功不可沒，卻長期處
於一個隱蔽的角落。她指出，馬克思在計算勞動力再生產的成本
時，傾向於將這種測定基於商品數量上，比如著眼於食品、衣服、
房屋、燃料這些維持工人健康、生命和力量的必需品上。但這些商
品必須被消耗才能實現維持作用，並且用工資買來時它們是不能直
接消耗的，所以必須對這些東西進行附加勞動：食物要燒、衣服要
洗、被要疊、柴要劈……這些家務勞動在提供剩餘價值的勞動者再
生產過程中充當了關鍵成分。按照社會傳統分工，家務勞動通常由
女性承擔，但卻拿不到工資，所以在剩餘價值的實現過程中，女
性的貢獻良多，卻吃力不討好。[3]王小妮似乎不願像人類學家那樣
把自己的地位想像得如此悲慘，她堅信自己降落的這片田野必會迎
來豐收，因為當她一旦從家務事中贏取閒暇時，她眼前的「桌面和
風」，都會為她鋪展開一張「質地純白的好紙」：

> 淘洗白米的時候
> 米漿像奶滴在我的紙上。
> 瓜類為新生出手指
> 而驚叫。

（王小妮《工作》）

---

[3] 參閱（美）蓋爾・盧賓：《女人交易——性的「政治經濟學」初探》，《社
會性別研究選擇》，王政、杜芳琴主編，三聯書店，1998年版，第27頁。

　　在佛吉尼亞・伍爾芙（Virginia Woolf）的意義上，王小妮充滿母性的家務勞動讓她擁有了「一間自己的屋子」。如同母親哺育嬰孩那樣，王小妮的這間屋子瀰漫著一種令人舒心的米香，因為「淘洗白米的時候／米漿像奶滴在我的紙上」。由於米漿和奶的混同關係，王小妮把家務、育兒和寫作三重責任疊加到一起，讓妻子、母親和詩人三重身份在同一間屋子裏彼此融合，讓米香、奶香轉化為紙香、書香。她似乎早已宣稱：「我要寫詩了／我是／我狹隘房間裏／固執的製作者。」（王小妮《應該做一個製造者》）王小妮把詩人定義為一個「製作者」，在她自己的房間裏，寫詩其實與淘米煮飯這樣的家務勞動一樣，成為日常生活中必不可少的環節，它們都帶給人們創造的欣喜。並且，王小妮還仿照過《創世紀》的口吻，寫出這樣的句子：「我寫世界／世界才肯垂著頭顯現。／我寫你／你才摘下眼鏡看我。／我寫自己時／看見頭髮陰鬱，應該剪了。／剪刀能製作／那才是真正了不起。」（王小妮《應該做一個製造者》）王小妮賦予了書寫以一種創世的神力，在「中國的空中」，她用閒置的雙手締造了她的王國，「我悠悠的世界」（王小妮自印詩集名）從此誕生了。在這個充溢著創造力的小天地裏，王小妮的泛靈論發出了聲音：「瓜類為新生出手指／而驚叫。」

　　詩人的手並不像她的「鄰居」們那樣輪番拼命地抓緊樹枝，後者之手儘管徒生拜物教的假像，卻實際上懸繫著「鉅子」們的身家性命，他們必須抓牢抓緊，日夜擔心；前者之手觸碰著平凡而有形的聖物，不但解放了自己，而且煥發著創造的光澤：「從市上買回來的東西／低垂下手／全部聽憑於我這個／灰塵之帝。」（王小妮《那樣想，然後這樣想》）「灰塵之帝」——王小妮給了普天下熬成黃臉婆般的家庭主婦們一個精彩絕倫的命名——在她們自己的房

間裏，這些女人絲毫不遜色於亞歷山大或者拿破崙。在這個長長的創造者行列中，有人創造歷史，也必須有人創造每一天的日常生活：「古人英明／讓精神活到了今天。／但是他們沒有說明／怎樣過下午。」（王小妮《晴朗漫長的下午怎麼過》）

二

　　一個人怎樣渡過自己的下午時光？這是一個實實在在的問題。就像米飯要實實在在地填進我們每一個人的胃裏，換取身心上的飽足一樣，那一分一秒在我們手邊流逝的時間，在這間安靜的房子裏，統統流進了王小妮的紙上，流進她語言的容器之中：「一日三餐／理著溫順的菜心／我的手／漂浮在半透明的白瓷盆裏。／在我的氣息悠遠之際／白色的米／被煮成了白色的飯。」（王小妮《白紙的內部》）毋庸置疑的是，在這個悠悠世界裏，作為「灰塵之帝」的王小妮的最大功績，就是對米性的征服。在由「白色的米」煮成「白色的飯」的過程中（《晴朗》即描述了發生在這期間的一次神遊），一定有什麼東西在她心裏一過，一定發生了一些不尋常的事情，否則王小妮不會「每天從早到晚／緊閉家門」（王小妮《工作》）。這個謙卑的「灰塵之帝」，一定要讓意義發生在她的室內，就像她的寫作並不特別地意指著什麼，而只是寫，寫想寫的東西，讓寫的意義也發生在她文字的四壁之內。

　　在王小妮的作品中，這種意義很大程度上由米（米飯、米香、糧食）的價值來體現。女詩人在自己的房間裏，可以仿照泰勒斯（Tales of Miletus）講出一句：這個世界由米構成。從飲食傳統文化上來看，米是中國人不可或缺的糧食；從營養學和能量補給角度

看，它能夠在一定時間內維持正常人的生命，在空間建構上填充、壯大著中國人的身體。同時，它也鍛造了中國人的民族性格，培植了每一個普通老百姓「民以食為天」的平實信仰。人對糧食保持著天然的依賴和敬畏，從而讓米的意義來自日常生活的每一個細部；反過來，米的巨大能量也切切實實地填滿了這個世界，就像它柔和的光暈和清淡的香氣盈滿了詩人的整個房間。米所散發的白色光澤給人以寧靜、充實之感，它似乎是可以吃的「珍珠」。在水和熱的作用下，米飯變得綿軟可口，適合人的舌頭和胃腸，也深得大腦的歡欣。它入口幾近於無味，經過慢慢品咂後會產生淡淡的香甜，並不以濃烈的味道刺激人類的感官。甚至在造字法上，「米」字的構成喻示著它在內在品格上具有一種向四面八方瀰散的趨勢，換句話說，米存在一個中心，那些以它為原點的輻射線，同時又形成了對外界的拒斥和對中心的保護。或許正是因為這一點，米（糧食）才成為重農主義時代裏一個自然經濟的核心價值，它是一門寫作的家政學。

簡言之，米維持著一種日常化的生存價值。首先，它代表著人們對空白日子施以填充的衝動，並灌注以積極成長的營養價值，即它熱衷於灌輸給生活以意義；其次，它代表著人們在無味的生活中咀嚼出的微弱糖分，進而使平淡生活本身向人類綻放出一種柔美的、親和的魅力，讓安定感和沉靜感油然而生，給迷醉於這種微甜中的人們一種幸福的想像；第三，它還代表著一種封閉式、有邊界、自給自足的生存維度，它渴望編織巢穴、劃定空間、尋求庇佑，從本能上召喚了家庭的誕生，並且讓人們在家庭之內的日常動作都在米的調遣下展開，圍繞這一價值核心組建一種家庭詩歌話語，在這個由米的夢想構築的安樂窩中，人們得以棲息、感受、沉思並參悟生命。

　　由此，我們似乎可以發現，王小妮的寫作正體現著一種返璞歸真的米性。在她所關切的生活空間範圍內，這種米性寫作正試圖回答諸如「人怎樣過下午」這樣的問題，它培養了在家中從事「工作」的詩人一種對待生活的態度，這種態度引導著王小妮在不露聲色的談吐中尋找答案：

> 關緊四壁
> 世界在兩小片玻璃之間自燃。
> 沉默的蝴蝶四處翻飛
> 萬物在不知不覺中洩露。
> 我預知四周最微小的風吹草動
> 不用眼睛。
> 不用手。
> 不用耳朵。

（王小妮《工作》）

　　在這片封閉的天地之內，「我」與周圍的世界達成了一種敏感、微妙、超越感官的聯繫。王小妮試圖用她特有的米性氣質來建立一種全新的世界觀。這種世界觀要求首先確立它的邊界，即要將四壁關緊，排斥一切外部侵擾，在這個相對整一獨立的空間內，「世界在兩小片玻璃之間自燃」，「我」用沉默應對一切變化，不斷地退入內心，逐漸探索自身與外物的交流方式。這種類似禪宗的修行原則也規定了詩人自己的「三無」：「不用眼睛。／不用手。／不用耳朵」。「我」寧願把一切感官聲色置換為一紙空無：「從今以後／崇高的容器都空著。／比如我／比如我蕩來蕩去的／後一

半生命。」（王小妮《不認識的就不想再認識了》）唯有此時，
「我」的一小塊悠悠世界得到了淨守，「沉默的蝴蝶四處亂飛／萬物
在不知不覺中洩漏」，我才在這分寸立錐之地上獲知了整個宇宙的消
息：「外面就是曠野嗎。／走來走去我十平米的／寂靜生活。／蒼白
／像一朵好棉花／驟然震響。」（王小妮《驟然震響的音樂》）

　　王小妮依靠這種米性寫作來謀劃一種室內生活，這種看似封閉
的駐守和清修讓詩人在棄絕日常感官之後，竟然獲得了讓她重新認識
世界的「超感官」：「門外的人極其耀眼／坐在家中／暗處看人看樹
／都格外清楚。」（王小妮《一個話題》）詩人擁有的「超感官」，
並非祈求於玄奧的神力，而正是一種審視生活的角度，一種米性感受
力，它來源於我們的常識世界。就像我們離經叛道地將一隻蘋果施以
橫切，結果奇蹟般地看到了一顆五角星一樣。「那一團幻覺／穿透四
壁／正慢慢飄蕩向我。／走來了我悠悠的世界。」（王小妮《緊閉家
門》）所以，米性寫作自始至終是運作日常生活的一種手段，是詩人
擅長的口語化寫作，那些平易清澈的詞句正是她吞下純白香軟的米粒
後吐出的真理。它提供了詩人衍生自家庭的一種視角，讓人可以品味
到這勻質空間內的微弱甘甜，告訴我們過好一個下午的具體方案：

　　　　每天只寫幾個字
　　　　像刀
　　　　劃開桔子細密噴湧的汁水。
　　　　讓一層層藍光
　　　　進入從未描述的世界。

　　　　　　　　　　　　　　　　　　　　（王小妮《工作》）

　　每天只寫幾個字，比起很多奔波於室外的事業打拼者，這是一項異常輕鬆的「工作」，輕鬆得就像用刀劃開桔子皮。孰知這簡單的「幾個字」，卻可以帶領人們進入一個「從未描述的世界」。「一層層藍光」守候在那個世界的入口處，更加增添了這塊未知領域的神秘性（在《晴朗》中，這種藍光出現在了「我」頭頂上方的天空）。作為人類文明史上最早的書寫工具，刀成了筆的原形，因而刀的特性從一開始就埋藏在了我們的書寫行為當中。詩人的「工作」是從事寫作，而寫作，就意味著有東西像桔子皮那樣被劃開，這東西有時是一個「未經描述過的世界」，有時則可能就是詩人自己：「糧食長久了就能結實。／一個人長久了／卻要四分五裂。」（王小妮《到鄉下去》）寫作就是這樣一把雙刃刀，在劃開眼前事物的同時也劃開自己。作為肩負家庭主婦重任的女詩人，王小妮在「擦玻璃」這項極為平常的家務活中，發現自己安樂的室內正在被一把更大的刀劃傷：「什麼東西都精通背叛。／這最古老的手藝／輕易地通過了一塊柔軟的髒布。／現在我被困在它的暴露之中。」（王小妮《一塊布的背叛》）室內要維持它的整潔，詩人就把玻璃擦亮，而「我沒有想到／把玻璃擦淨以後／全世界立刻滲透進來。」（王小妮《一塊布的背叛》）既然在王小妮的房間內，家務勞動和寫作早已混同在一起，那麼「擦玻璃」就成為寫作的一種預兆和日常映射：玻璃擦淨後，世界像開閘後的洪水一樣傾瀉而入。同理，寫作一旦達到內心的明淨，便走向了自身的極致狀態，它在劃開一個未知世界的同時，也劃開了寫作所固守的家園，一種被米性悉心呵護的家園。最古老的手藝，既指背叛，也暗示著寫作。於是，不安的詩人在室內看到：「窗外，陽光帶著刀傷／天堂走滿冷雪。」（王小妮《工作》）

敏感的王小妮意識到了米性寫作的危機，這種對本質主義生活的呼喚，對古典式、秩序化生活的渴望，都只能在一定的條件下，在一個有限的範圍內（比如室內）才能得以滿足。在現代社會，家庭並不是由四面密不透風的牆組成的一個自足領域，構築家庭邊界的材料已不再是傳統的磚石，而是通體透明的玻璃。這種精通背叛的玻璃房間，打擾了女主人冥思靜修的夢想，王小妮本希望通過米性寫作在她自己的房間裏「無聲地做一個詩人」（王小妮《工作》），然而，這項「工作」做來卻沒那麼容易，下午永遠不可能絕對的安靜，米性寫作要進行下去，必將迎來對自身的背叛：「不為了什麼／只是活著。／像隨手打開一縷自來水。／米飯的香氣走在家裏／只有我試到了／那香裏的險峻不定。／有哪一把刀／正劃開這世界的表層。」（王小妮《白紙的內部》）在錚明瓦亮的玻璃房間內，帶著刀傷的陽光傾瀉無餘，這個由米構成的世界在陽光下微微顫動，一心希望在米性世界裏「一呼一吸」的女詩人終於發現，「在我的紙裏／永遠包著我的火。」（王小妮《白紙的內部》）

三

組詩《重新做一個詩人》第二首的題目叫做《晴朗》，一個清澈、爽潔而純粹的名字，一個屬於室外的名字，一個屬於下午的名字。下午的「晴朗」猶如一次珍貴的抵達，它開始於午後一場寧靜的夢幻。與每一個平淡無奇的下午一樣，此刻，米香嫋嫋，盈滿了整個房間。正像王小妮在《工作》中描述的那樣，一把暗藏在生活卷軸裏的神秘匕首，「正劃開這世界的表層」，「像刀／劃開桔子細密噴湧的汁水」。這一切「險峻不定」都在米飯的香氣中悄悄地嶄露出了端倪：

> 在米飯半熟的時候
>
> 雲彩退下去。
>
> 我看見窗外
>
> 天空被揭開
>
> 那是神的目光。

（王小妮《晴朗》）

　　煮飯無異於一次降神節。白色的米在小鍋裏變得蓬鬆綿軟，造物主發覺了，也讓此時此刻的雲層在天地這口大鍋內越積越厚。室內，米飯的香氣愈加濃郁，步步攀升的甜度讓煮飯的人心思迷離，墜入如棉的雲霧。膠著的煮飯時間正好來一場「米飯的酣夢」，潔白的米粒開始由硬變軟，進而達到人們的舌頭和腸胃所適宜的程度。米中的微弱糖分在夢鄉的搖籃裏逐漸被放大了無數倍，這讓米在女主人神志迷濛間成為一種沁甜的尤物，成為另一種蜜糖。就在「米飯半熟的時候」，「世界的表層」被劃開了，厚厚的雲層頃刻間消散殆盡，一個煮飯的人也完全進入了這場「米飯的酣夢」之中，熟睡在這一大片釀濃的甘甜之上：「靠在黑暗裏注視你。／看見你落進／睡眠那只暗門。／看見你身上／纏繞了叮咚的昏果子。」（王小妮《我走不進你的夢裏》）在這夢裏，女詩人像平常那樣望著窗外，這一次，她確認，「天空被揭開／那是神的目光。」在《新約》中，神的登場都以雲的出現為先兆。上帝經常駕雲降臨，或是隱蔽在雲後，以聲音示人。而這一次，沉睡在「米飯的酣夢」中的詩人確信，在她那間庸常無比的房子裏絕對看不到的景象出現了：神的目光將會向他顯現。

　　王小妮，這個久居室內、俗務纏身的家庭主婦，這個在金錢時代決定重新做一個詩人的平凡女子，此刻究竟看到了什麼？神的目光真的從天上投射下來了麼？被揭開的天空，被劃開的世界表層，與那「半熟」的米飯之間究竟隱藏著怎樣的秘密聯繫？羅蘭·巴特（Roland Barthes）忍不住拐彎抹角、眉飛色舞地提示我們：「身體的最動慾之區不就是衣衫的開裂處麼？……依精神分析的貼切說法，恰是那斷續是動慾的：兩件衣裳的接觸處（褲子和套衫），兩條邊線之間（頸胸部微開的襯衫，手套和衣袖），肌膚閃現的時斷時續；就是這閃現本身，更確切地說：這忽隱忽現的展呈，令人目迷神離。」[4]也就是說，作為天空的霓裳，雲朵的退去正祖露出一塊開裂處，那是天空潔淨潤澤的肌膚，一小塊可愛的藍。也就是說，對身體完全的包裹是慾望的幽閉，相反，完全裸露的身體又導致慾望的遁逃。那經由開裂而呈現出的、邊界分明的一小塊肌膚才剛剛好是慾望誕生的地方，就像我們在衣衫的開裂處一下子瞥見了我們心中的神，讓我們手舞足蹈：

　　　　放下火焰
　　　　我跑向百米之外。
　　　　我要到開闊之地
　　　　去見見它。
　　　　一個坐在家裏的人
　　　　突然看見的了奇蹟。

　　　　　　　　　　　　　　　　　（王小妮《晴朗》）

---

[4]　（法）羅蘭·巴特：《文之悅》，屠友祥譯，上海人民出版社，2004年版，第18頁。

　　根據列維—斯特勞斯（Claude Levi-Strauss）考察發現，南美洲的神話思維中存在著兩種類型的火：一種是天上的、破壞性的火；另一種是地上的、創造性的火，即燒煮用的火。[5]就像米飯的「半熟」與天空「被揭開」存在著秘而不宣的神學相似性那樣，這裏，在鍋底被女主人「放下」的「火焰」，也極有可能就在「我」轉身離去之際升上空中，充當了「神的目光」，成為了一種萬能的破壞之火，一把巨大的匕首。在這裏，依照這種神話學的轉換規則，卑微的煮飯之火由一種日常能指迅速膨脹為一種超強能指，一個龐大的父親之名。「我」等待去見識的那個即將到來的、來自上天的「奇蹟」，也極有可能就是我用刀劃開過的、桔子般大小的、噴湧著細密汁水的那個「從未描述過的世界」。作為一個經年累月「坐在家裏的人」，「我」不遺餘力地再現著聖靈降臨時的場景，演繹著對室內語法的背叛：「我」衝出了家門，跑向「百米之外」，來到「開闊之地」，迫切地想要見識那番難得的「奇蹟」。神的出現對「我」構成一種誘惑，它激起了每一個普通人身上對凡俗生活的超越夢想，讓我們平日灌滿了米飯的身體裏分泌出一種超驗的甜，醞釀出一種銷魂般的醺醉。這種甜和醉的夢想的起源正是米，因而它們依舊是室內的米性價值的延伸。「米飯的酣夢」讓日常的米釀成了沁人心脾的甜酒，伴著一層層藍光，把煮飯的詩人融化、縮小，送到一個桔子般大小的未知世界跟前：

---

[5]　參閱（法）列維—斯特勞斯：《神話學：生食與熟食》，周昌忠譯，中國人民大學出版社，2007年版，第251頁。

晴朗
正站在我的頭頂
藍得將近失明。
我看見盲人的眼睛
高高在我之上。
無處不是深色的憂傷。

（王小妮《晴朗》）

「米飯的酣夢」繼續向野渡無人處漫溯，「我」被夢中的天神
帶進了這片空曠的世界。浩瀚無際的晴朗，誘人失明的瓦藍，高高
在上的盲眼，無處不在的憂傷。像刀揮向圓潤的「昏果子」那樣，
這一系列言辭成為「我」對這個「從未描述的世界」的首次描述，
猶如處女的初夜那般刻骨銘心。一邊是狂喜之痛，一邊是濃烈之
甜；一邊是絕美之紅，一邊是失明之藍。兩種同質的巔峰體驗，最
終不過是一次對憂傷的命名。盲人最終成為了「我」在這未知世界
裏的神：「你卻永遠看不見甜／看不見那些嚼石榴的人。／把牙齒
錯動得刀尖那樣快。／我把你放到樹的高度／滔滔滔滔地／替那些
被吸掉了眼睛的果實們／唱歌吧。」（王小妮《會見一個沒有了眼
睛的歌手·沒有了眼睛的石榴》）在這裏，盲人身上的神性光輝成
為了米性寫作裏有的「超感官」的又一次勝利。作為米性價值的延
伸，甜在這種情形下實現了它的最高意義：甜即憂傷。它是米性價
值的終極產品，是室內詩學的表現形式；它發源於室內，卻在室外
的一處空曠之境實現自己全部的意義；它通常訴諸沉默，以夢幻的
氣質表現世界，往往在世界的高處亮出自己性感的腰身；它分明地
指向深不可測的過去，指向人類的童年（不乏甜蜜而哀傷），營造

著一個詩人的古典之夢；在這種意義上，詩和詩人是合二為一的，他們共處一室，不分彼此，詩人在安詳的巢穴裏吟唱著自身：「深密的森林佈滿交叉小路。／大地無門無鎖在雲下走動。／世界已經早我一步／封閉了全部神奇之門。」（王小妮《我得到了所有的鑰匙》）

四

　　煮飯的「我」深陷於「米飯的酣夢」深處，被定義在日常維度中的那個常態的「我」跟隨米飯沉沉地睡去，讓生活之甜與夢境之甜水乳交融，聯步走向一處詩歌的極境。在那片致命的藍光之下，「太陽正切開我的中軸線／我被迫／一分為二地站起來」（王小妮《我沒有說我要醒來》）。正當現實之我迷醉於甜蜜的憂傷之際，「我」身上另一部分靈魂，卻被那個突如其來的超強誘惑、那個萬能的上天之火所喚醒，被高高在上的失明之神輕輕引領，走出家門。「我」渴望神創造的「奇蹟」能夠賦予這部分自我以嶄新的尊嚴：「用不疼的半邊／迷戀你。／用左手替你推動著門。／世界的右部／燦爛明亮。／疼痛的長髮／飄散成叢林。／那也是我／那是另外一個好女人。」（王小妮《半個我正在疼痛》）這個屹立在曠野上的詩人，仰望著天空，等待神蹟的發生，正如等待著耶穌（Jesus）的箴言：「你們是世上的鹽。鹽若失了味，怎能叫他再鹹呢。以後無用，不過丟在外面，被人踐踏了。」[6]在這個十足的宗教場域中，一場「米飯的酣夢」中，一個壓抑的慾望之我，瞞著熟

---

[6]　《新約・馬太福音》5：13

睡的現實之我，被一個高高在上的超驗之我，以一個父親之名所解放出來。作為詩人身上的另一半靈魂，這個無名之我在這場午後的降神節上得到了神的定義：「我」成為了「世上的鹽」。

與隨處可見的米不同，鹽自古以來被人們視為一種珍稀之物，它的出現構成了對米性價值的背叛和超越，為人們帶來了味覺上的新鮮、驚奇和迷戀，它代表了日常生活中的脫序時刻，神性蒞臨的瞬間，代表了人在這種特殊時刻體驗到的狂喜、震顫和銷魂狀態，是生命力異常充沛的時刻：「我聽見／漿水動盪有聲。／這是植物們才有的興奮。／晴朗／我想看到你的深度。／除了天氣／沒有什麼能把我打動。」（王小妮《晴朗》）作為室外的自然屬性，天氣，就是雲朵的開裂處一隻妖嬈的精靈，在它所有流變的形態中，晴朗是最為深邃、極樂的誘惑。「我」正是在那晴朗的一刻瞥見了神蹟的顯現，在那神聖的剎那，在浸泡在憂鬱的甘甜中那半邊身子旁邊，一個精通家政的女詩人在她的另一半身體上發現了屬鹽的命運：

　　晴朗
　　好像我寫詩
　　寫到最鮮明菲薄的時候
　　脆得快要斷裂。
　　一個人能夠輕手輕腳
　　擦他的眼鏡片
　　但是不能安慰天空。

（王小妮《晴朗》）

　　晴朗是一場室外的狂歡，是大自然莊嚴的盛典。晴朗就發生在距我的房子「百米之外」的「開闊之地」，一貫持守在室內的「我」，正是被一種「神的目光」誘惑至此，成為了這場盛大儀式的主角之一，成為一個置身室外的室內主義寫作者。晴朗的天空藍得深邃迷人，上天那把萬能之火像盲人的眼睛一般憂傷莫測，「我」默不作聲地接受這一切「奇蹟」的降臨。就在這個奇蹟般的時刻，在「我」的身上發生了一種不可思議的微觀化學，讓「我」的身體分別生成被均勻分開的兩部分價值：「我」的一側靈魂繼續受米性價值的支配，沉浸在一場漫長的「米飯的酣夢」當中，源源不斷地分泌著一種曠世的甜；而另一側靈魂則被這剎那間降臨的神聖時刻所喚醒，被「神的目光」點化為「世上的鹽」，它構成了我身上清醒的部分，這部分屬鹽的命運必須具備去面對室外風景的現實精神和無畏的鬥志。因此，在晴朗天氣的召喚下，一種鹽性衝動啟動了「我」這另一半靈魂，讓「我」奪門而出，奔向室外：「我要攜帶生長著的傷口／優美地上街。」（王小妮《注視傷口到極大》）

　　發生在「我」身上的這種微觀化學生成了詩人靈魂的二重性：一方面，一個詩人，他／她的一部分寫作受米性支配。米性寫作是一種室內價值，每一個寫作者身上都具備這種氣質，他／她把戰場安置在室內，進而去描述、勘探一種安靜的生存狀態。這種寫作會根據詩人自身的氣質和對時間和生活的理解，而逐漸增加寫作的深度和濃度，就像米飯入口後在舌頭上發生的化學反應一樣，米性開始釋放出自身的甜，這種甜是生活賦予的，從事這一類寫作的詩人，他們的工作就是通過個人之口（或手）努力品嘗出我們母語中固有的這部分甜。所以此類寫作要求不斷地深化這種化學反應，好讓生活不斷地分泌出語言之甜。甜的事物最易腐敗，這讓從事這類

寫作的詩人傾向於成為一個頹廢主義者，比如波德賴爾、蘭波等詩人，都在用他們個人沉淪的命運和無可救藥的憂鬱書寫一部甜的詩歌史，因此，詩與詩人牢牢黏合在一起，組成一幅憂鬱的圖案。這種甜或憂鬱，要麼待在最卑微、隱匿之處，比如在室內，比如潛意識裏，他們用沉默和冥想來與牆壁、與本我交談；要麼高高地盤旋在澄明瓦藍的天空深處，成為一種神性關懷，一種絕塵無上的美，讓我們溶化在其間，讓我們棄絕感官，用一對盲眼做鳥瞰世界之狀。以甜為圭臬的詩歌寫作讓詩人停留在自己的夢想中間，並且長睡不醒。他們希望在每一次旨在提取甜的語言煉金術中製造出一種純粹的詩，它將憂鬱、敏感、脆弱、絕美發揮到一種極致狀態，因而也必須供奉在無人之境，摒除一切世間的雜質。

另一方面，詩人的寫作在鹽性支配下呈現出別樣的風景。這種鹽性寫作一般發生在室外，因而是一種室外價值。它致力於實現寫作對現實生活、對外部世界的介入。正如薩特（Jean-Paul Sartre）指出的那樣：「我在說話時，正因為我計畫改變某一情境，我才揭露這一情境；我向自己，也向其他人為了改變這一情境而揭露它；我觸及它的核心；我刺穿它，我把它固定在眾目睽睽之下；現在它歸我擺佈了，我每多說一個詞，我就更進一步介入世界，同時我也進一步從這個世界冒出來，因為我在超越它，趨向未來。」[7]鹽的供給來自外部世界，因此它成為了這種介入式寫作的一個隱喻。寫作對介入性的需求就如同生命體對鹽的需求一樣，都是必不可少的重要成分，所以鹽在這種意義上構成了詩人的焦慮，成為對外部匱乏

---

[7]　（法）薩特：《什麼是文學？》，《薩特文學論文集》，施康強等譯，安徽文藝出版社，1998年版，第81頁。

的一種詩性反應。所以，鹽具有啟動性，是有效的防腐劑，於是拒絕了甜帶來的腐朽氣息；它是積極的，是安靜的反面，是生活的噪音；它讓人們記住外面的世界是鹹的，是對甜味的永恆壓抑；它維持著一個細胞的滲透壓，維持著生命體基本的生理機能，就像適當的焦慮維持著一個人面對世界時一種正常的心理機能。在這種情況下，詩人必須首先做一個普通人，去應對這個世界帶來他／她的所有瑣碎、繁雜、不悅之物。「頭像突然掉下去／又冷又老的普希金眼睛裏含著雪。／搬運工吃力地滾動銅塊。／有誰能這樣乾脆／把詩和詩人徹底分開。」（王小妮《普希金頭像》）正是這種充滿焦慮的鹽性寫作，讓詩與詩人在這個不純的世界上分道揚鑣。在這種狀態下，詩人必須擺脫自己身上固有的詩人氣質之後再來寫詩，因而寫出的必定是關於這個渾濁世界的不純之詩。

五

　　王小妮常說「半個我正在疼痛」，其實正是她這半邊甦醒的靈魂在經受鹽的洗禮，而另外一半靈魂沉吟在一片發甜的世界中間。這位樂於家政的女詩人，就是在這兩種寫作趣味的關照下決定「重新做一個詩人」的。米性寫作和鹽性寫作構成了王小妮詩歌小宇宙中的雙子星座，陪伴她渡過每一個漫長的下午：「好像我寫詩／寫到最鮮明菲薄的時候／脆得快要斷裂。」在詩歌越來越被別人遺忘的時代裏，「詩以重金屬的質量脫離了手，又以菲薄透明的霧汽形態快速散落。」[8]王小妮在自己極具個人化氣質的寫作中，道出了她親身體驗

8　王小妮：《重新做一個詩人》，《傾聽與訴說》，鷺江出版社，2006年

的「疼痛」和「斷裂」中所透露的微言大義。作為希望將寫作進行到底的女詩人，她必須像一位精確的化學分析師那樣，懂得如何駕馭她寫作中的米性和鹽性、室內和室外，沉默和噪音，合體和分身等成分和狀態之間的調配比例，才可能在寫作中把握憂鬱和焦慮，頹廢和激進，夢想和現實，過去和未來之間的詩學平衡。然而我們在這種詩歌微觀化學上的探索和發現，只是在對人類的世界觀起作用，只能在通過改變語言的過程中鍛造一種全新的世界觀，就像「一個人能夠輕手輕腳／擦他的眼鏡片／但是不能安慰天空。」詩人只負責道出可能發生的事情，對於眼前這個糟糕的世道：

> 詩人永遠毫無辦法。
> 我穿過秋天的軟草
> 回去看鍋下的火。
>
> （王小妮《晴朗》）

我們卓越的女詩人、無限熱愛家居生活的室內主義寫作者，如今似乎徹底從這場「米飯的酣夢」中醒來了，她覺得這場酣夢做得太久，她著急要回家「看鍋下的火」，她在這個下午最重要的工作其實是給丈夫和兒子煮飯燒菜。對於室外的一切事情，她也毫無辦法。詩人需要回到自己的家中，正像存在需要回到語言的家中一樣。因而，王小妮的詩歌寫作暗示我們，一門家庭詩學似乎有望得以確立。家庭詩學不同於遊吟詩學，後者固然成為詩人這一角色在任何時代裏必然的命運之書，它誇張地彰顯著人類在世界面前虛榮

的主體性和強力意志，然而卻極度淡化了人類接受庇佑的迫切渴望，忽略了人在生理和心理上的柔軟質地；與此不同的是，前者在充滿了人間煙火氣息、瀰漫著米香菜香、交織著寧靜和聒噪的家中，供奉了詩人最地道的靈魂。人在本性上需要這種庇護，尤其在上帝死後的日子裏，家庭有望擔當起這一神聖的職責。這種傳承可以幫助我們理解隱密的室內（煮飯和積聚米香之處）與空曠的室外（神性蒞臨之處）之間的相似性，家中的煮飯之火與上天的失明之火具有同一的本質。

家庭詩學同時呈現出了生活之甜和世界之鹹，這兩種在家庭生活裏最為熟悉的味道，構成了家庭詩學的兩重基本精神向度。家庭詩學在高緯度上展示為憂鬱問題，由糖（米的極端形式）來表徵，糖是人體內可以製造的成分（人體內分佈著糖元），所以它喻示著詩人對於詩歌本身的專注，這一過程原則上可以在室內進行；與之相對，家庭詩學在低緯度上展示為焦慮問題，由鹽來表徵，就像生活在熱帶的、整日汗津津的人們需要補充必要的鹽分一樣，他們的意義需要向外界獲取，因而可以被視為一種室外價值。家庭詩學在空間上大致表現為室內和室外兩部分，而在心靈地理學上又可以在高緯度和低緯度上分別建立各自的意義。無味的米經過詩人心靈的咀嚼生成了生活中的甜，這是生活深處的意義，是述思的過程，它發生在詩學空間的兩個端點上：室內（個人沉思空間）和開闊之地（神性空間）；同時，沉靜的生活也需要被喚醒、被震悚、被激越，人類需要在自身之外尋求意義，否則我們無法獲得力量應對這個複雜世界，這是述行的過程，它發生在詩學空間的中間地段：人聲鼎沸的室外，一片公共空間。但這片公共空間卻與詩人的個人空間在頻率上永遠達不成一致：

當路人都揚起了臉
雲像一群黃魚漫過來了。
短短的晴朗
只是削兩隻土豆的時間。

（王小妮《晴朗》）

　　當晴朗消失的時候，路人才開始揚起臉，而詩人早已回到家中，動手削第二隻土豆。或者可以說，家庭詩學就是土豆的詩學：「可是今天／我偏偏會見了土豆。／我一下子踩到了／木星著了火的光環。」（王小妮《看見土豆》）在兩隻土豆之間，一個詩歌宇宙獲得了它的第一推動力；家庭詩學就是和爸爸說話的詩學：「記憶的暗房從支柱中間裂開／泄出來的只是簡單的生理鹽水」（王小妮《和爸爸說話・這一天》）；「爸爸！／今天我把你最喜歡的／三隻番茄和一團白棉糖／擺放到風霜經過的窗臺上。／像等待一隻翠鳥到來／我要把你的血一點點收集。」（王小妮《和爸爸說話・誰拿走了你的血》）「爸爸」是家庭中的爸爸，家庭裏曾經的精神領袖，就像上帝是眾人的父親一樣。那麼多年裏，他站在我們頭頂，像生有巨翅的鳥，庇佑著我們，給我們一個安寧的巢穴。多少歲月過去了，他老了，眼花了，乾枯了，記不清事情了，漸漸失去了體內的糖和鹽，卻把生活的甜和記憶的鹽留給了我們，把家庭的衣缽交給了我們。我們知道，在這個溫暖的小家中，在四壁之內，始終飄蕩著我們的神；家庭詩學就是「重新做一個詩人」的詩學，對於王小妮來說，她的起點和終點，都將是家庭。在家庭的關懷之下，我們終於看清，米是沉睡的鹽，在米性寫作中，詩與詩人合

一，此刻的詩正指向自身；鹽是被喚醒的米，在鹽性寫作中，詩與詩人發生分離，此刻的詩指向了外部世界。家庭詩學就是在米和鹽的相互滲透中，指導我們在這個時代裏如何寫作，如何重新做一個詩人，或者如何能夠有滋有味地去渡過眼前這個本來無色無味的下午。相信熱愛家庭和詩歌的王小妮也會同樣贊同這種設想吧。

2011年3月，吉林蛟河──北京法華寺

刺青簡史
——論陸憶敏詩歌的語言質地

一

　　維特根斯坦（Ludwig Wittgenstein）不小心洩漏了一個秘密：「只有在語言休假的時候，哲學問題才會產生。」[1]如果把這句話翻譯成古漢語，最好的表達或許就是老子的「道可道，非常道」。也就是說，那些屏氣凝神、高深莫測的至聖先師們，只有在大禮拜才有機會持證上崗，代替疲於奔命的語言，來關心一下人類究竟要生存還是毀滅的問題。這倒非常類似大閒人蘇格拉底（Socrates）的一貫做派：單衣、赤腳、閒逛、譏諷、歸謬、助產、甚至「敗壞青年」……一隻永遠活在雙休日的牛虻。喜歡在星期天出來散步的，不止是那些難纏的哲學問題和它們的炮製者，其實佯裝睡懶覺的語言，早就做好準備偷偷溜出來湊熱鬧了，就像那個佯裝無知的雅典浪蕩子一樣。毫無疑問，所有事關人類命運的重大哲學問題都是形而上學問題，而所有活人的天性中都具有追問形而上學的衝動，因

---

[1]　（英）維特根斯坦：《哲學研究》，陳嘉映譯，2005年版，上海人民出版社，第24頁。

而哲學和語言之間正式或非正式的會晤是在所難免的。維特根斯坦只不過想袒護這樣一個事實罷了：哲學和語言早已發展為一對飽經滄桑的地下情人。尤其在20世紀的語言學轉向之後，越來越密集的理性目光不斷地投射向語言本身，並凌厲地穿過它嬌羞的胴體，試圖建立起關於語言的監察學和解剖學，讓它無暇出來談情說愛。

　　儘管哲學和語言這對堅貞不屈的情侶在20世紀的幽會頗費周折，但它們每星期還是會想方設法爭做一回牛郎織女。語言的休假狀態或許對探討真正的哲學大有幫助。為了促成這場「世紀幽會」，因善於解夢而毀譽參半的佛洛德（Sigmund Freud）在此獻上了一記偏方。這位專治該世紀各種疑難雜症的奧地利怪醫認為，夢是受壓抑的欲望經過改裝之後而形成的，這種改裝便是夢設法逃避「審查制度」的結果。[2]長期處於眾目睽睽之下、苦不堪言的語言，終於接受了這位猶太郎中的建議，學會了在法定假日裏喬裝改扮、巧奔妙逃的法術，繼續演繹著它與哲學之間棒打不散的愛情傳奇。於是，20世紀以來，當我們試圖模仿偉人們開口談論哲學時，一種陌生、晦暗、詭秘並略帶偏遠方言腔調的語言，竟然從唇齒間不脛而出，令每一位說者瞠目結舌、困惑不已。當氣喘吁吁的語言公主披著一身古怪的裝束，飛奔到她的情人面前時，木訥、倔強、頭腦一根筋的哲學王子會立刻認出自己的心上人麼？在中國當代女詩人陸憶敏的詩歌中，我們會目睹這場哲學和語言的「世紀幽會」，如何衍生出一段充滿冒險、狐疑、忐忑和震驚的「羅馬假日」：

2　（奧）佛洛德：《夢的解析》，丹寧譯，國際文化出版公司，2002年版，第67頁。

唯有婚約在書屋內閃現高貴的光澤

為你預演含夢的吉期

當它從經卷典籍中裸露出來

又一個悲劇

脫離你的身體沉入記憶之河

（陸憶敏《婚約》）[3]

　　無論如何，語言的易容術改變了我們凝視、描述這個世界的積習，或者說想像一種語言就是想像一種生活形式。[4]從此以後，公主不再是王子的溫柔鄉，王子也不再為公主提供強壯的肩膀。當哲學與語言再度對視的那一剎那，作為這段「羅馬假日」的精神私生子，現代詩歌不偏不倚地降落到了兩者的縫隙間，在一片玄秘的背景下紮根發芽，孕育著惡之花；也在這個逼仄、局促的空間裏拿到了它的常住戶口，並且充當了這場驚世情變的「黑匣子」。按照弗里德里希（Hugo Friedrich）的說法：「現代詩歌離棄了傳統意義上的人文主義，離棄了『體驗』，離棄了柔情，甚至往往離棄了詩人個人的自我。詩人不是作為私人化的人參與自己的創造物，而是作為進行詩歌創作的智慧、作為語言的操作者、作為藝術家來參與的，這樣的藝術家在任意一個其自身已有意味的材料上驗證著自己的改造力量，也即專制性幻想或者超現實的觀看方式。」[5]在哲學絕望的

---

[3]　本文引用的陸憶敏作品均出自《第一屆張棗詩歌獎獲獎者詩選·陸憶敏詩選》（2011年），柏樺編，電子稿。

[4]　（英）維特根斯坦：《哲學研究》，前揭，第11頁。

[5]　（德）胡戈·弗里德里希：《現代詩歌的結構——19世紀中期至20世紀中

終點處，在語言面目模糊的邊緣地帶，現代詩歌攜帶著天生的否定
色彩橫空出世，告訴了人類今天可怕的事實——一場由語言挑起的
哲學危機誕生了：「你已上足了弦／已難學跟愛人談論感情／遠望
愛人行色匆匆」（陸憶敏《上弦的人》）。

今天，百變的語言與永恆的哲學發生了抵牾。海德格爾
（Martin Heidegger）認為，患有健忘症的傳統哲學始終沒有說出真
正的「邏各斯」（logos，指話語、說法），維特根斯坦更絕，乾脆
斷言我們依靠語言根本無法說出哲學所想像的那種「邏各斯」，如
果非要說那一定是胡說。[6]瓦萊里（Paul Valery）規定了詩人的使命
是努力追求確切，而這些無辜的人們，的確在「為言辭的確切受
苦」（趙野《有所思》），成為一隻隻語言的困獸：

> 水在抖動，野天鵝浮游
> 中子在原子裏抽泣
> 在我們聽說了你沉思了你的午夜
> 全部地變成教條
> 變成一所圍住我呼吸心跳的小屋
> 如果我抬起手
> 推開窗要一點兒
> 外面的空氣

期的抒情詩》，李雙志譯，譯林出版社，2010年版，第3頁。
[6] 趙汀陽認為哲學的當務之急並不是「說錯了話」，而是「做錯了事」，因為
當代哲學虛事說得太多，實事想得太少，製造了許多無用的智慧，而實際我
們更迫切需要有用的智慧。關於他對語言與當代哲學關係問題的論述，請參
閱趙汀陽：《一個或所有問題》，江西教育出版社，1998年版，第8-11頁。

得了，這也是教條

（陸憶敏《對了，吉特力治》）

　　陸憶敏的詩歌斡旋在相互嘔氣的王子和公主之間，清脆地指認並撕裂了周圍衣冠楚楚的「教條」空氣，給他們的「羅馬假日」獻上了一段驚心動魄的註腳。誠如史蒂文斯（Wallace Stevens）所宣稱的那樣，詩歌要用它內部的暴力，來保護我們去抗拒外部的暴力。[7]於是，在她詩歌內部的深景裏，我們不安地觸碰到風雨欲來之前那種令人窒息的寧靜：「野天鵝浮游」在抖動的水面（語言是否也在此浮游？），「中子在原子裏抽泣」（語言是否也在此抽泣？）……或許可以這樣認為，現代詩歌仰仗著語言的易容術──這種安插在詩歌內部的、威力無窮的爆破裝置──時刻等待著戳穿人類生活的教條本性，並且把鋒芒直接指向了我們周身這個「沒有世界觀的世界」（趙汀陽語）。以小詩《對了，吉特力治》為例，我們似乎有把握認定，陸憶敏正為營造一種反教條的詩歌向我們走來。被這首詩「感動了一個下午」的柏樺，覺察到了這纖細詩句裏蘊藏的不凡力量，稱它是「一首臨空而降的詩，一首一氣呵成的詩，一首速度飛快但以優美的節奏催動我血液流動的詩。」[8]

　　柏樺的描述基本可以代表大部分讀者對陸憶敏詩歌的整體印象。就像陸憶敏一首詩的題目說的那樣，「風景是一種漂浮的尖銳的微笑」。當我們脫下鞋、靜下心，在某個空無人煙的假日，緩步踏上

7　轉引自（愛爾蘭）西默斯・希尼（Seamus Heaney）：《詩歌的糾正》，周瓚譯，《希尼詩文集》，作家出版社，2001年版，第278頁。
8　柏樺：《左邊：毛澤東時代的抒情詩人》，江蘇文藝出版社，2009年版，第202頁。

她的詩歌海灘時，那敏捷的詞句從風中傳來，彷彿一隻憑空疾行的海鷗，迅速地掠過我們僵滯已久的脊背，讓渾身的毛孔都聽命於它尖銳音弧的策反，在教條的空氣中發出一聲聲來自肉體的、寂寞的叫喊。作為一位少言寡語的斡旋人，陸憶敏在她反教條的詩歌中接納了哲學，也拒斥著哲學；寬懷了語言，也苛待著語言。這正是陸詩裏流露出的、不動聲色的世界觀，反教條的世界觀，假日的世界觀，也是在史蒂文斯教導下所施展出的、詞語內部的軟暴力。當哲學和語言滿面愁容的開始這段詩歌為它們爭取來的「羅馬假日」時，我們隱約聽見了陸憶敏在假日的街上「輕聲叫嚷」出的一個詩句：

> 在乾得發白的草地上我唱起
> ……一首情歌。
> 噢風起 日暖 水流平緩
> 還有野雲和聲
> 很久和很遠。

（陸憶敏《我在街上輕聲叫嚷出一個詩句》）

二

　　如果稍微側耳鑒別一番中國現代詩歌的聲學品質的話，我們會發現一個慣常的規律：詩人們越想憑藉語言來明志抒情，就越要提高自己說話的音量。這似乎的確是在用聲調來製造詩歌內部的暴力，以此抵抗長久盤踞在人類身上的壓抑秩序，反抗外部世界施加的暴力。也就是說，詩人追求抒情性的成敗，取決於他是否能成為

一個大嗓門。詩歌似乎擔負著與村委會的喇叭相同的職責。在中國現代歷史進程中,無論是啟蒙的經驗,還是救亡的經驗,無論是社會主義經驗,還是市場化經驗,中國詩人都不能輕易放棄對高音量的摯愛。這種自發選擇固然有其社會歷史方面的原因,在此不必展開探討。儘管這類擴音器式的作品,在一定程度上取得了相應的社會歷史方面的顯著效果,但詩歌本身的韻致卻在大鳴大放之際被掃進一個死角。高音量撩動了詩歌的野心,催生了詩歌的帝王心態,這把欲望之火將一種變異的寫作趣味請上了神壇,引向了這個世界的高處。此刻的詩歌渴望用一種君臨的姿態向人類發號施令,並贏得他們的仰望:「無邊的山谷、廣場,那時/詩產生,傳播瘟疫」(陸憶敏《年終》)。對於詩歌本身而言,這純屬不良幻想。當一種語言需要刻意借助高音量,來提升自己言說真理的能力時,也就同時告訴我們,這種語言已呈謝頂之勢。那個高高在上的帝王,白天借助高音量來證明他在臣民面前的威儀,就像夜晚借助藥物來證明他在嬪妃面前的尊嚴一樣。

　　陸憶敏一如既往地將詩歌的這種不良幻想視為教條,那不是詩歌本來要說的話,只是詩歌面對外部現實時做出的一種簡單的、低級的條件反射。陸憶敏不習慣這種外強中乾的語言。相反,她在自己的詩歌創作中,用一種「輕聲叫嚷」的調子,瞬間喚醒了在文字中沉睡已久的詩意:「我的心佈滿了銀針/默默地閃著光澤/我是世上寫作背景音樂的人」(陸憶敏《靜音》)。高音量將詩歌無限地推向歷史前臺,也將它推進了危機之中;陸憶敏則採取了截然相反的姿態,她更願意把詩歌向後推,當作這個世界的背景音樂,當作混合著「水流平緩」與「野雲和聲」的一首情歌,讓詩歌回歸到一片自在的、寧靜的、「很久和很遠」的樂土之上。於是,她伴著

口中飛出的幾聲「輕聲叫嚷」，找到了一種與世界對談的語調，以此為參照，她調好了自己的詩歌琴弦，也調勻了呼吸，準備向她神聖的或世俗的傾聽者奏出一首首反教條之歌。

「我在街上輕聲叫嚷出一個詩句／瞬息滾過街頂的廣告音樂／給人遺恨。」（陸憶敏《我在街上輕聲叫嚷出一個詩句》）儘管陸憶敏輕快的吟哦迅速被更大的噪音所覆蓋，然而正如加繆（Albert Camus）指出的那樣：「反叛並不欲求解決一切，它至少已經能正視一切。」[9]「輕聲叫嚷」的陸憶敏，通過對高音量寫作充滿溫柔的反叛，來校準詩人觀察世界的焦距。她希望將語言和哲學的「世紀幽會」安排在「乾得發白的草地」上進行，那裏將會響起極為美妙的背景音樂：

> 所有的智慧都懸掛在朝陽的那面
> 所有的心情也鄰近陽光
> 這幾乎就是一種醫學
> 在冬天，你總走在那一面
>
> （陸憶敏《街道朝陽的那面》）

在脫下堅硬制服的假日，在「乾得發白的草地」上，在街道朝陽的那一面，陸憶敏似乎修習了一種調和哲學和語言不諧關係的「醫學」。與她用詩歌本來的「輕聲叫嚷」代替高音量寫作的思路相似，在這裏，這個地地道道的上海女詩人、當年「海上詩群」的

---

[9]　（法）加繆：《反叛者》，《置身於苦難與陽光之間》，杜小真、顧嘉琛譯，上海三聯書店，1997年版，第172頁。

重要成員，以一種植物般的悠閒和趨光性，來醫治這個時代僵滯、潮濕的病症。無論從地理環境，還是從城市個性上來看，上海無疑是一個異常「潮濕」的地方。孟浪這樣描述「海上詩群」的藝術處境：「上海被推了過來，活生生展開。這個中國最大的工商業城市同時只是數學和物理學概念中的一個點。我們深陷其中。作為詩人，我們是孤立無援的。作為人，我們看到了千千萬萬雙向我們伸來的手。」[10]在詩人眼中，越是深陷於瀰漫濕氣的城市漩渦當中，就越要堅持書寫人類本性中的乾燥性：「這季節還有霧濕／溫柔像宿命一樣窒息天空／此後幹枝斂起一些綠色／字跡在消瘦 消瘦而熒黃而易燃／不再飄逸輕延／我遇見人們說得若無其事／小心……／火種」（陸憶敏《小心，小心這季節》）。

乾燥是火種的史前形態，乾燥的詩歌孕育詩歌的火種。赫拉克里特（Heraclitus）說得好：「一個乾燥的靈魂是最智慧的，也是最高貴的。」[11]陸憶敏的詩歌智慧也直接體現在這種詞語的乾燥性上：「我乾燥的靈魂只是淡淡的影子／久居室內也不會留下氣味」（陸憶敏《室內的一九八八·六月二十一日》）。在這個放逐文學的時代，用詩歌瀝乾整個世界的濕氣或許是癡人說夢，但詩歌有能力擦亮人性裏微小的火花，照亮一個人內在的宇宙，保持我們內心的乾燥、溫暖、潔淨、蓬勃向陽。尼采（Friedrich Nietzsche）也甚為贊同這一點，認為一切好東西必須變得乾燥，他說：「每一部優秀的新作，只要它處在當時潮濕的空氣裏，它的價值就最小，——因為它尚如此嚴重地沾有市場、敵意、輿論

10　孟浪：《藝術自釋》，《中國現代主義詩群大觀：1986-1988》，徐敬亞等編，同濟大學出版社，1988年版，第70頁。
11　苗力田主編：《古希臘哲學》，中國人民大學出版社，1989年版，第48頁。

以及今日與明日之間一切過眼雲煙的氣息？後來，它變乾燥了，它的『時間性』消失了——這時它才獲得自己內在的光輝和溫馨，是的，此後它才有永恆的沉靜目光。」[12]陸憶敏詩歌的乾燥性，就體現在她作為上海詩人的非上海性，體現在教條時代裏的反教條性，體現在高音量的噪音社會裏的去噪音性，也體現在辯證法世界裏的形而上學性。在她那些脫口而出、「輕聲叫嚷」的詩句中，我們輕而易舉地捕捉到某種帶有永恆意味的背景音樂，這裏輕盈地規勸了時間性的退場，也同時為哲學和語言的愉快會晤鋪好了翠綠的草坪：

> 我希望死後能夠獨處
> 那兒土地乾燥
> 常年都有陽光
> 沒有飛蟲
> 干擾我靈魂的呼吸
> 也沒有人
> 到我的死亡之中來死亡

（陸憶敏《夢》）

1932年，當得知好友沃洛申（Voloshin）於8月11日正午12點辭世的消息後，茨維塔耶娃（Tsvetajeva）滿懷悲傷地寫道：「詩人終有一死，而且往往先於他人而死。他的生命，與其用天年，倒不如用四季和晝夜來衡量。然而，即便是死，也要在那合乎時宜的晝夜和自然

---

[12] （德）尼采：《悲劇的誕生——尼采美學文選》（修訂本），周國平譯，北嶽文藝出版社，2004年版，第214-215頁。

界。在正午，太陽高懸在天頂，愈發晦暗無光，那一時刻，影子被身體蓋過，而身體又隱沒在整個世界之中，——在合乎時宜的一刻，詩人沃洛申的一刻。」[13]在她充滿象徵性的口吻裏，我們承認，死於正午的詩人是最純粹的詩人，因為死者在最大程度上沐浴著陽光，呈現出生命裏不含雜質的乾燥性，並把自己整個一生定格在了這一永恆的時刻。與沃洛申的正午之死一樣，陸憶敏在她自己的詩句中分享了這一純粹詩人的夢想：為靈魂的自由呼吸選擇了一塊乾燥的土地，這裏「常年都有陽光」，「沒有飛蟲」，「也沒有人」。在這個神奇的地方，就像里爾克（Rainer Maria Rilke）預言的那樣：「誰這時沒有房屋，就不必建築，／誰這時孤獨，就永遠孤獨」[14]（里爾克《秋日》）。不論在時間上，還是在空間上，乾燥的靈魂被安放於這靜止的一點，形而上學的一點，最智慧，也最高貴。在正午的、乾燥的土地上，詩人說：「烏鴉驅趕喜鵲，喜鵲追逐烏鴉／我不再醒來，如你所見、溫柔地死在本城」（陸憶敏《溫柔地死在本城》）。

陸憶敏在她的作品中遊刃有餘地談論著死亡的話題。在她看來，死亡並非沉重無比、難以撬動的玄色磐石，而是一如梳頭髮、抓癢癢或上街買菜一樣在生活中稀鬆平常的小事。詩人以無比清淡甚至親暱的口吻，描述了一副馴順而甜蜜的死亡面孔：

> 死亡肯定是一種食品
> 球形糖果　圓滿而幸福

13　（俄）茨維塔耶娃：《記憶之井》，王嘎譯，《茨維塔耶娃文集·散文隨筆》，汪劍釗主編，東方出版社，2003年版，第119頁。

14　（奧）里爾克：《秋日》，馮至譯，《里爾克精選集》，李永平編選，北京燕山出版社，2005年版，第54頁。

> 我始終在想著最初的話題
> 一轉眼已把它說透

（陸憶敏《死亡是一種球形糖果》）

　　陸憶敏談論死亡的輕慢語態，在一定程度上，為促成哲學和語言的非正式會晤提供了絕佳的啟示。保羅・策蘭（Paul Celan）的聲音在低空回蕩：「死亡是從德國來的大師」（保羅・策蘭《死亡賦格》）。[15]用一種洋溢假日心態的、反教條的、低吟淺唱並溫暖乾燥的語言，來應對焦慮的、刻板的、高蹈並潮濕的哲學問題，似乎是一種智慧的選擇。希臘神話中的英雄珀爾修斯（Perseus）也為我們樹立了榜樣，當他砍下美杜莎（Medusa）的頭顱之後，卻用樹葉在地面上鋪成一個軟墊，還撒上些植物的嫩枝，才將那恐怖沉重的頭顱臉朝下地放在上面。卡爾維諾（Italo Calvino）十分推崇這一優雅的處理方式，他說：「身為輕盈大師，珀爾修斯用這令人耳目一新的謙遜態度處理如此殘忍、可怖同時又有點脆弱和易毀的東西，不能不說是輕的絕妙體現。」[16]和珀爾修斯的善舉如出一轍，陸憶敏用簡潔的、瀝乾了水分的句子書寫了她與死亡的遊戲，書寫了她的詩歌之輕：

> 我們不時地倒向塵埃或奔來奔去
> 挾著詞典，翻到死亡這一頁

---

[15]（德）保羅・策蘭：《死亡賦格》，《保羅・策蘭詩文選》，王家新、芮虎譯，河北教育出版社，2002年版，第14頁。
[16]（意）卡爾維諾：《新千年文學備忘錄》，黃燦然譯，譯林出版社，2009年版，第4頁。

我們剪貼這個詞，刺繡這個字眼

拆開它的九個筆劃又裝上

（陸憶敏《美國婦女雜誌》）

三

布羅茨基（Joseph Brodsky）在閱讀曼德里施塔姆（Osip Mandelstam）時閃現出這樣一個念頭：一首詩的主要特徵在於它的最後一行，因而當我們閱讀一位詩人時，我們是在參與他或他的作品的死亡。[17]如果按照布羅茨基的思路去檢視一下陸憶敏為數不多的作品，我們會發現，當讀到一首詩的最後一行時，它內在的節奏連同詩人的生命一齊湧向了一種神秘的虛空，如同影子短暫隱沒於正午時分，或語言瀝透了最後一滴水分一樣，詩歌靜止在一個空白的奇點上，一個語言無能為力的極地深處。陸憶敏喜歡給自己的作品安排上這樣的結尾，如「穿過門廳迴廊／我在你對面提裙／坐下／輕聲告訴你／貓去了後院」（陸憶敏《風雨欲來》）；「黑夜像一隻驚恐亂竄的野獸／進屋睡了，拉上窗簾，低聲咕噥」（陸憶敏《桌上的照片》）；「當我剛要啟聲說話／有人就從背後／拽住了我的頭髮」（陸憶敏《室內的一九八八・四月十日》）等等。作為一首詩的結尾，這些被委以重任的詞句，並沒有遵從教條，為讀者製造一個圓滿的、輝煌的重音，而是平鋪直敘、舉重若輕地開赴一個沒有句號

的終點。當最後一個音剛剛落定，從另外一個方向傳來的聲音會隨
即響起，但這嶄新的聲音已非口耳所能傳達。

　　羅蘭‧巴爾特（Roland Barthes）曾經做過一個有趣的區分，他
通過考察不同作品的結尾，將作家分為滑動型作家（如夏多布里
昂）和吞噬型作家（如米什萊）兩類：「前者鋪開話語，從旁陪伴
而不予打斷，不知不覺地把語句引向平穩安逸的結尾。這些作家擅
長運用音步和句尾重音。後一類作家正好相反，鑒於做得過度完美
便有失掉獵物之虞，他們用不完整的動作隨時將獵物洞穿，好像一
位狂躁的財主急於趁財物仍在眼前而儘快下手。他們絕不用句尾節
奏，沒有鋪展，沒有作家順著句子進行的水平滑動，只有頻繁的短
促入水，衝破四平八穩的修辭……」[18]在這種意義上，陸憶敏毫無
疑問地將被歸為吞噬型作家的行列。讀一讀她作品中那些意猶未盡
的結尾，我們彷彿已經不知不覺地接近一個涼風瑟瑟的神秘洞口：

　　　　我吩咐灑掃之後
　　　　就把舌頭留在桌上

　　　　　　　　　　　　　　　　　　（陸憶敏《元月》）

　　那只神秘的舌頭，在吞噬了詩中的「獵物」之後，就從此緘口
不言了。陸憶敏的詩歌最終帶我們走向了「不可說」（維特根斯坦
語），[19]哲學和語言在「羅馬假日」裏的艱苦談判進入了一個最為

---

[18] （法）羅蘭‧巴爾特：《米什萊》，張祖建譯，中國人民大學出版社，
　　2008年版，第22頁。
[19] 維特根斯坦在《邏輯哲學論》的最後一章只寫了一句話：「一個人對於不
　　能談的事情就應當沉默。」進而把語言帶入「不可說」的情境，並認為已

核心的環節。這種標舉沉默和空白的「不可說」，破除了語言萬能的白日夢，為了抵禦哲學和語言間分道揚鑣的危險，我們必須要強調的是：人的成象方式是語言，人所經歷的現實是在語言中顯示自身的。語言雖然不是萬能的，但沒有語言是萬萬不能的。[20]屁股固然決定大腦，但舌頭也決定大腦。明白了這一點，我們就等於給這對苦命鴛鴦服下了定心丸。《大學》裏早就講過：「知止而後有定，定而後能靜，靜而後能安，安而後能慮，慮而後能得。」其中的「知止」是一條至關重要的邏輯起點，戀愛的雙方必須要持守住各自的原則和界限，戒除自我膨脹和對另一半的不良幻想，以此為前提，哲學和語言的和諧互動才可能順利進行。這或許就是會晤雙方在「羅馬假日」裏取得的實質性成果。語言無法言盡哲學，就像哲學無法參透世界，神秘性永遠存在。好在人類還擁有詩歌，能夠在不斷地詩藝探索中，幫助它們歷練成珠聯璧合的莫逆之交，幫助它們識別「可說」與「不可說」的界線，也幫助人們更好地認識自己的靈魂和生活：

> 有些腳是會流淚的
> 有些淚無處不到
> 有一個神秘而幽暗的中心
> 那寧靜
> 往來於對自己的全神貫注
> 是內心

經解決了所有哲學問題。參閱（奧）維特根斯坦：《邏輯哲學論》，郭英譯，商務印書館，1985年版，第97頁。

[20] 參閱陳嘉映：《語言哲學》，北京大學出版社，2003年版，第155頁。

> 把智慧之路指給叢林
>
> （陸憶敏《上弦的樹》）

　　作為一個不折不扣的吞噬型作家，陸憶敏用她纖弱而犀利的聲調，與一種神秘的形而上學產生了共鳴，用她極其溫柔、果斷的方式，如海鷗一般將她作品的全部詩意迅速地引向「一個神秘而幽暗的中心」。這個「中心」也是令哲學和語言一度茫然無措的「叢林」。斡旋在兩者之間的詩歌，有望帶領它們會和於這個偉大的奇點上，哲學和語言在「羅馬假日」裏的故事，會在這個短促、細微的「中心」抵達史無前例的震顫和高潮，就像佩劍的王子要翻過千座高原方才覓得聖杯，歷盡周折才將公主從囚籠裏解救出來。那個「中心」，那個「叢林」，那個肉身裏的秘密，或格拉芬伯格（Grafenberg）點，便是陸詩裏隱藏的終極智慧：「我進入高牆／我坐在青石板上／我左邊一口水井，右邊一口水井／我不時瞅瞅被榆木封死的門洞／我低聲尖叫／就好像到達天堂」（陸憶敏《避暑山莊的紅色建築》）。陸憶敏在詩歌中的聲調恰好吻合了天堂的頻率，不論這人神之間的共振發生得多麼盪氣迴腸，像所有駭人的風暴一樣，它們的中心永遠是寧靜的：

> 許多人逆運而退
>
> 應運而生
>
> 而我
>
> 在深深的井底盤桓
>
> 你偶爾告訴我
>
> 春天已經發生
>
> （陸憶敏《請準備好你的手帕》）

　　「我」就是那個在井底枯坐的風暴製造者，「井」就是那個「神秘而幽暗的中心」。「我有過一種經驗／我有一種驕傲的眼神／我教過孩子們偉大的詩／在我體質極端衰弱的時候」（陸憶敏《教孩子們偉大的詩》）。「我」用纖細而低緩、尖利而輕滑的嗓音，在井底默念著古老的咒語，就像「我」用柔軟的手在不經意的撫摸後，惹來肌膚陣陣的顫動：「我的柔媚／在骨子裏繼續它的生長／並滲到我經常彈琴的指間」（陸憶敏《靜音》）；「雲彩在你扶著前額的手指間纏繞／我悄悄地解開束縛我生命的繩索／沉默地望著你／要你微笑」（陸憶敏《冬天》）；「我張開柔軟的手／整理沾滿衣襟的音樂／我慢慢培養起來的／小小的喜悅之情／使我如期度過／這潔而靜的夜」（陸憶敏《室內的一九八八·三月十七日》）。作為吞噬型作家的陸憶敏是一位喜愛在井底靜坐的女子，她的纖細和柔媚，不僅在於通過自己特有的語言質地和聲調來應和彼岸之聲，不僅在於依賴「口」這一發聲器官給事物或感覺命名、「教孩子們偉大的詩」，而且，這種纖細和柔媚還體現在她的「手」上，體現在高級靈長類動物身上這個傑出器官上。陸憶敏對「手」（肉身）的動作優雅的刻畫，成為了她對「口」（語言）的精彩描述之外呈現出的別樣風景。我們甚至可以揣測，在語言無能為力的「不可說」領域，極有可能被無言的身體意外地佔據著，那個神秘的中心、寧靜的深井，也極有可能正發源於人類長期沉睡的肉身內部。陸憶敏在讚美了「口」之後，又敏銳地發現了「手」，她的詩歌語言不但長出了伸向藍天白雲間的、漂亮的枝葉，而且還把詩歌的根固定在了一副普通人的平凡身軀裏面。

　　張志揚說語言像光，具有「波粒二象性」，波性重虛，粒性重實，我們的漢語就顯出波性昭著而粒性潛蟄的態勢。[21]依照這種思路，我們同樣可以猜想，語言也像人，具有「靈肉二元性」，靈性重虛，肉性重實，本是人類生活的兩口水井。而不論漢語還是西語的傳統中，標識靈魂的辭彙總是壓抑著表達肉體的辭彙，這也是有目共睹的事實。在西方現代思想史上，從尼采到德里達（Derrida）的努力，也正力圖顛覆這個既有的秩序和教條。一向反教條的陸憶敏從「口」到「手」，從「可說」到「不可說」的筆鋒走向，也預示著現代詩歌有必要延續這一使命，讓詩意發出的柔和、乾燥的光線，由言說照亮行動，由靈魂照亮肉體：「在一個中心的中心有一個中心／這種現象就是一盞孤燈／燈光下，寂靜中我聽到你的琴聲／我像一隻白色的現代鴿子倚床而睡／嘴角掛著幾滴乳汁般的句子」（陸憶敏《室內的一九八八‧六月二十一日》）。哲學和語言不可分，生與死不可分，靈魂與肉體不可分，「可說」與「不可說」也同樣不可分，就像一個詞可以引起肉身的巨大震盪，一次愛撫勝過萬語千言；詩歌也應當是一種行動，就像一個中心裏又包含了另一個中心：

> 在酷熱而佈滿蒸汽的草尖上
> 我簡單而細小的身影
> 在樹叢間穿行
> 我的喉嚨裏充滿了聲音
>
> 　　　　　　（陸憶敏《室內的一九八八‧四月二十六日》

21　參閱張志揚：《漢語言的能說與應說》，《語言空間》，福建教育出版
　　社，2000年版，第270頁。

四

　　若從現代詩歌的發生譜系中考察陸憶敏的詩歌創作，我們發現，在她為數不多的作品中，幾乎沒有觸及過鮮明的時代生活主題，而是以輕盈的口吻描述那些含混、零散、敏感而又轉瞬即逝的內心生活片段。這種特異性的寫作風格，在一定程度上固然由詩人的性別或性格決定。這種看似對語言精確性的疏離，其實達到了另外一種精確性，就是通過詞語探測靈魂和命運的精確性。儘管陸憶敏在作品中操持著一種優雅、柔和、輕盈的低聲調語言，然而這種低聲調卻絕不是虛弱無力的吳儂軟語或嬌喘呻吟，它以極端迅疾的姿態展現出一種隱含的尖利性。這種特別的語言效果同樣製造出了史蒂文斯所謂的「內部的暴力」，圍繞這個核心的詩學使命，我們一一認清了陸憶敏詩歌的反教條性、輕逸性、乾燥性，以及語言的「不可說」性和肉身性，為了使現代詩歌儲存足夠強大的「內部的暴力」，來反抗「外部的暴力」，它們從四面八方積聚能量，進而組建起了陸憶敏詩歌內部逐漸明朗的尖銳秩序：

　　　等到閃電在頭頂上尖利地出現
　　　那雪亮的銀劍擊中我的左胸
　　　就能在他肩上放出聲來
　　　打破這瘋狂的憂鬱以及
　　　咬噬著血肉之軀的寧靜

　　　　　　　　　　　　　　（陸憶敏《玩火之光》）

　　陸憶敏的詩歌體系中埋伏著一種隱密的行動。這種行動非常類似於我們手上的靜電，輕微、短促、敏銳、尖利；它無法預測，充滿神秘性和「不可說」性；它寄居於肉體，又剎那間奪魂攝魄；它是乾燥之子，是火焰之父，是肉身之鄰，是教條之敵；它起源於摩擦，終結於觸碰，來去無蹤影。靜電與閃電不同，後者喜愛宏大敘事，因而發生在開闊之地，強調上對下的絕對等級；前者則喜愛短兵相接，因而瑣碎難纏，只好選擇促狹的室內和主體間性。靜電，這種雖常見卻難以消除的自然現象，大體可以概括出陸憶敏詩歌的內在品質，在她充滿個性色彩的遣詞造句中，我們約略能夠辨識出這種隱密的行動，如何最終促成了詩歌「內部的暴力」。

　　布羅茨基認為：「我們全都在為一部字典而工作。因為文學就是一部字典，就是一部解釋各種人類命運、各種體驗之含義的手冊。這是一部字典其中的語言就是生活對人的所言。它的功能就是去拯救下一個人，拯救新來者，使他不再落入舊陷阱，或者，如若他還是落入了舊陷阱，就前去幫助他，使他意識到，他不過是撞上了同一反覆。這樣的話，他就會較少被迫──就某種意義而言，也就有更多自由。因為，去弄清生活辭彙的含義，去弄清你所遭遇的一切之含義，這就是解放。」[22]當詩歌全神貫注、摩拳擦掌地積攢它「內部的暴力」，準備向「外部的暴力」鄭重宣戰之時，這位顛簸一生的俄裔詩人為我們繪製好了一幅詳備的作戰地圖。哲學和語言的「羅馬假日」終於在宣戰的炮聲中結束了，然而這場戰爭卻提供了兩者通力合作的契機。戰爭或許是另一種假日，語言已經調整

---

[22]　（美）布羅茨基：《我們稱為「流亡」的狀態，或浮起的橡實》，《文明的孩子》，前揭，第52頁。

好了對待哲學的心態，哲學也是。

在這種意義上，詩歌，或者文學，就是一部收集、闡釋人類命運及體驗的字典。對於陸憶敏來說，她率先翻到了「死亡」那一頁，用沾滿靜電的雙手，輕而易舉地拆分又裝上它的九個筆劃。詩人取消了「死亡」的莊嚴感和神聖感，作為她個人的誓師儀式，這個充滿象徵性的動作，也讓這部沉重的字典搖身變成一本婦女雜誌——另一種字典：

> 人們看著這場忙碌
> 看了幾個世紀了
> 他們誇我們幹得好，勇敢、鎮定
> 他們就這樣描述
>
> （陸憶敏《美國婦女雜誌》）

詩歌「內部的暴力」與「外部的暴力」之間的決戰已經打響了，這是想像中詩歌與世界之間的暴力對決，同時也是保證語言和哲學之間和睦關係的前提。在這場持續了幾個世紀的「忙碌」中，人類的各種命運、各種體驗洶湧奔突、轉戰南北、橫陳街頭，「他們就這樣描述」，歷史成為一場文字的戰爭。從布羅茨基提供的作戰地圖來看，詩歌調集了人類全部有效的辭彙，加入這場氣勢恢宏的鬥爭，與「外部的暴力」誓死抗衡。翻開這部詞典距離我們最近的幾頁，通過現代漢語的文字敢死隊英勇頑強的廝殺，我們幾乎可以鳥瞰中國現代詩歌的整體態勢，也可以在仔細搜尋之後，發現詩人陸憶敏忽明忽暗的名字：「你認認那群人／誰曾經是我／我站在你眼前／已洗手不幹」（陸憶敏《美國婦女雜誌》）。

戰爭打響了，喜愛度假的陸憶敏緣何「洗手不幹」？她詩歌「內部的暴力」將指向哪裏？彷彿接受了某種特殊的潛伏任務，陸憶敏迅速地在這部字典裏消失了蹤影。

從字典或作戰地圖的視角，來讀解這場詩歌與世界的大決戰，我們發現了兩個戰場：正面戰場和側面戰場。簡單來說，正面戰場是雙方主力部隊交鋒的地帶，因而場面轟轟烈烈，卻也司空見慣。詩歌讓語言兵營裏所有的實詞傾巢出動，源源不斷地將它們輸送給正面戰場，雙方幾個世紀僵持不下，長期呈白熱化的膠著狀態。作為一種被編碼的歷史，字典提供了正面戰場的詳盡描述，並賦予主力部隊一個明亮的番號——白詞。

白詞的作戰史暫且不在本文的考察範圍，這讓我們把目光聚焦在了側面戰場。在那些不太為人所知的窮鄉僻壤參加戰鬥的，則是現代漢語實詞以外的全部虛詞。因為虛詞本身不提供特定的含義，看上去並不能形成多麼具有破壞性的力量，在統帥眼裏，它們倒和老弱病殘差不到哪去，因此側面戰場的戰績長久以來得不到重視。由於虛詞本身的衰弱體質，它們也極易被異己力量挾持，就像年幼多病的君主被迫登了基，而朝廷的實權卻把握在某些大臣手中。意識形態尤其對虛詞緊盯不放，在中國現當代詩歌史中，一部分感歎詞（如「啊」、「呀」等）密集出現在了特定年代的一些詩人（如郭沫若、郭小川等）筆下，成為了一顆顆重磅炸彈，拋給了外部世界，造就了高音量詩歌語調的現代濫觴，因而我們可稱這類虛詞為——紅詞。

隨著時間的推移，那些當年叱吒風雲的紅詞很快退出了歷史舞臺，或者說正式地被請進字典。其他分佈在側面戰場的虛詞家族，也大部分呈散兵遊勇式的混沌狀態。正當這個本來就缺乏足夠重視和補給的地帶，顯示出人人自危、軍心渙散、士氣銳減的頹勢之

際，陸憶敏適時的出現在了那個地方。在她的詩歌寫作中，有一個
特殊的虛詞序列博得了她的青睞和器重：

> 等你鑄起生日酒宴的餐桌
> 已經遲了花園的
> 鉛門沉沉關閉
> 粉色的花朵已在水中咽氣
> 紫苑上的鳥
> 有個閃失
> 已經遲了不再說什麼了
> 唱詩的排椅已經空了
> 手已涼了額髮左旋已連上了
> 語言陳舊了黯淡了
> 舊病復發了，心願歸尾了
> 大地像磁石一樣撲來
> 山川已將我埋了
> 客人們請了請了

> （陸憶敏《生日》）

> 紙鷂在空中等待
> 絲線被風力折斷
> 就搖晃身體

> 幼孩在陽臺上渴望
> 在花園裏奔跑

就抬腳邁出

旅行者在山上一腳
踏鬆
就隨波而下

汽車開來不必躲閃
煤氣未關不必起床
游向深海不必回頭

可以死去就死去，一如
可以成功就成功

（陸憶敏《可以死去就死去》）

　　從以上引用的兩首例詩中，我們很明顯地看到，以「已
（經）」和「就」為代表的時間副詞在陸憶敏的詩歌中的大量出
現，形成了一種星座效應，甚至在個別作品中構成一種壟斷句式，
這種頗具個性的語言風格不得不引起我們的關注。我們或許可以猜
想，這些被詩人挑選出來的時間副詞，已然超出各自的職能範圍。
也就是說，這些時間副詞已經溢出了邏輯常項的邊界，接受了額外
的使命。清人袁仁林在《虛字說》中稱：「夫虛字誠無意矣，獨不
有氣之可言乎？吾謂氣即其義耳⋯⋯」[23]意思是，虛字（詞）雖本
身無實意，但卻存在一種尚未固定的「氣」，裏面充滿了意義的可

---

[23]　（清）袁仁林：《虛字說》。

能性。在詩歌與世界的暴力大決戰中，這種時間副詞凝聚成側面戰場的一股新興力量。可以認為，在側面戰場上，詩人依靠感歎詞（即紅詞）負隅頑抗的年代裏，為讀者貢獻了眾多聲嘶力竭、高音量的詩歌作品；而當這股熱浪退潮之後，在陸憶敏的詩歌中甚囂塵上的時間副詞（如「已」、「就」等），則呼喚了另外一種低聲調的「輕聲叫嚷」。如果說紅詞在戰爭中假想的敵人還是「外部的暴力」或強加在人身上的、社會歷史的壓抑秩序，那麼在擅長運用時間副詞的陸詩中，它的對手已經變成了時間本身，這場爭鬥也已經演變成了人與時間的一場競技。陸憶敏的寫作是面向虛無的搏鬥，也是人被時間黑洞吸附過程中迅疾的掙扎和抽搐。在此，我們姑且可以稱這類時間副詞為——黑詞：

　　幾句安謐遼遠的詩
　　——米爾斯平原
　　草坡上幼小的黑土
　　一個茅棚幾顆漿果
　　十分足夠

　　　　　　　　（陸憶敏《風景是一種漂浮的尖銳的微笑》）

五

　　陸憶敏詩歌中的黑詞就像「草坡上幼小的黑土」，安靜地培植了詩歌的草葉和漿果，並且在它們鬆軟的身體上鐫刻下了時間的腳印。按照燕卜蓀（William Empson）的看法：「我們更容易找到一

個詞來代表意義，而不容易找到詞來表示力。」[24]在布羅茨基提供的字典中，白詞和紅詞或許可以代表各種不同的意義，而只有黑詞才能匯成陸憶敏詩歌內部的一種「力」，這種虛靈之「力」，就是黑詞中蘊含的對時間性的重構。

具體來說，對於黑詞「已」，它的潛臺詞便是「某某事情完成了，會給現在和今後造成何種影響」。它標記了過去的時間，已經像物體一樣固定下來的時間形式。它象徵著傳統、回憶、往事，無論發生過的事情是否依然存在，它對現在和今後的影響是一定存在的，因而也構成某種壓力，積聚某種勢能，或者乾脆表現為摩擦後生成的眾多靜電荷。在陸憶敏的作品中，越是張揚反教條情緒，這種待業狀態的勢能或靜電荷就積攢得越多，對時間感的表現力就越大：「今天已掙扎著醒在天空／毫無發生而已經發生／旋風已把某君帶走／已渺無痕跡」（陸憶敏《飲一口水》）。

相對於黑詞「已」來說，黑詞「就」剛好與它相反。它意味著「某某事情即將發生」，標示著即將到來的時間，那是尚未實現的時間形式。它象徵著推理、預言、願望、夢想，描述了某事物在時間中迅速生成或迅速毀滅的短暫過程，因而可以導向某種釋放的快感，像瞬間產生的動能，或迅速釋放靜電荷時發出的「啪啪」聲。我們把「已」和「就」連在一個時間脈衝裏做整體觀，就會發現，前者積聚的靜電荷正提供給後者用於釋放，時間本身的能量轉化過程被黑詞完整地記錄下來。這也正是上述陸憶敏詩歌體系中靜電性的產生，是詩人的寫作中的隱密行動：

---

[24]（英）燕卜蓀：《朦朧的七種類型》，周邦憲等譯，中國美術學院出版社，1996年版，第367頁。

詩歌的坡度平緩悠揚
悲劇有很多壑谷
連同所有的藝術
都意向未來

（陸憶敏《鑰匙在人群中繁殖》）

試比較一下這場大決戰側面戰場上湧現出的紅詞和黑詞，我們發現紅詞類似閃電，在現實的社會歷史語境下展開，具有一定的公共性和可知性，但它與詩歌的合作卻摯乳了非詩歌的盛行，構成了詩意構建的部分失敗；黑詞更類似靜電，在時間、命運和身體幾個層面展開，因而具有很強的神秘性和不可知性，黑詞向詩人敞開了一個前所未有的美學空間，尤其在陸憶敏的作品中，我們在這種意義上看到了黑詞的勝利，這種勝利也在很大程度上扭轉了側面戰場一貫的頹勢，以積聚靜電為伊始，漸漸開啟了原子內部的巨大威力，揭示了現世時間的速朽性。因此，黑詞有望幫助側面戰場上演一回「赤壁之戰」，鑒於正是哲學和語言的非正式會晤才促成了兩者的和諧，也鑒於文學史往往不是從父親傳給兒子，而是從舅舅傳給外甥，所以，陸詩中的黑詞為實現在全面戰場上反敗為勝的夙願還是滿懷信心的。

黑詞為現代詩歌構築了一個斜坡，在陸憶敏的詩歌中，通過「已」和「就」的傳遞作用，把能量從時間上游運輸、轉化到時間下游，繼而引向文字之外那個神秘的中心。語言，或黑詞，成功地與形而上學擊掌為盟。由此，我們可以設想，陸憶敏的作品或許恰恰是一面再現時間的魔鏡，是一部用詩歌寫就的時間簡史。因而也

經歷了一個迅雷不及掩耳的、從大爆炸到黑洞的過程。在大爆炸之前，所有能量都積聚在一個無限小的點上，靠黑詞「已」來守衛；而在某一時刻，休假的上帝在百無聊賴中朝它施以一掌，於是按動了黑詞「就」的開關，製造了陸憶敏詩歌中的時間體系，引發了無窮無盡的爆炸，奠基為詩歌「內部的暴力」。

在這爆炸中，所有關於生與死、靈與肉的詩歌，都集合在了這條由「已」和「就」組成的時間甬道上，紛陳雜置，秩序井然。它們被一條暗線穿起，像鐫刻在陸憶敏詩歌肌體上一組充滿魅惑的刺青。這場爆炸的能量以靜電形式在她的作品中儲存、傳遞、釋放，以致最終迅速地歸於「不可說」的黑洞。這一切，全都發生在一個體質衰弱的女人的室內和肌膚之上。「已」和「就」也同時勾畫了一道命運的掌紋，作為配合那偉大的上帝一掌的人間對應物，這只手書寫了一部刺青簡史，它一定是肉做的，也一定是休假的、反教條的、輕逸而乾燥的。它是人類身體的一部分，柔媚、優雅、輕盈、紋路清晰。它洞悉人的秘密，洞悉靈魂，洞悉宿命，也洞悉：

> 我們視為神聖的無數種敬祭
> 我們吟詠了多年的每一寸光陰
> 泥土和歲月紫羅蘭莖
>
> （陸憶敏《對了，吉特力治》）

2011年5月，北京法華寺

山地詩學的誕生
——論吉狄馬加的秩序觀

> 我把肉體還給肉體
> 我把靈魂還給靈魂
> ——戈麥

一

　　如果說，福柯（Michel Foucault）在閱讀博爾赫斯時所發出的笑聲，讓「一部關於新思想的偉大作品」（德勒茲語）得以誕生，那麼，筆者在閱讀這部「偉大作品」時按捺不住的膚淺激情，或許成為本文論述倏然脫韁的起跑線。在《詞與物》中，福柯援引了C·迪雷一個關於不同民族書寫順序的有趣發現，後者指出，希伯來人、埃及人和阿拉伯人在書寫時都遵循從右到左的順序；相反，希臘人、拉丁人和所有歐洲人都是從左到右的；墨西哥比較隔路，要麼是自下而上，要麼是沿著螺旋形線條來書寫；而印度人、中國人和日本人則是自上而下進行書寫，迪雷認為，這種方式符合自然的秩序，它把人頭置於人的身體頂端，而把腳

置於人體的底部。[1]作為盛行於古老東方的書寫順序，「自上而下」或許暗中締造了亞細亞的子民們在茫茫宇宙中最初的人體工程學：把頭部朝向天空，把雙腳插進大地，也就是漢字中的一個大寫的「人」：「讓我們把赤著的雙腳／深深地插進這泥土／讓我們全身的血液／又無聲無息地流回到／那個給我們血液的地方」（吉狄馬加《只因為》）。[2]在華夏文明中，這一符合自然秩序的基本造型，隨之定義了中國人的內在人格和外在形象，如我們講求的「天人合一」、「頂天立地」和「腳踏實地」等說法，正是對這一原型的描述。

這種由書寫順序所暗示出的有關天、地、人之間完美和諧的位置關係，不但根深蒂固地鑴刻在漢民族的文化基因中，而且在中國少數民族的文化想像中，尤其在那些廣為流傳的上古典籍中，這種「自上而下」的構造思維依然俯仰皆是。比如在彝族的著名史詩《勒俄特依》中，面對著被彝族的「盤古」初開的天地，先民們就有這樣的記述：「地上不長樹，／去到天上取。／取來三種樹，／栽在地面上／……／地上沒有草，／阿俄署布啊，／去到天上取。／取來三種草，／栽在地面上，／草長一片青，／荒壩成草原。／……／地上無流水，／阿俄署布啊，／去到天上取。／取來三條江，／放到地面上，／流水繞四方，／鑿石開水道，／江水滾滾流。／……／地上無石頭，／阿俄署布啊，／去到天上取。／取來三堆石，／放到地面上，／石頭佈滿九片山，／巨石之鄉是

---

1 參閱（法）蜜雪兒・福柯：《詞與物——人文科學考古學》，莫偉民譯，上海三聯書店，2001年版，第50-51頁。

2 本文所引用的吉狄馬加作品，如無特別說明，均出自吉狄馬加的個人詩集《鷹翅和太陽》，作家出版社，2009年版。

山岩。」³信奉萬物有靈的彝人很清楚，地上的一切財富都來自「上方」，是從天而降的餽贈，是創世之神的威力將人類居住的大地打造成了「次一等好的理想國」。按照他們的說法，「上方」不僅把江河湖海、花草樹木慷慨地賜予大地，就連人類本身也是「自上而下」的天降奇兵：「變化著變化著，／天上掉下泡桐樹。／落在大地上，／黴爛三年後，／升起三股霧，／升到天空去，／降下三場紅雪來。／紅雪下到地面上，／九天化到晚，／九夜化到亮，／化成人類來融化，／為成祖先來融化。」⁴上天降下的「三場紅雪」演變為「雪族十二子」，成為了彝人引以為豪的偉大始祖。作為「雪族十二子」的嫡傳子孫，當代傑出的彝族詩人吉狄馬加曾這樣表達過他對「上方」——這個神秘而莊重的起源——至為深情的讚頌：

> 我曾一千次
> 守望過天空，
> 那是因為我在等待
> 雄鷹的出現。
> 我曾一千次
> 守望過群山，
> 那是因為我知道
> 我是鷹的後代。

（吉狄馬加《彝人之歌》）

³　《勒俄特依》，涼山彝族自治州人民政府組織編選：《中國彝文典籍譯叢》第1輯，四川民族出版社，第12-14頁。
⁴　《勒俄特依》，前揭，第17頁。

　　如果說「天人合一」、「頂天立地」或「腳踏實地」等辭彙，率先規定了身處天地之間的人類一種符合自然秩序的肉身造型，那麼，以吉狄馬加為代表的詩人們對「上方」無比虔敬的凝望和謳歌，則道出了人類內心深處固有的、與外部世界遙相契合的靈魂秩序。詩人們的歌唱，喚醒了一種緊密團結在肉身周圍進出自如、與「上方」保持高度一致的精神力量，它對一切處於「上方」的神聖事物抱以好感，向它們致以最熱烈的讚美，不放過任何朝向「上方」飛升的可能，就像里爾克（Rainer Maria Rilke）所吟唱的那樣：「一棵樹從那兒升起。呵純粹的超越！／呵奧爾甫斯在歌唱！呵高大的樹在那只耳中！／而所有的事物靜默。即使在那種寂靜裏／一種新的開始，信號，和變化顯現。」（里爾克《獻給奧爾甫斯的十四行詩》）[5]奧爾甫斯的歌聲讓人類的靈魂秩序痕跡明朗，讓一切有生命的種子朝向「上方」破土而出，讓每一個生活在地球上的人類結束爬行，開始直立行走，用頭和腳分別指示出天和地。它內在的口號便是向上、超越，也讓人類在世的肉身造型，找到了一種近乎完美的映射形象——里爾克詩中的「樹」成為了「天人合一」、「頂天立地」和「腳踏實地」等理念的客觀對應物，成為了詩人們讚頌人類精神力量的自然符號。洛爾卡（Federico Garcia Lorca）對「樹」的猜想更加迷人，也更接近彝族先民們的原始思維，於是他拋出這樣的問句：「樹啊！你們可是從藍天／射下來的箭！／多麼可怕的武士才能／挽這樣的弓？」（洛爾卡《樹木》）[6]儘管里

5　此處採用張曙光譯文。參閱（奧）里爾克：《里爾克詩選》，臧棣編，中國文學出版社，1996年版，199頁。

6　（西班牙）加西亞·洛爾卡：《洛爾卡詩選》，趙振江譯，灘江出版社，1999年版，第50頁。

爾克和洛爾卡描述了「樹」——人類精神力量的蓬勃詮釋者——在不同方向上的輝煌運動：一邊是向上的純粹超越，一邊是從藍天射下來的箭，然而這些深深紮根在廣袤土地上的安靜生靈，卻始終聽從著一種高遠聲音的調遣，樹葉間沙沙的響聲和枝幹輕微的搖晃，吐露了它們內心的震顫和回應：「我想聽見吉勒布特的高腔，／媽媽，我什麼時候才能回到你身旁；／我想到那個人的聲浪裏去，／讓我沉重的四肢在甜蜜中搖晃。」（吉狄馬加《遠山》）這種聲音一定來自「上方」（哪怕它交給「下方」的凡人來吟唱），它接近於「天籟」（哪怕它只是在低矮的事物之間交口相傳），也靠近於一塊遼遠神秘的空間（哪怕人類永遠得在擁擠嘈雜的住所和街道中摸爬滾打）。

二

不論是里爾克筆下上升、超越的「樹」，還是洛爾卡詩中從天而降的「樹」，它們都遵從人類內在的靈魂秩序，都與那個望不到頂的「上方」有關，一個在歌唱從大地向原初的回返，一個在讚頌從天空向大地的蒞臨，體現了靈魂秩序的雙向特徵，也組成了一個往復的圓周運動的兩個過程。或許在詩人那裏，天空有時就是大地，大地有時也是天空，兩者都有可能佔據「上方」，不同的只是詩人所處的位置和觀察的角度。同樣的情形也出現在人類祖先對文字的最初構想上，一些古老的象形文字能夠強烈地表現出，迥然有別的地理環境對不同民族的文化心理和情感結構精妙絕倫的塑造之功。比如「水」字，習慣平視的埃及人感悟到的是河面、海面的波紋，漢族人感悟到的是一段彎曲流過的河面，納西人看到的是河流

的源泉（雪山）與匯流，而作為山地民族的彝人，則是以居高臨下的姿態看到整個河流的形狀。[7]也就是說，以地理位置來看，吉狄馬加的強悍祖先，長期生活在大小涼山地區的雪族子嗣，天然地居住在海平面的「上方」，自然也擁有了一副俯視蒼生的視角，作為「鷹的後代」，他們可以站在高山之上，將上天賜予大地的萬種財富盡收眼底、一覽無餘。然而，居住在高處的彝人越是有能力注視下方星星點點的低矮事物，就越是徒生「千秋邈矣獨留我」（曾國藩語）的自況和慨歎，就越發體味到人類在宇宙星辰間的渺小和無知。正因為如此，他們也就越發萌生了對「上方」的虔敬和讚美，就越發感到與「上方」的距離之遙遠。相對於那些生活在平原上的人們，居住在高山上的彝人建立了他們用來觀察世界的高地坐標系，因而在觀念上更清晰地體現出「自上而下」的靈魂秩序，也更有機會與「上方」的空氣親近。於是，在吉狄馬加的詩歌中，我們發現在他站立的位置上方，出現了一系列形象：太陽、天空、群山、雄鷹⋯⋯它們在這位彝族詩人的作品中反覆現身，交織成吉狄馬加詩歌聖殿中一座巨大的華蓋，就像「樹」的形象詮釋了站在大地上的人類回應、嚮往天空的姿態一樣，這一系列需要我們仰望的形象，也幫助人類將頭腦中那個抽象的「上方」理念，在自己的肉眼內顯出最明亮的色彩和最俊朗的輪廓：

> 跟隨太陽而來
> 命運的使者

---

[7] 參閱巴且日火：《古彝文的符號特徵與發展規律淺析》，《畢節學院學報》2007年第1期。

沒有頭
沒有嘴
沒有騷動和喧嘩

它是光的羽衣
來自隱密的地方
撫摸倦意和萬物的渴望
並把無名的預感
傳給就要占卜的羊骨

（吉狄馬加《群山的影子》）

　　按照柏拉圖（Plato）的分類學，「上方」的理念在彝人眼中一系列「上方」形象（如太陽、天空、群山、雄鷹等）中得以體現，而這些充滿靈性的形象，又在吉狄馬加的詩句中辨認出了自己的影子。對於那個極端高遠的「上方」來說，吉狄馬加的詩歌成為了「影子的影子」。據詩人自己說：「我的部族就生活在海拔近三千米的群山之中，群山已經是一種精神的象徵。在那裏要看一個遙遠的地方，你必須找一個支撐點，那個支撐點必然是群山，因為，當你遙望遠方的時候，除了有一兩隻雄鷹偶然出現之外，剩下的就是綿延不斷的群山。群山是一個永遠的背景。在那樣一個群山護衛的山地中，如果你看久了群山，會有一種莫名的觸動，雙眼會不知不覺地含滿了淚水。這就是彝族人生活的地方，這樣的地方不可能不產生詩，不可能不養育出這個民族的詩人。」[8]以群山為代表的「上方」形象，激發出了吉狄

<hr>

[8]　吉狄馬加：《一個彝人的夢想——漫談我的文學觀與閱讀生活》，《鷹翅

馬加在詩歌中「向上」的意志，在這片「永遠的背景」和高地坐標系的庇佑下，詩人開始在紙筆間追尋群山的影子，與雄鷹展開對話，表達「萬物的渴望」和「無名的預感」，期待頭頂上方那處神聖的起源能夠連綿不斷地、「自上而下」地賜給人間和平和安寧。

「我祝願蜜蜂／我祝願金竹，我祝願大山／我祝願活著的人們／避開不幸的災難／長眠的祖先／到另一個世界平安」（吉狄馬加《星回節的祝願》）。由於對「上方」的無限敬畏，在一定程度上，吉狄馬加的詩歌沾染了祝禱的色彩，也基本呈現為讚歌的形式。就像艾德蒙・威爾遜（Edmund Wilson）評價瓦雷里時所說的那樣，吉狄馬加的文字在今天看來「大都潔淨明晰，猶如從天上降臨一般，有著藍白色的調子。」[9]也就是說，他那些藍白色的調子在一定程度上可以看成是雕刻在天空上的旋律，酷似彝族的畢摩（祭司）手中用於占卜的羊骨，它穿越群山的影子，讓一個民族的集體夢想在神秘、古老的圖案中悄悄綻放。羅蘭・巴特（Roland Barthes）將人類創制和使用的辭彙，比做古羅馬的腸卜僧用尖棒向頭頂切割的一小塊天空[10]，那高高在上的、不可切割之物，觸碰了「萬物的渴望」和「無名的預感」，在每一種語言肌體內隱密流蕩。以高地坐標系為抒情尺規，詩人把目光和心靈留在了群山的影子裏，就像雄鷹翱翔在群山的搖籃中間，吉狄馬加動情地呼喚著一種山地詩學的誕生：「大涼山男性的烏拋山／快去擁抱小涼山女性的阿呷居木

和太陽》，前揭，第391頁。

[9]　參閱（美）艾德蒙・威爾遜：《阿克瑟爾的城堡──1870年至1930年的想像文學研究》，黃念欣譯，江蘇教育出版社，2006年版，第51頁。

[10]　參閱（法）羅蘭・巴特：《羅蘭・巴特自述》，懷宇譯，百花文藝出版社，2002年版，第11頁。

山／讓我的軀體再一次成為你們的胚胎／讓我在你腹中發育／讓那已經消失的記憶重新膨脹」（吉狄馬加《黑色狂想曲》）；「鷹是我們的父親／而祖先走過的路／肯定還是白色／有一種東西，恐怕已經成了永恆／時間稍微一長／就是望著終日相依的群山／自己的雙眼也會潮濕／有一種東西，讓我默認／萬物都有靈魂，人死了／安息在土地和天空之間」（吉狄馬加《看不見的波動》）。

三

在吉狄馬加的作品中，作為一種地方性知識[11]，山地詩學體現了一個彝人的夢想和宇宙觀：首先，高地坐標系將彝人生存和觀察的基點置於天和地之間的一個半空的位置（山崗或半山腰），那裏也常常令詩人聯想起自己的故鄉。這個觀察點與天和地都保持著距離，因而獲得了一種獨特的視角，這一位置和視角在「鷹」的形象上得到體現，一面渴望儘量地與「上方」更加接近，實現上升、超越（如里爾克的「樹」）；一面又密切地注視地面，俯瞰萬物，具有了一副身處「上方」的姿態，以便對下界施以恩澤（如洛爾卡的「樹」）。在某些情況下，這兩種精神向度會實現相互間的轉化。其次，迷宮一般的山路和雄渾連綿的群山讓彝人天生相信萬物有靈，山間時隱時現的太陽將人與群山的影子融合在一起，讓他們相信每一塊石頭、每一棵樹、每一陣風都有靈魂，都值得敬畏和歌唱：

---

[11] 關於「地方性知識」的論述，可參閱趙汀陽：《歷史知識是否能夠從地方的變成普遍的？》，《沒有世界觀的世界——政治哲學和文化哲學文集》（第二版），中國人民大學出版社，2010年版，第113-148頁；以及耿占春：《一個族群的詩歌記憶——論吉狄馬加的詩》，《文學評論》2008年第2期。

「把腳步放輕，還要放輕／儘管命運的目光已經爬滿了綠葉／往往在這樣異常沉寂的時候／我們會聽見來自另一個世界的聲音」（吉狄馬加《故土的神靈》）。萬物有靈的觀念讓詩人重新打量進入他詩行中眾多「物」的形象（如雄鷹、搖籃等），這些彝人頭腦中神奇的原始思維，也使得吉狄馬加的詩歌語言體現為純正、得體、明淨的特徵，遣詞造句絕少含混，但卻在另外一種積極的意義上抵達了物與人的含混：「當針從我的耳垂穿過，／我的血染紅了樹葉。我知道針／穿透了我的耳，還穿透了那層／薄薄的樹葉。」（吉狄馬加《永恆的宣言》）再次，與人類古往今來貢獻的眾多傑出詩篇一樣，山地詩學直截了當地面對生與死的話題，並且形成一種特有的悲憫和憂傷語境。由於詩人在高地坐標系的關照下來觸及這樣的形而上問題，所以比起那些在西方現代派陣營中熱衷於語言煉金術的詩人們，吉狄馬加的詩歌呈現出硬朗的、粗線條的、直抒胸臆式的語言風格。對待他要處理的題材和要表達的情感，這位出身於高地的詩人從一開始就具有了一種雄鷹的視角，他醞釀出的詩句，就像我們在飛機上俯瞰大地上的山川河流、城鎮鄉村時所感受到的一樣，只把最想表達的體驗和情感用最質樸無華的語言寫下來，而無意經營那些詩藝上的玄機。面對一個罐子（或古甕），吉狄馬加更接近史蒂文斯（Wallace Stevens），而與濟慈（John Keats）稍遠：

> 用更恰切的微妙，更清晰的聲響，
> 訴說著我們，訴說著我們的本源。
>
> （史蒂文斯《圍基斯特的秩序觀》）[12]

---

[12] 此處採用張棗譯文。參閱（美）華萊士·史蒂文斯：《最高虛構筆記：史

在當代詩人昌耀的作品中，這位流寓人間的、當年斗膽朝覲鷹巢的青年，卻描述了在經過艱苦攀登之後，瞥見「高天的王者」的巔峰體驗：「終於那一直保持沉默的王者將我的激情與決心視作一種不可耐受、不可容忍的騷擾了，掉轉身去，倦怠地拖曳起一雙冗贅的羽翼，疾走數步，在臨淵踏空的一瞬，打了一個趔趄似的，見它張揚的雙翅已然向著穹蒼雄俊騫騫。我長歎一聲——是作為棄兒的一種苦悶了：拒絕即意味遺棄。自由公社的子民於是隨其一一騰空，且罩著我頭頂盤桓巡視，如同漂流空際載浮載沉的環形島礁。」[13]（昌耀《一個青年朝覲鷹巢》）這位敏感而孤獨、甘於冒險向「上方」攀登的、山地詩學的踐行者，最終描述了他內在的失敗，即人類與「上方」溝通的困境。昌耀之於鷹巢，無異於卡夫卡（Franz Kafka）的主人公K之於城堡，他們都在講述著「上方」給人類下達的不可能的任務，流露出一種「棄兒」心態。在西方文明中，這種向上攀登的不可能性，最早起因於人類原初的罪惡（大洪水）、墮落（失樂園）和野心（巴別塔），因而西方絕大多數作家從一開始就將這種「向上」的意志與「棄兒」心態混合到一起，由此體現為人類對救贖的期待以及對上帝（父親）的愛。

《勒俄特依》中也記載了一個名叫石爾俄特的雪族子孫歷盡千辛萬苦尋找父親的故事，最終，這個心焦氣躁的「棄兒」獲得了這樣的訓誡：「除了供奉祖先外，／回到住地去，／娶妻佩成偶，／

蒂文斯詩文集》，陳東東，張棗譯，華東師範大學出版社，2008年版，第101頁。
[13] 昌耀：《昌耀的詩》，人民文學出版社，1998年版，第331頁。

只要這樣做，／生子即可見父親。」[14]直到故事的最後，也沒有交待石爾俄特是否找到了自己的父親，與期待的相反，我們只知道他按那條訓誡要求的那樣去結婚生子，並兒孫滿堂。故事採用這樣的結局究竟要暗示給我們什麼呢？這裏的「父親」沒能成為西方信仰體系熱衷於表達的上帝形象，而是在中國古老的倫理智慧中找到了解決方案，把對超驗的追問（呼喚父親）轉化為對經驗的履行（結婚生子），也就是把發生在天國裏的事情處理成發生在大地上的事情，將「向上」的問題翻轉為「向下」的問題，只要這樣做，「生子即可見父親」。仰仗著彝人獨特的高地坐標系，山地詩學具備這種轉化問題的能力，展示了一種將大地作為天空，把高山與平原融為一體的豪邁格調：「當風把那沉重的月亮搖響／耳環便掛在樹梢的最高處／土地的每一個毛孔裏／都落滿了對天空的幻想」（吉狄馬加《秋天的肖像》）。

　　山地詩學告訴我們，雲霧繚繞的山崗或蜿蜒曲折的半山腰，剛好是吉狄馬加抒情的起點，那裏最容易產生「棄兒」心態，也最容易萌發登天的夙願。所以，這個特殊的發軔點，孕育了彝人「向上」的意志，在吉狄馬加的詩歌中，對上升、超越的渴望就像群山一樣連綿不絕，儘管終究無法實現；在「向上」的同時，山崗或半山腰也為長期生活在高地的山民們開闢了一條「向下」的退路，沿著這條並不顯眼的下山道，他們可以重新走向平原和河流，走向平闊廣袤的大地，這裏有機會擺脫「棄兒」心態和高地坐標系的心理暗示，開始另一種完全不同的生活形式。由此可見，無論一個人定居在高地還是平原，「向上」的意志經常體現在他的精神力量中，

---

[14] 《勒俄特依》，前揭，第39-40頁。

渺遠而蒼涼：「再一次矚望／那奇妙的境界／其實一切都在天上／通往神秘的永恆／……／在我的夢中／不能沒有這顆星星／在我的靈魂裏／不能沒有這道閃電／我怕失去了它／在大涼山的最高處／我的夢想會化為烏有」（吉狄馬加《古里拉達的岩羊》）；而「向下」的退路更多地保存在一個人的肉體內部，柔軟而溫熱，令人在甜蜜的半山腰上流連忘返：「你還記得／那條通向吉勒布特的小路嗎？／一個沉重的黃昏／我對她說：／那深深插在我心上的／不就是你的繡花針嗎」（吉狄馬加《回答》）。在群山雄渾的背景下，吉狄馬加詩歌中暗藏著一條「通向吉勒布特的小路」，就像在漫天洪水裏搖曳的一隻諾亞方舟，將受難的生靈送往一座安樂的家園。這條「向下」的退路是「棄兒」們為自己開發的一塊光滑的、柔軟的肉體斜坡，當他們一旦意識到「上方」真的遙不可及時，這塊斜坡會帶領他們返回大地。

四

　　西蒙娜·薇依（Simone Weil）說：「空間和時間的無限性把我們同上帝分離開。我們怎麼去尋找上帝？我們怎麼向上帝走去？即使我們歷經滄桑，我們只是繞著大地在行走。即使坐上飛機，我們也一籌莫展。我們不可能在縱向上前進。我們不可能向著茫茫天際走去。上帝越過宇宙來到我們身邊。」因此「應當知道，愛是一種方向，而不是一種精神狀態。倘若不瞭解這一點，那麼一旦遇到不幸便會立刻陷入絕望之中。」[15] 愛，在吉狄馬加的詩歌中表現為較

15　（法）西蒙娜·薇依：《在期待之中》，杜小真，顧嘉琛譯，生活·讀

為獨特的形式，這種起源於山崗或半山腰的山地詩學正體現了愛的方向感，並且它試圖在精神和肉體兩個層面上，實現薇依所謂的「縱向前進」。在現實世界裏，人類的肉體自始至終無法抵達「上方」，正像昌耀所實踐的那樣，人類成了「上方」的「棄兒」，群山裏的彝人也同樣成了被遺棄的「鷹的後代」，他們堅信自己的父親或祖先就生活在某一個高處，那裏是自己有生之年無法到達的地方，它讓棲居在大地（或高山）上的人類確定了一種注視的方向——愛的方向。

在大地與天空之間，人類用飽滿的情感和甜美的想像來填補自己與「上方」的距離，來歌唱他們在群山的影子中間流露出的藍白色的憂傷。這種用於填補和召喚的心靈力量，也自然而然地演變為一個充滿憂傷的向量。可以認為，在吉狄馬加的山地詩學中遍佈著這種憂傷的向量，這個向量可以進一步拆解為兩個部分：像基督徒對上帝的激情一樣，居住在高山上的「雪族十二子」的後人們，以仰望的姿態證明這種「向上」意志的永恆不變，讓他們相信萬物有靈，也同時體驗到難於登天的、從「上方」降臨的「棄兒」式的憂傷；與此同時，吉狄馬加又在「向上」的向量之上疊加了一種「向下」的向量，後者來源於肉體的脆弱、短暫和易逝，因而這種「向下」的力量是隱密而微弱的，表達了作為「棄兒」的人類個體自身的有限性，它在這裏構成了來自人間的、從肉體裏分泌出的粉紅色的憂傷。因而，這種憂傷的向量具有雙向性，如果前一種憂傷類似於動脈，它可以承載著動力十足、奔湧澎湃的新鮮血液，為演繹「高山仰止」的寓言輸送幾近沸騰的精神燃料；那麼後一種憂傷則

更接近於靜脈，它趨於沉澱、回退、安寧，略帶著悠閒的倦意，向
著一塊平穩的田野緩慢地滑翔、落定：

> 我看見一個孩子站在山崗上
> 雙手拿著被剪斷的臍帶
> 充滿了憂傷
>
> （吉狄馬加《一支遷徙的部落——夢見我的祖先》）

　　對於吉狄馬加的族人們來說，他們同時在山崗（向上）和臍帶
（向下）這兩個方向上流露出憂傷，在精神和肉體兩個層面上分解
出憂傷的向量，它在總體上呈現出天空的藍白色，然後在經過仔細
辨認後，我們可以瞥見肉體的粉紅色在其中閃爍流動。當代詩人劉
潔岷也在詩句中表達過類似的憂傷：「我要重複一回我父親的命運
／在父親被迫交出兒子們的年代，再度羞恥／／我蹲下來脫我父親
的鞋／看見了螞蟻」（劉潔岷《在螞蟻的陰影下》）。[16]下蹲的兒
子們在被高高在上的父親拱手交出後，終於看見了腳下更加渺小的
螞蟻。父親是「上方」遙不可及、至高無上的權威，螞蟻成為在大
地上艱辛跋涉的、被遺忘的生靈，兒子在縱向排列的兩者之間劃出
了憂傷的向量，將它的雙向性置於父親和螞蟻的雙重陰影之下，既
是蓬勃的（藍白色），又是悲憫的（粉紅色）。同樣，吉狄馬加的
山地詩學也呈現出它的雙向性：在被詩人一次次矚望的大涼山的最
高處，太陽、天空、群山、雄鷹確鑿無疑地成為了最高形象，而在
幽森莫測的半山腰，以「通向吉勒布特的小路」為代表的肉體斜

---

[16]　劉潔岷：《劉潔岷詩選》，長江文藝出版社，2007年版，第31頁。

坡，則暗示了一種回退的意願。在這裏，我們可以領略到巴什拉
（Gaston Bachelard）所強調的一種「垂直意識」，它在一定程度上
支持著薇依的「縱向前進」，也為向量的雙向性投出贊成票。巴什
拉認為，以家宅為例，閣樓和地窖分別在垂直方向上代表了理性與
非理性的兩極。[17]而在吉狄馬加那裏，這種「垂直意識」被放置在
一所頂天立地的家宅之內，一切處於「上方」的形象都組成了碩大
無朋的閣樓、華蓋或屋頂：「媽媽對我說：孩子／在那群象般大的
大山上／有一頂永遠屬於你的草帽／於是我向大山走去／在那裏我看
見了太陽／它撒開金色的網」（吉狄馬加《色素》）。不論是扣在詩
人頭頂的草帽，還是天地家宅的屋頂，它們穩穩駐紮在「垂直意識」
裏「向上」的一極，佔據著它的頂端，成為夢想和神秘的代名詞，成
為福祉的至高來源，成為憂傷的向量不變的指向。相比之下，我們這
些過於渺小的、生活在下界的、只配對「上方」行注目禮的人類，只
能安之若素地棲居在大地之上，即使我們攀登到一個相對更高的位
置（比如山崗或半山腰），也無法改變人類自身命定的位置，無法
擺脫「棄兒」的命運，無法與「上方」做更為親密的接觸。在群山
的陰影之下，我們分辨出自己身上依然披著螞蟻的陰影，在順著山
崗的方向無限遠眺時，我們的手中還緊緊攥著臍帶的方向：

> 我承認一切痛苦來自那裏
> 我承認一切悲哀來自那裏
> ……

---

[17] 參閱（法）加斯東·巴什拉：《空間的詩學》，張婷逸譯，上海譯文出版
社，2009年版，第17頁。

啊，我承認這就是生我養我的故土

縱然有一天我到了富麗堂皇的石姆姆哈[18]

我也要哭喊著回到她的懷中

（吉狄馬加《達基沙洛故鄉》）

　　伴隨著垂直意識的作用，我們可以在吉狄馬加的詩歌中明確地指認出憂傷的向量的兩個方向。作為垂直分佈的至上一極，我們懷著登天的意志，順著山崗的方向極力眺望，映入視野的唯有在群山中盤旋的雄鷹，它凌厲孤傲，被「上方」加冕為「高天的王者」；相對而言，我們搭乘肉體的斜坡，順著臍帶的方向一路摸索，終於在詩人質樸的言詞中回到了低處的故鄉，回到了一架夢想的搖籃，這裏成為垂直意識的至下一極。雄鷹和搖籃，在吉狄馬加的山地詩學中，在彝人的高地坐標系的注目下，構成了一組反向的向量，也分別代表了垂直意識的兩極，混合著「棄兒」心態和兩種顏色的憂傷。吉狄馬加甚至用原汁原味的彝文名稱定義了這兩處垂直方向上的幻境：石姆姆哈和達基沙洛。前者是祖靈的集結地，在彝人的觀念中，它位於天之下、地之上的一處高空，那裏一定是藍白色的，人死後的靈魂都會達到那裏，但活著的時候卻只能抱以仰望的姿態，一代又一代的彝人們把這種持久不變的仰望投給了雄鷹，它也被吉狄馬加的祖先尊為溝通靈界和凡界的圖騰；後者是詩人的故鄉，是孕育肉體的粉紅色搖籃，它提供了人間的一切冷暖酸甜，帶領我們回到往昔的時空，讓我們想起了最美好的日子，當那個熟悉

---

[18]　吉狄馬加對「石姆姆哈」的解釋是：一個在地之上天之下的地方。彝族人認為死者的靈魂，最後都要去那裏，過一種悠然自得的生活。參閱吉狄馬加：《鷹翅和太陽》，前揭，第212頁。

的名字一旦被喚起：「啊，那一聲被壓低的尾音／幾乎讓我熱淚長淌」（吉狄馬加《列車在涼山的土地上》）。

五

　　在藍白色的高空中，雄鷹長久盤旋，用它寬闊舒展的翅膀和不容侵犯的儀態，向下界傳達著石姆姆哈的消息，忠實地守護在彝人天堂的大門口。柏拉圖認為：「羽翼的天然屬性是帶著沉重的東西向上飛升，使之能夠抵達諸神居住的區域，羽翼比身體的其他部分擁有更多的神性，它是美麗的、聰明的、善良的，具有各種諸如此類的優點。」[19]作為垂直意識的至上一極，雄鷹憑藉它的羽翼不斷地上升、翱翔或俯衝，收放自如地起飛或降落，在太陽、天空和群山的背景上留下翅膀的印痕。類似鍾鳴談論的那種棲息銅柱的稀有鳥，雄鷹也具有相同的運動軌跡：不喜歡橫向移動，只做垂直升降。[20]鷹翅易如反掌地轉化了輕逸與沉重，將彝人們祖祖輩輩充滿血淚的生活史和精神史寫進天空，寫進詩人藍白色的調子裏，因而成為吉狄馬加詩集封面上一個響亮的標題（即《鷹翅和太陽》）。彝人甚至通過製作「鷹爪杯」來留住雄鷹的靈魂，紀念它的永恆與不死：「把你放在唇邊／我嗅到了鷹的血腥／我感到了鷹的呼吸／把你放在耳邊／我聽到了風的聲響／我聽到了雲的歌唱／把你放在枕邊／我夢見了自由的天空／我夢見了飛翔的翅膀」（吉狄馬加

---

[19]　（古希臘）柏拉圖：《斐德羅篇》，《柏拉圖讀本》，王曉朝編譯，新世界出版社，2007年版，第165頁。

[20]　參閱鍾鳴：《棲息銅柱的稀有鳥》，《畜界‧人界》，東方出版社，1995年版，第327頁。

《鷹爪杯》）。按照當代詩人蔣藍的說法：「老鷹放棄『後轉』的一切可能性，它不斷提升自己，以追尋生命的真諦為第一優先。在追尋生命的真諦中，老鷹已經不再相信仇恨了，也極想擺脫往事的陰影，但重新相信什麼呢？卻尚待追尋。」[21]和里爾克的「樹」一道，放棄「後轉」的雄鷹高喊的口號同樣是上升、超越，力圖擺脫群山的影子，朝那不可抵達之境進發。因而雄鷹所代表的一極，為每一個彝人標明了生存的將來時，那個祖先們高高的棲居地石姆姆哈，成為他們生命的未來形式。雄鷹也在這種意義上成為通往未來的時間符號。作為彝人的圖騰之一，雄鷹象徵著人類勇往直前的精神力量，一種渴望超拔的向量，它持續不斷地向上挑戰、拓展著垂直意識的上限，刺破固定的頂端，讓它始終保持著向上挺進的趨勢。故而，這高天的王者，也註定成為「我們的最高命運」（魯文·達里奧語）：

> 誰能解釋圖騰的含義？
> 其實它屬於夢想
> 假如得到了它的保護
> 就是含著悲哀的淚水
> 我們也會歡樂地歌唱！
>
> （吉狄馬加《含義》）

以雄鷹為圖騰的彝人在最高意義上保存著他們的夢想，這種夢想包含著「向上」的意志和登天的夙願，包含著對沉重、悲哀的掙

---

[21] 蔣藍：《大鷹》，《動物論語（下）》，重慶出版社，2008年版，第147頁。

脫和對輕逸、歡樂的追求。在努力實現這些夢想的同時，雄鷹帶著他們的「最高命運」展翅飛走，也將作為肉身的彝人遺棄在了人間，遺棄在荒涼的山崗和半山腰，讓這些勇敢堅忍的雪族後代，在群山的影子和螞蟻的陰影中，在隱密的下山道和肉體斜坡上，承擔他們的「最低命運」。當代詩人西渡這樣來區分雄鷹和人類：「同樣可以在天空飛翔，屬於神和天空的／也屬於我們：我們之間的區別僅僅是／立足點不同，你的起點是高高的岩石／而我們始終呆立在大地上，從未設法／讓自己像鐵一樣飛起來，與你並肩」（西渡《鷹》）。[22]與雄鷹所佔據的最高極相比，我們確鑿無疑地進駐了它的倒影之中，成為了垂直意識最底端的主人，成為雄鷹的「棄兒」，大地的養子：「最終我要輕輕地撫摸，／腳下那多情而沉默的土地。／我要赤裸著，好似一個嬰兒，／就像在母親的懷裏一樣」（吉狄馬加《遠山》）；「我深深地愛著這片土地／還因為它本身就是那樣的平平常常／無論我怎樣地含著淚對它歌唱／它都沉默得像一塊岩石一聲不響／只有在我悲哀和痛苦的時候／當我在這土地的某一個地方躺著／我就會感到土地——這彝人的父親／在把一個沉重的搖籃輕輕地搖晃」（吉狄馬加《土地》）；「是大地賜予了我們生命／讓人類的子孫／在她永恆的搖籃中繁衍生息／是大地給了我們語言／讓我們的詩歌／傳遍了這個古老而又年輕的世界／當我們仰望璀璨的星空／躺著大地的胸膛／那時我們的思緒／會隨著秋天的風兒／飛到很遠很遠的地方」（吉狄馬加《感恩大地》）。

在這裏，大地、故鄉、搖籃，共同鋪就了一片安詳、靜謐、柔軟的溫床，組成了人類賴以生存、繁衍的家園，一代又一代的彝人

---

[22]　西渡：《草之家》，新世界出版社，2002年版，第120頁。

在這裏度過了他們的一生，孕育他們的夢想。如果說，當我們在太陽、天空、群山和雄鷹的召喚之下，追求「最高命運」的時候，對「上方」的無限敬畏之情讓我們採取站立的姿態，投出仰望的目光，那麼，在與它對稱的一極，在故鄉的大地之上，我們則無比悠閒地躺著，閉上眼睛感覺著搖籃輕輕的晃動，慢慢地進入甜美的睡眠。詩人用這長久的、酣暢的睡眠來慰藉、抹平人類意識中的「棄兒」心態，讓我們重新接續上生存的血脈。搖籃般的故鄉激起了詩人生活的過去時態，勾起了每一個降生在大地上的人們對美好往昔和似水年華的回憶。在這肉體的震顫和粉紅色的憂傷中，輕輕晃動的搖籃，讓天空和大地混融一體，讓頂端與底部合二為一，讓我們瞥見了一個「人造天堂」（波德賴爾語）：

> 我想對你說
> 故鄉達基沙洛
> 既然是從山裏來的
> 就應該回到山裏去
> 世界是這樣的廣闊
> 但只有在你的仁慈的懷裏
> 我的靈魂才能長眠
>
> （吉狄馬加《我想對你說》）

仿照《馬太福音》，克爾凱郭爾（Soren Kierkegaard）教導我們要「觀看天空的飛鳥，注目原野中的百合」。[23]飛鳥和百合，緘默

23　（丹）克爾凱郭爾：《百合・飛鳥・女演員》，京不特譯，華夏出版社，

地以天空和大地為福祉家園，榮膺為人類的精神導師。從大地到天空，從搖籃到雄鷹，從達基沙洛到石姆姆哈，吉狄馬加站在山崗或半山腰，以一個彝族詩人的視角，逆著「自上而下」的創世順序和書寫順序，在他的山地詩學中建構了一條憂傷的向量和垂直意識，它們的總體趨勢是「自下而上」的，體現了一個具有世界眼光的詩人的創造力。在這種意義上來看，吉狄馬加書寫了一個世界之軸。按照弗萊（Northrop Frye）的設想，這個世界之軸更形象的說法應當是世界之樹，作為前者的變體，它的根部紮在「下面」世界，而枝葉出現在「上方」世界。[24]在世界各民族偉大的神話典籍和文學作品中，都存在大量的對世界之軸（樹）的描寫和暗示。這種一般被理解為空間架構的世界之軸（樹）還同時體現出了時間況味：如果遵循這棵樹內部的生長順序，從根部向枝葉進發，我們是在從過去走向未來，這是里爾克的「樹」；如果按照它外部的恩澤秩序，從枝葉回到根部，我們則是從未來回到過去，這就變成洛爾卡的「樹」。在空間和時間兩個層面上，吉狄馬加仰仗著彝人特有的高地坐標系，劃出了這個古老民族情感結構中的世界之軸（樹），表達了他作為「雪族十二子」的後代對祖先和同胞的無上熱愛，以及對民族語言的無比虔敬。

除了《獻給奧爾弗斯十四行詩》，里爾克還致以「樹」這樣的讚美：「樹，總是在中央／在環繞它的一切中央／樹美餐著／天空的整個拱宇」（里爾克《法文詩》），[25]同樣澆灌著茁壯的世界之

2004年版，第20頁。

[24] 參閱（加）諾斯洛普‧弗萊：《神力的語言——「聖經與文學」研究續編》，吳持哲著，社會科學文獻出版社，2004年版，第170頁。

[25] 轉引自（法）加斯東‧巴什拉：《空間的詩學》，前揭，第263頁。

樹的吉狄馬加，在他的山地詩學中，以樹冠啜飲著天空的姿態寫下了「這個世界的歡迎詞」：「我只想給你留下這樣一句詩：／——孩子，要熱愛人！」（吉狄馬加《這個世界的歡迎詞》）要熱愛人！這也成為吉狄馬加——這個心懷天下的世界詩人，一個頂天立地的民族的憂傷歌者——從他的「玫瑰祖母」[26]那裏聽到的第一句話和最後一句話，它在世界之軸（樹）的根部和頂端迴蕩不已，如今，詩人又把這個聲音傳遞給了我們。

2011年7月，北京法華寺

---

[26] 「玫瑰祖母」為吉狄馬加一首詩的題目。詩人在該詩題記中交待：獻給智利巴塔哥尼亞地區卡爾斯卡爾族群中的最後一位印第安人，她活到98歲，被譽為「玫瑰祖母」。參閱吉狄馬加：《鷹翅和太陽》，前揭，第355頁。在這裏筆者用「玫瑰祖母」一詞指代一個古老民族中最受愛戴的、活著的祖先。

肖像‧遊移‧風濕病
——西渡論

一

　　在詩人西渡每種相繼面世的詩集或著作中，我幾乎都會看到他的肖像。《雪景中的柏拉圖》（他的詩歌處女集）的封底藏著一張貧困時代的年輕面孔，那想必是一幅學生時代的留影，詩人側身望著書外的讀者：平頭，消瘦，眼神友善，眉毛濃黑；嘴角微微上揚，躊躇滿志地準備發起一場與時間的愛撫和肉搏；嘴唇上方保留著青春期第一季羞澀的軟鬚，象徵著從南方帶來的好天氣；鼻樑上架著一副異常寬大的眼鏡，接近方形，為了看清這個世界更多的風景，鏡框的兩端彷彿超出了臉頰的邊緣，就像詩歌總是野心勃勃地朝向我們的現實發起衝鋒：

> 一切還不曾開始
> 這是個前提，它使懷念的企圖成為
> 對自身的一種嘲弄。正如威廉斯所說
> 開始可以肯定也就是結束，因此
> 困難的是我們要怎樣獻身給生活
>
> （西渡《殘冬裏的自畫像》）

愛撫與衝鋒還不曾開始，詩人卻開始了他的生活。散文集《守望與傾聽》的封皮是西渡喜愛的綠色。同樣是在封底，他的頭像在一氣棕色水彩的塗抹後呈現出來。這是一張典型的詩歌工作者的臉：白皙、清秀、肅穆、謙遜；當年上揚的嘴角，如今莊重地緊閉著；鬍鬚剃得相當出色，沒有一絲邋遢；眼鏡也變得考究一些，它被生活磨圓了，似乎也變小了一圈。這是一張進入職業狀態的臉，被體制洗刷過的肖像，它正自言自語一般描述著詩人剛下飛機時的模樣：「一個半小時後，我推開家門／恢復了塵世的身份：一個心事重重／的丈夫和父親，敬業的小公務員／面對一大堆商業和時事公文」（西渡《從天而降》）。從這幅肖像中我們看出，詩人早已獻身給生活，唯一的例外是，西渡留起了長髮。他的長髮微卷，牢固地貼附著頭顱，不過肩、不飄逸，更類似於平民式的，而非搖滾式的。

西渡第二部詩集名為《草之家》，它的外衣也十分應景——依然是綠色。作者像被移入飄口：長髮依舊、圓眼鏡依舊、緊閉的嘴唇依舊，面部多了些中年的豐滿和光澤，基本與我後來見到他本人時的樣子相吻合：噢，原來他就是西渡！他是一位詩人！如果沒讀過他的詩，我很可能相信，他只不過是周星馳電影裏一個一閃而過的小角色。

在他最新出版的詩集《鳥語林》中，翻開橄欖色的封面（它歸功於詩人蔣浩的天才設計），西渡的照片幾乎被放大了三倍，也被處理成了充滿懷舊氣息的黑白色。這是一張耐人尋味的肖像：標誌性的長髮增添了些許詩意的凌亂，也暴露了更多生活的油漬；在詩人鍾愛的圓形眼鏡後面，一種力圖穿越時間的目光終於泛出了幾盎司中年的疲憊；茁壯、堅硬的鬍鬚像一叢接一叢對生活的疑問，越認真對待它們，就越頑強地冒出，總也無法一次性根除——索性就讓它們逗留在臉上吧，懶得去修剪；永遠緊閉的嘴唇暗示著他寫作之外的緘默和訥

言，與年輕時代上揚的嘴角不同，此刻我發現它竟是朝下的，包含了他謙卑、憫宥的人生觀，比一個身挑重擔的平民百姓的肩膀更低：「讓我們下降到塵埃中／匍匐在大地腳下，甚至更低／低於俯身的情人，低於地下室／的通風口，低於情人的低語」（西渡《雪》）。

　　值得注意的是，這張在時間上離我們最近的詩人肖像，與那張多年前留平頭的處女秀，有著驚人相似的站位：兩張都是向左側身，偏過頭來望著我們，流露出與這個世界格格不入的神情。不同的是，詩人已不再年輕。從《雪景中的柏拉圖》到《鳥語林》，我們看到的是一個虔敬的詩歌鬥士，一個鐘錶匠人或一個菜農，如何在他的對手、職業或成果面前有尊嚴地敗下陣來，如何像蜘蛛那樣，在一個生活的牆角編織一卷「衰老經」（西渡《蜘蛛》），這也許是西渡對待人生一如既往的姿態。而他的目光依然投向前方，投向世界的每一處褶皺，像煤礦工人對人類的定義那樣：他是「一種深入的動物」（西渡《露天煤礦──為寶卿而作》）。他失去了漂浮的年華，卻贏得了交鋒後的滄桑。兩張置於時間兩端的肖像，在我們驚奇的眼神中慢慢地融為一體，而它們身後背負的那些時代深處的飛揚和寂寞，那些卑微瞬間的偉大發現，那些因拋得太高而收不回來的諾言和理想，統統藏進他的詩句裏，從此徹底地隱姓埋名：

　　　──它們剛剛在你的詩中做完愛，帶著

　　激情的剩餘，分泌出除夕餐桌上的鮭魚

　　而一年的盡頭是一個恰到好處的制高點

　　使我看見我的靈魂滯留在低處，一群人圍著它

　　　　　　（西渡《向下看或關於路──致臧棣》）

　　時間在一個詩人的臉孔上呼嘯而過，在他的作品中長眠。就像西渡線條分明的嘴唇，在詞語裏引吭長歌，在現實中沉默。時間應允了詩人在鏡頭前嘴角向下的權利，一直向下，直到抵達他安放在低處的靈魂。如果將西渡不同時期的肖像，按由遠及近的順序依次擺放在一個長廊裏，我們也按照時間規定的方向從遠處走來，依次觀看這些肖像，當我們這些觀眾在眼下這一點站穩時，不禁驚歎道：與其說是詩人的作品在佐證、注釋著他的一系列面孔，不如說是這些連接在一起的肖像，更加有力地幫助我們咀嚼、品咂他的詩歌。時間是通過雕鑿人類的肉體來觸碰靈魂的。當我們注視詩人的肖像時，西渡創作的所有作品都憑時間獲得了它們的肉體性，變得極端易感、多汗、躁動不息。讓他的讀者幡然悟出，在那些優美的文字之下，有血液在緩緩流淌，有毛孔在自由舒張；在那些完整、圓熟的詩歌形象內部，同樣分佈著自信和脆弱，忠誠和背叛。甚至可以說，我們將詩人這幾幅面孔擺放在一起，這本身即構成了一首動態而遊移的時間之詩、血肉之詩，它攜帶著體溫，充滿了呼吸和心跳，流蕩著人類的夢想和欲望。以時間為引線，這組肖像成為西渡詩歌中的詩歌，包裹著他創作的靈魂，這靈魂渴望居住在人類沉重的肉體中，連同這副肉體、順著詩人的嘴角，不是一路飛升，而是一直沉潛向下。當肉體與精神在某一個低處對視了一下，就好像：

　　　　在我們的身體中強行插入了
　　　　一把鑰匙，只聽咔嚓一聲
　　　　我們的身體中，有一把生鏽的鎖
　　　　突然打開了，掉落在冰冷的草叢中

幾乎與此同時，你輕輕掙脫了我的手

（西渡《連心鎖》）

　　當我們這群人圍攏在一起，找尋遺落在草叢裏的那把鎖，或觀瞻詩人滯留在低處的靈魂時，西渡也許就站在我們身後，帶著圓形眼鏡，穿著寬大的T恤衫，蹬著拖鞋，神情自若地混進觀眾隊伍裏，誰都不會認出他，他想來接住他掉落下來的靈魂。布羅茨基（Joseph Brodsky）說過，一首詩的主要特徵在於其最後一行。[1]這個被祖國攆得滿世界找靈魂的讀詩高手或許在暗示我們，這最後一行，極有可能成為靈魂的滯留處。就像我們觀看西渡最切近當下的照片（流露出內斂的惶恐與迷惘），就更容易讀懂他過去的、更為年輕時的容顏（準備甩開膀子大幹一場的挑戰姿態），而前者在尚未問世以前充當了後者諸多未來可能情形的一種，這就是所謂的靈魂的未來嗎？

　　詩歌是一種永遠處於未完成狀態的文學體裁，它誘惑我們不斷地出走，又在出走後反覆勾起我們的鄉愁。在這種意義上，詩的最後一行（並非完結之處）有能力重新生成、定義它的第一行及其後的每一行，讓這首詩在每一個時間的駐足點上都有一個嶄新的、獨立的意義。不論是童年、青年、中年，還是老年，這最後一行讓肉體在走向衰朽的征途上的每一刻都值得讚揚，詩歌就是在語言中用不同方式把生存中唯一的虛空灌滿：「只有你不失時機地現身／給命運安上一雙不安分的裸足／像一個微型的馬達，使規定的／情節

1　參閱（美）布羅茨基：《文明的孩子》，《文明的孩子》，劉文飛等譯，中央編譯出版社，2007年版，第78頁。

急轉直下，成為沒有的主語。」（西渡《沒有》）詩歌性感的肉體
性如馬達般顫動，它托住了一直下降的靈魂，賜給後者一個低處
的、濕潤的居所，與它在此密謀另一個天堂。肉體重新孕育靈魂，
每個句子在每一刻都煥然一新。也就如同西渡常說的那樣，是兒子
生下了父親（克爾凱郭爾語），「我們發明的／重新發明我們」
（西渡《屠龍術》）。

二

　　西渡承認，時間問題是他在詩歌中一直探索的重要問題之一。
他在一次訪談中指出：「時間是生命唯一的主題，人生就是時間在
每一個替身上不斷地開展自己。所以，它必然也是詩的主題。我懷
戀過去，因為過去生成我；我關懷未來，因為未來也在生成我。生
命所以不是鐵板一塊，不是石頭，就因為它總是由過去和未來不斷
生成，而處在持續的生長中。」[2]一個時間中的個體，正是在時間
的這種雙向生成的遊移性中被塑造出來，並在每一個時刻都展現出
獨特的豐富性；同樣，在時間中誕生的詩歌，它的意義也在第一行
和最後一行之間來回遊移，不斷製造每一個詞語轉角處的驚喜和疑
竇，就像西渡一本正經地鑽進一位鐘錶匠人的回憶裏，卻碰上了從
每一個人的生命中必然鑽出的釘子：

　　　　我無法使人們感謝我慷慨的饋贈
　　　　在夏天爬上腳手架的頂端，在秋天

---

[2]　西渡、曹夢琰：《詩是隱形的劍——西渡訪談》，《滇池》2011年第1期。

　　眺望：哪裏是紅色的童年，哪裏又是

　　蒼白的歸宿？下午五點鐘，在幼稚園

　　孩子們急速地奔向他們的父母，帶著

　　童貞的快樂和全部的響往：從起點到終點

　　　　　　　　（西渡《一個鐘錶匠人的記憶》）

　　我目前的住所剛好在北京海淀區的法華寺後院，這座古剎也因上演過「譚嗣同密會袁世凱」的國家主義八卦而遠近聞名，被釘上了一塊「海淀區重點文物保護單位」的牌子。法華寺被徵用為我母校的附屬幼稚園，紅牆灰瓦之間，隱約能看到被洗刷過的、用特大號字體寫下的毛主席語錄。歡蹦亂跳的孩子們用歌聲和遊戲把這座沉寂而古樸的院子徹底吵醒了，果真讓我分不清哪裏是「紅色的童年」，哪裏又是「蒼白的歸宿」。而時間真正的秘密，被每天下午五點鐘的陽光固定在全中國的幼稚園門口，重複著錢鍾書的格言：外面的大人和老人翹首苦盼，裏面的小孩迫不及待地衝出鐵門，我無數次地在這兩群人之間低頭穿過。我知道，當我剛好行至某一對親子之間時，孩子，我，孩子的父／母，在那一剎那構成一個奇特的組合，我們三者「對稱成三點，協調在某個突破之中」（張棗《祖母》）。我是從起點到終點的一個中間形態，但走的卻不是從一端到另一端的單向街，童心和成人心態共存在我的體內，它們共同塑造了此時此刻的我。

　　這倒非常類似於卡夫卡（Franz Kafka）講過的一個寓言：一個人走在一條路上，前後各有兩個對手。後面的向前推他，前面的卻擋住他不讓他通過。當後面的對手推他時，前面的對手卻幫了他；而當前面的對手擋住他時，後面的對手卻幫了他。他的夢想是，能

夠跳出這條戰線，在旁觀者的位置上，看兩個對手互相搏鬥。[3]由此看來，我、西渡和身邊的每一個人一樣，都掙扎在這條時間戰線上，這條連續體被分成了過去、現在和將來，就像寓言中的我和前後兩個對手。不復存在的過去（比如童年）和尚未來到的將來（比如為人父母）一齊投射到路過幼稚園門口的我身上，構成了我的現在（另一個處於貧困時代的西渡？），它們引誘著我，擠壓著我，逼迫我快步離開，尋找一個突破口。阿倫特（Hannah Arendt）把這種旁觀和突破稱為反省，反省的對象是那些不復存在的，或尚未來到的事物，都是些不在場的東西。卡夫卡的寓言正是反省的結果，是思維活動的產物，它是對抗時間本身的一種鬥爭。[4]它讓我們縱身跳出機械的時間連續體，跳出鐘錶匠人的時間，在旁觀者的位置上看到了一種現象學時間的誕生：

> 而我開始像一個動詞，迷戀
> 行動的成果，結果是，在賓語的
> 缺席中，重新把你錯認，
> 徒然地，在夢中追憶與命運女神
>
> 辯論的細節，由此得出的結論：
> 我們永遠不可能結束自身，即使
> 我們把死當成一個賓語，向命運

---

3   轉引自（美）漢娜·阿倫特：《精神生活·思維》，薑志輝譯，江蘇教育出版社，2006年版，第225頁。

4   參閱（美）漢娜·阿倫特：《精神生活·思維》，前揭，第229頁。

使勁推銷，結束也永遠是不可能的。

（西渡《沒有》）

　　如同十年前的西渡認真地寫下「開始仍然是不可能的」（西渡《殘冬裏的自畫像》）一樣，十年後的他又重申道：「結束也永遠是不可能的」。我們的生命就是在出生和死亡之間的往復遊移，人類在精神生活裏永遠不可能結束自身：「人們說，死後一切都歸塵土，／但不知道死能否消滅心之哀痛：／歡樂每時每刻都在飄逝，／悲哀卻在我們心中不斷堆積。」（西渡《人們說，死後一切……》）而在過去和將來的縫隙裏鑽出了一個肉體的小腦袋，也鑽出了詩歌。作為一種在時間中斷裂的形式，我們的肉身和詩歌混合著歡樂和悲哀，被普天下的凡人親眼所見、親耳所聞、親手觸摸。在西渡的詩歌裏，幼稚園的孩子們開始長大，詩人建議他們不妨去嘗試一下另一種對抗時間的方法。於是，在即將踏進的學校門口，他們聽見一個熟悉的聲音：「去吧，孩子，鬆開媽媽的手，／去從歧視和不公中學會公正，／讓苦難和災禍教會你愛和同情，／從嚴酷的限制中拓展你的自由。／／而我將一如既往地守候，即使／黑夜來臨，滿城升起燈火，／即使你永不歸來，我從此失去你：／你就是我付出了一切的生活。」（西渡《學校門口的年輕母親》）

三

　　儘管西渡的故鄉在江南，然而按照中國當代的詩歌版圖來劃分，我們習慣於將這位一年只剪兩次髮的資深編輯視為一個北京詩

人。這很大程度上與他的北大生涯有關，尤其是1985年前後北大自身孕育的詩歌傳統對他的決定性影響（徐永、海子、臧棣等北大詩人都先後成為西渡模仿的對象，駱一禾、戈麥也是他極為推重的詩人）。[5]優良的北大傳統也為西渡的寫作注入了一股學院精神，這是「一種對待詩歌的嚴肅態度，對形式和技藝的尊重，以及某種朝向經典的持續不斷的有意識努力。」[6]這些津津樂道的淵源和他的詩學見地，已在西渡眾多的文章中反覆提及，並為業內的詩友所周知，因此不必進入本文論述的範圍。我們可以把視線稍稍從傳統上移開一點，更多、更細緻地閱讀一番西渡的作品，或許會有更加愉悅、震顫的閱讀感受。在對西渡詩歌的細讀方面，臧棣無疑是個關鍵性的人物。他對《一個鐘錶匠人的記憶》的卓越批評，已經取得了將詩與文相得益彰的完美效果。[7]「詩歌是一種慢」不僅有效地概括了西渡創作的核心理念，而且對當代的漢語新詩也貢獻了一條睿智而優雅的認識論。

在西渡浸淫其中的北大傳統之外，對於詩人個人而言，他的北方經驗可以由一隻蟑螂來作證：「你幾乎諳熟時間的秘密／生存的機會在於側身縫隙／童年的夥伴中，只有你／追隨我，從江南的綿綿細雨中／越江而北，抵達紅色的首都／在難以容身之地找到／安身立命之所。」（西渡《蟑螂》）和所有從南方鄉村來到北京定居

5　參閱西渡：《面對生命的永恆困惑：一個書面訪談》，《草之家》，新世界出版社，2002年版，第283-284頁。

6　西渡：《當代詩歌的實驗主義與反學院情結》，《江漢大學學報》（人文科學版）2011年第2期。

7　參閱臧棣：《記憶的詩歌敘事學——細讀西渡的〈一個鐘錶匠的記憶〉》，《詩探索》2002年第1期。

的上進青年一樣,西渡眼中的北京是一座夢幻的都市,是一個時刻
需要憑藉諸如高度、速度、溫度、濃度、響度、知名度、面積、壓
強、功率、匯率、指數、榜單、票房、三圍、表格、曲線、性價比、
500強以及GDP等各類評價體系發號施令的大型雜貨鋪和實驗場。
城市就像歡樂谷裏的太陽神車,載著它搖籃裏的孩子們,漫不經心
地從一邊擺向另一邊,讓追求新奇的人們頭暈目眩地回到地面,靜
靜發呆。北京,在很多生存在這裏卻不屬於這裏的人們眼中,正在
「看得見的城市」與「看不見的城市」之間來回迅速地切換,就像
西渡的作品也喜愛在他的南方經驗和北方經驗之間不斷地遊移:

> 十八歲,我們愛上村裏的姑娘,
> 十八歲,我們離開了村莊。
> ……我們離開了村莊,卻把姑娘
> 忘在村上,卻把村莊忘在山上
> 卻把山忘在荒涼的風中……
>
> (西渡《遠事與近事・村莊》)

　　在詩人的印象中,作為一個地理概念,北方應該是一副這樣的
情景:「院子裏,枯乾的桃枝上/挑著幾隻鼓鼓的氣球/點綴著僅
有的節日氣氛/只有風,仍在不知疲倦地吹」(西渡《北方》)。
在乾燥、荒蕪的大地之上,北方成為貧瘠和極權的代名詞,風成為
北方四處投遞的名片。而對於自己南方的家鄉,則贏得了他高聲的
讚美:「南方呵,火熱的南方,/連陰影都是滾燙的!」(西渡
《蛇》)帶著純粹的南方感受力,西渡走在狂風肆虐的北方的大街
上,作為一個久居京城的客人,他不由自主地向北方掏出了南方的

名片：「我獨自度過了最孤寂的十年／在這座很少下雨的北方城市
／我常常把風沙擊打屋頂的聲音／聽成綿綿細雨。夢中下著／這樣
的雨，我會睡得格外香甜」（西渡《瑪麗亞之雨天書》）。確鑿無
疑的是，在西渡個人的詩歌辭彙表裏，雨是南方的特產，就像風是
北方的忠臣一樣。西渡的目光遊移在南方和北方兩種經驗之間，把
北方的風沙誤讀為南方的雨，把南方的特產帶到他長期生活和寫作
的地方。在西渡描寫雪的篇章中，我們看到了南方和北方，夢幻中
的國度與現實中的城市，一齊交疊在中國的雪景中：

> 在圖書館陰暗的天井裏，這古代嚴峻的大師
> 眺望著逝者的星空，預見到兩千年後
> 美洲的一場雪、一次火災，以及我們
> 微不足道的愛情，預見到理想國的大廈在革命
> 　中傾覆
>
> 但現在時光已教會他沉默，柏拉圖和他的雪
> 在書卷裏繼續生存，充滿了智慧和善意
> 這時是否該我撫摸著理想國灰暗的封皮
> 當我深夜從地鐵車站步行回家，遇見柏拉圖的
> 　雪
>
> 　　　　　　　　　　　（西渡《雪景中的柏拉圖》）

　　在深夜的地鐵車站，在乾燥的北京，從南方來的「我」瞥見了
「雨的精魂」（魯迅語）。作為從那部巨大的、漫遊的神車上走下
來的弱小一員，西渡的這種如大雪般迷離、紛繁、矛盾的城市經

驗，成為他北方經驗中最具魅力、最蘊含增殖力的一部分。在這種
意義上，西渡的詩歌在海子、戈麥作品的基礎上，開拓出了全新的
格局和氣魄。借助詩人貼身口袋裏貯藏的多種經驗，本文可以試著
對西渡的作品體系來做一個不恰當的觀察，為他的詩歌勾勒出一張
簡潔的側面素描，以便與詩人的肖像兩相參照。

　　儘管西渡投身寫作之時已身在北方（西渡最初發表詩作的時間
為1986年），作為一位新晉的校園詩人，他狂熱地沉迷於北大的詩歌
傳統裏，海子等人對他的吸引力是巨大的，因而讓他早期的詩歌氛
圍裏升起一團濃重的、難以清除的玄學迷霧，這團迷霧與他得天獨
厚的南方感受力迅速地結合在一起，使他1997年之前的大部分作品，
像南方的莊稼一樣，享受著雨水的恩澤和瘋長的快樂。在審美效果
上，它們都基本呈現出強烈而純粹的抒情性和形而上學追求。詩集
《雪景中的柏拉圖》可以作為西渡在這一時期的詩歌作業本。還記
得封底出現的那個帶著大眼鏡的小平頭嗎？看他自信的嘴角，憂鬱
的神情，彷彿要同這個世界大戰三百回合。可以認為，《雪景中的
柏拉圖》是地道的南方大廚烹飪出的江南菜系，適合西渡以及絕大
多數在20世紀80年代的詩人們的舌頭和腸胃，他們不僅可以充滿激情
地吞噬，而且能夠心滿意足地消化和吸收，並從中獲得柏拉圖式的
快感。不論那個時代其他詩人的來路和背景如何，西渡的南方經驗
已內化為他寫作的童子功，成為他抒情的血液。它能夠幫助狂飆突
進時期的詩人建立一個天鵝絨般聖潔、柔美和高貴的「理想國」：

　　　　她用夢想愛撫遠方的事物
　　　　她所抵達的境界過於幽深
　　　　她的雙帆迷失於如膠似漆的風暴

她的頸項頂著南方鸛鳥的黑巢

（西渡《天鵝》）

　　這樣的幻境正是詩人希望在《雪景中的柏拉圖》中構築的。在那裏，我們可以跟隨西渡仰望天空中流雲一樣的天鵝，讓我們殘損的目光重新抵達那個失去的天堂：「當一朵雲在天空中經過，我身上的某些部分／就會隱隱作痛，像是有一個秘密的器官／被偷偷摘去：我似乎能聽到一聲召喚來自天上／並感到一陣永恆的渴意。」（西渡《雲》）作為天鵝的相似物，雲引起的饑渴感是詩人在乾燥、少雨的北方對南方經驗的秘密籲請，他迫切盼望著那塊南方的雲朵快點飄向北方，帶來一場接一場江南的好雨。對雨的重新描述，是西渡將南方經驗匯入北方經驗的第一要務。在這種饑渴感引發的描述行為中，在天鵝般的雲朵帶來南方的雨水之際，一種伴隨而來的疼痛感在詩人身體裏駐紮下來，成為了詩人的南方經驗在肉身上收穫的副產品：「這是一天的下午，／時光在衰弱，迎著黃昏。／事情，一些在結束，／另一些還在開始。／而我被疾病抬離了地面，／降低了灰暗的呼吸，／既不開始，也不結束。」（西渡《秋天的家》）陰鬱、多愁的南方經驗傳染給西渡一種詩歌風濕病。作為一種頑症，它保存在了詩人其後的寫作習慣中，進入他的寫作行為本身。詩歌風濕病在消極的意義上回應了身處北方的西渡對南方經驗的召喚，讓詩人在他後來的寫作中始終保持了肉體的在場，並且讓它始終與美學上的南方和雨水形影相隨，既不開始，也不結束：

　　……事實上，濕也是
　　萬物共同的皮膚。濕重新把

> 我們生下，作為與萬物的連體
> 兒：最陰險的手術刀也不能
> 把我們從新世界的身上分離
> 這樣的奇蹟我們曾經多麼熟悉
> 今天我們重新和雨攀上親戚
>
> （西渡《日常奇蹟》）

　　在對雨的重新描述中，西渡重新發明了「濕」的含義，也重新詮釋了肉體與詩歌的關係。浸在護理液裏的隱形眼鏡是濕的，冬天插在熱水盆裏的雙腳是濕的，與湛藍的波紋一同起伏的水上芭蕾舞演員是濕的；勞動中的前額、悲傷時的雙眼、性愛中的下體、懷孕時的子宮……都各自分泌出一種濕，一種靈魂的潤滑劑，萬物共同的皮膚。不論是在鄉村還是城市，雨讓每一個室外的人淋濕，也讓他們在這共同的皮膚之下成為了兄弟：「……雨水澆灌／蝸牛的菜園，驅散了事物／古老的敵意，讓我們和昔日情敵／握手言歡，在此與彼，今生與來世／之間，從來不像我們設想的那樣／界限分明。在雨中學會寬恕吧，那傷害／我們的，也同樣傷害了我們的敵人」（西渡《瑪麗亞之雨天書》）。在這種意義上，人是濕的產物，詩也應當在濕中獲得再生：「『生活不同於詞語的地方，在於它／始終是濕潤的……』；他用他的獨眼／觀察生活，並得出了獨具慧眼的結論」（西渡《存在主義者》）。詩人借薩特（Jean-Paul Sartre）之口道出了生活的濕潤本性，在某種程度上，這種濕也是生活的肉體性，正是患有詩歌風濕病的西渡，在他自己的體內將這種來自詩歌內部的濕分泌出來，塗抹在自己的筆尖和紙張上面：

> 一個時代結束的消息在菜園中
> 散播開來，像一場春雨淋濕園中
> 韭菜，那想像的花園中的詩行
> 充滿了生長的巨大願望
>
> （西渡《公共時代的菜園》）

四

1997年以後，西渡在寫作中找到了全新的增長點，讓他其後的作品「充滿了生長的巨大願望」。《草之家》恰如其名地成為一份對這種生長願望的豐富記錄（比如其中收錄有他對詩歌敘事性的嘗試之作，有他對戈麥詩學理念的回應及對後者的悼念作品，有即興的抒情詩和追憶青春自我悼念之作等）。除了20世紀90年代以來中國詩歌寫作呈現出的寫實轉向和敘事轉向對西渡的影響之外，從他個人對詩歌的想像出發，《草之家》開始嘗試用他的詩歌風濕病實現寫作的肉體性的在場，用詩歌來描繪「一個時代結束」之後，一個嶄新的時代究竟以怎樣的方式到來？身臨其境的西渡，以外科醫生般的精確，詳細刻畫了這個新時代如何通過改變我們的肉身情境來改變我們的精神狀況。在這個全新的起點處，開始或許是可能的，因為這個時代的口號是：一切皆有可能。身處這個如同中國的動車或高鐵一樣疾馳的世界中，面臨著複雜多變的生活時局，西渡對自己的寫作也做出了同步的調適，「在快和慢之間楔入一枚理解的釘子」（西渡《一個鐘錶匠人的記憶》），自覺地將身邊真實的生活細節移植進他的詩歌中，力圖用詞語來模仿、再造生活的濕潤性，

最後用他所描摹的生活，用他罹患的詩歌風濕病，刺激詞語從內部分泌出一種濕，從而實現更新、完善現代漢語的詩學夙願。詩人這一時期的寫作開始有意識地走出當年的、陳舊的玄學迷霧，開始重新發明新式的霧：「霧，就像閱讀分泌出的一種濕」（西渡《樹陰下》）。

這種新式的霧不再來自外部的瀰漫，而是來自事物內部的分泌：「……如果我們接受邀請／走到他們稱為外面而事實卻是／裏面的地方，這些想法就會／成為我們和它們之間的一個／秘密……」（西渡《日常奇蹟》）也就是說，玄學迷霧所貢獻的理念的濕，開始很大程度上被詩人鼻尖上滲出的細小汗水所接管，後者成為了被詩人歌頌的一種現實的濕，儘管那實在是一種反諷意義上的歌頌：

> 暴躁的城市將得到更多
> 的光明。速度將更快
> 披覆的陰涼將更少
> 在電鋸的轟鳴聲中，白頤路上
> 堆下十里高大的白楊
>
> 道路將更寬，速度將提高
> 不止一檔，戴安全帽的城建工人
> 像奔忙的螞蟻費勁地
> 拖曳著春天巨大的屍體
> 載重卡車轟鳴、粗重地呼吸
>
> 速度將更快！夏利車內的重慶姑娘
> 駛向命運的里程將縮短一半

　　　她甜美的乳房將暴露得更多！
　　　戴黃帽的小學女生在暖房中
　　　被時代催化，我將更快地

　　　遠離北京圖書館陰暗的走廊
　　　陽光。陽光將更多地照耀
　　　白頤路將更多地敞開它的胸膛
　　　蜥蜴閃過像一個陰謀暴露得
　　　徹底、無法取得春天的原諒

　　　陽光將更多地照耀！電子公司的
　　　摩天大樓為市政注入陽剛之氣
　　　巨型天線模仿著上帝的尖頂
　　　更多地觸摸到商業的體溫
　　　「當代」的繁華持續到黎明
　　　春天，我兩次經過白頤路工地
　　　被建設的高溫熔煉，被阻擋
　　　夏天的翅膀全無陰影。光輝中的
　　　光輝，心臟中的心臟
　　　我經過那裏趕在夏天之前

　　　　　　　（西渡《為白頤路上的建設者而寫的一支頌歌》）

　　本詩是西渡書寫城市經驗的代表作。之所以要將全詩完整抄錄於此，是因為詩中提到的白頤路（如今已改名為中關村大街），即北京海淀區從白石橋到頤和園的一段筆直的馬路，乃是我在北京最熟悉

的一段街景。我的母校和與它毗鄰的國家圖書館（即北京圖書館）就坐落在白頤路上，而很少遠行的我已在母校生活了近十年。據一些上了年齡的人講，白頤路在沒有改建之前擁有絕佳的景色：寬大的馬路上栽了六排高大的白楊，綿延十里，兩兩一組，分佈在路的兩側和中間，讓行人獲得最大程度的陰涼，在那裏散步一定美不勝收。我無緣走在風姿綽約的舊白頤路上，西渡比我幸運，在北大讀書時恰好趕上了它最好的年華。不知他是否在夏日的傍晚約過哪個漂亮女生在這裏徜徉忘返，或是在深秋的午後一個人騎著自行車在它寬闊的路面上撒丫子狂奔。這種想像是幸福的，而幾年後的現實卻是殘酷的，正像詩人目睹的那樣：白頤路迎來了它的大規模整容手術，參天的白楊被整齊地閹割。新的白頤路將擁有雙向多條車道，供北京市更多的小轎車尋找愛情或縱情飛馳（實際上我每次在校門口都看到極端擁堵的場面），馬路中間設置隔離欄，上方架起了過街天橋（校門口的那座天橋是我去首體的天成市場和書鄉人書店的必經之路）。沒錯，正像西渡歌頌的那樣，白頤路會像它所面臨的這個全新時代一樣，在時間中變得更多、更快、更寬，連同這個城市的光明、摩天大樓、電鋸和焊槍、帶著噪音和尾氣的汽車、重慶姑娘的乳房，以及它所暴露給城市的胸膛。這大概就是現代人城市經驗的應有之義。

這些在建設中的白頤路上曝光率越來越高的城市形象，在西渡的描述中滲出了它們的濕跡。這種濕是渴望生長的巨大願望，還是辛勤工作的美德液體？是對乘風消逝之物的哀傷輓歌，還是對尚未得到之物的陰沉欲望？這是一種發生在我們身邊的濕，是大地的濕，是肉體的濕。就題材而言，對白頤路上的建設者的歌頌行為是詩人北方經驗（城市經驗）的一個案例，而西渡在歌頌方式上採用了它鍾情的南方品質，即對濕的方法論實踐。作為萬物的共同皮膚

和介質，這種濕讓詞與物之間的觸摸更加的潤滑、暢快、賓主盡歡。現代漢語經過這種潤滑之後，能夠最大程度上拒絕乾澀、粗礪和枯竭的表達方式，能夠更加順利地鍛造自身的精確、細膩和複雜。西渡的詩歌風濕病在這裏顯示出了它積極的功能：和他早期作品中擅長表現的對崇高獻出的唯美的憂愁和痛苦不同，就像風濕病人可以準確地通過肉體預報未來天氣這種喜劇效應一樣，詩歌風濕病可以作為對日常生活的一架詩意探測器。在它敏銳的嗅覺通過的地方，我們身邊林林總總、褒貶不一、哭笑不得的事物、事件都將進入他的詩歌，彷彿白頤路所炫耀的那樣，詩歌中的形象將更多、詞語表達將見效得更快、當代詩歌承載現實生活的氣度將更寬。然而，這架詩意探測器早已將人類最終的詩意成分確鑿無疑地測定完畢，那就是人在時間面前徹底的失敗：

> 我能數沙，我能測海，
> 我懂得沉默並瞭解聾人的意思。
> 我回答一切而徹底無知，
> 我救治一切而不能自救，
> 我侍奉一切而為萬物的首領。
> 但是未來者，請問我是誰？

（西渡《菩薩之歌》）

五

在2010年底出版的第三部個人詩集《鳥語林》中，西渡繼續延續著這種敗局已定的詩意探測，繼續尋找生活中的濕，繼

續踐行著他在命運之中更深入的遊移。他在詩集後記中，把自己的詩歌寫作自嘲為在沙漠中種菜[8]，表達了他對生命更多的焦灼、無助和荒誕。這種複雜的感情完全配得上那幅被放大了三倍的作者肖像：眼神更加迷惘，嘴角更加向下。一直向下，西渡順著靈魂墜落的方向仔細地搜尋、探測，在承認了人生註定的失敗之後，他不得不審慎地、有選擇地尋找自己可以注視、交談的物件。逃離了白頤路的他，在初春的玉淵潭公園找到了幾隻灰褐色的野鴨：

> 它們為什麼留戀
> 這一小片寒冷的水面？
> 它們小心移動的樣子
> 彷彿隨身攜帶著什麼易碎的器皿
> 忍耐而膽怯，生僻如信仰
> 彷彿剛剛孵化出來，
> 等著我們去領養。
>
> （西渡《玉淵潭公園的野鴨》之一）

　　西渡的遣詞造句也像野鴨游水的儀態那樣小心翼翼，生怕驚走了這些相見恨晚的窮朋友。「……有幾隻爬上了湖堤／看它們慢吞吞、笨拙的步伐／你會懷疑它們是否仍屬於／飛行的族類……」（西渡《玉淵潭公園的野鴨》之二）這些天堂的掉隊者、天鵝的外省遠親、鷹隼的孱弱崇拜者，僅僅安靜地享受著一小片寒冷的水

8　參閱西渡：《鳥語林‧後記》，海南出版社，2010年版，第133頁。

面。它們的前世果真那樣風華絕代嗎？怎奈何內向的今生這般忍耐和膽怯？它們的來生果真那樣孤獨寂寥嗎？怎奈何熱鬧的今生這般崇尚集體主義公社化？「而我也確實感到某種猶疑／是把它們裝進我的口袋／領回家去，用它們教育／我即將出生的孩子，還是／聽任預報中的寒潮／摧折它們嬌弱的翅膀？」（西渡《玉淵潭公園的野鴨》之一）對於一個長期的詩歌風濕病患者來說，教育孩子遠離寒冷，或者預報即將來到的寒潮，似乎都不是什麼困難的事。而困難的是，這一回，詩人真切地置身在了猶疑之中（猶疑成為詩集《鳥語林》的總體語氣和格調，與詩人的肖像相互佐證）。這種猶疑在西渡的近作中隨處可見：「對我來說，難以面對的反而不是／曾經養育我的山水和親人的問候／而是蜜蜂的質詢。那是你留下的難題。／即使我能從自身召喚出一位／敏於思辨的神，也難以回答／這樣的針對自身的疑問」（西渡《舊地重遊》）；「事物傾向於自己的本性／樹木也開始沉湎於自我思考／樹枝間的果實像發亮的問號／延伸著自我的疑問……」（西渡《日常奇蹟》）

詩人在內心猶疑，野鴨在水面遊移，它們成為鏡面兩側的事物，被西渡的詩歌所捕捉、固定，鑲嵌在我們生活的右上角，像一張別緻的郵票，賦予我們寄出自己的權利：寄往夢境，寄往現實，寄往過去，寄往未來，寄往天堂，寄往地獄……我又猶疑了，是否真的要寄出自己呢？保持現狀可以嗎？「噢，但願我一覺醒來，火車已經停靠／一個上世紀的火車站，站臺上上世紀的人物／人來人往：四周圍著一圈穿白大褂的醫生／正研究我的嗜睡症；而你仍沒有停止奔跑」（西渡《晨跑者之歌》）。人人內心都存在猶疑，作為遊移的鏡像，它也同樣是濕的結果，它和濕潤本身都保留在人類的本性之中，等待著在左顧右盼中渴望定格的詩意。

　　我們在猶疑中究竟要定格什麼呢？西渡在玉淵潭公園觀看野鴨後的第八年，在另一個清爽的夏日正午，在東北某個小城的橋堤邊，我也曾與一個女孩坐在岸邊的石階上，靜靜地望著對岸一處水渚，幾戶小小的村舍，一群灰色的野鴨。我們被野鴨遊弋中的安謐吸引住了，長久地坐著不說話。這裏是我父母每天傍晚散步的必經之地。夕陽下，兩個灰色的、平凡的身影如野鴨般緩緩地款步向前，走在他們封閉、平穩的日子裏面。而在這個無聲的正午，在我與她駐足的地方，卻聽不到他們的足音，也許那熟悉的聲音還沒有經過這裏。只有藍天、白雲、村舍、野鴨，和它們在水面上劃出的悠長波紋。與普天下所有的抒情者一樣，我願意用錘子把自己釘在此時此地，那願望從未如此的強烈：為自己和自己愛過的人拍一張今生唯一的照片，沖洗它，框住它，撕掉它。我寧可不走向將來，比如我娶了她；也不倒回過去，比如重歷青春的誘惑和熱戀的落寞。我只要現在，像歌德（Goethe）那樣，喊出一句：停一停吧！於是一切靜止，只有三兩隻野鴨閒庭自若，帶著那令我豔羨不已的高傲，游進自己的世界。這唯一的畫面，這逝去的畫面：「此刻，我同意把速度加大到無限」（西渡《一個鐘錶匠人的記憶》）。我的愛，我的罪；我的紙，我的火；「我金髮的馬格麗特，你灰髮的舒拉密茲」（保羅・策蘭《死亡賦格》）……這畫面刺痛了我，它讓我重返孤獨。

　　這畫面刺痛了我，它讓我重返孤獨。我成為猶疑的對象，也成為猶疑的主人，我只定格到了一張今生再也難以見到的畫面，記憶中的畫面。我成了這畫面的風濕病患者，分泌出我自己的濕。而詩人西渡也在他自己的猶疑中，在他為生活分泌出的更多的濕中，在時間如水的流逝中，在他寫出的第一行和最後一行中，也彷彿停靠

在了某個地方，定格在了某個時刻。那裏是吞噬一切的沙漠嗎？那一刻是詩人的正午嗎？那個人是當初那位留著平頭的詩歌鬥士，轉業後的鐘錶匠人，如今這個孤獨的沙漠菜農嗎？你會見到小王子嗎？你見到綠洲了嗎？而你說，你希望下一個十年可以寫得更多一點。[9]好吧。等下一個十年，在下一個詞語的轉角處，也許是白頤路，也許是玉淵潭，也許是沙漠，也許是綠洲，不管怎樣，我們相約老地方再見：

> 把寫過的詩再寫一遍，
> 直到把一首好詩寫壞。
> 把對別人說過的話，
> 臨睡前對自己再說一遍。
> 把牙蛀掉，消耗我們
> 一度美好的容顏。
> 把玩具一件件拆散
> 又重新組裝。
> 重溫兒時的功課
> 把同一道難題反覆演算。
> 以加倍的耐心潤滑時光的齒輪，
> 把一生慢慢過完。

（西渡《一生》）

2011年7月，北京法華寺

9　參閱西渡：《鳥語林‧後記》，前揭，第134頁。

《剃鬚刀》審美教育小箚

一

「彼得堡不愧為世上最最先進的城市。現代化的進程不是由地鐵或摩天大樓來衡量，而是由城市中竄出石頭縫的生機勃勃的綠草的生長速度來測定。」[1]曼德爾施塔姆（Mandelstam）將這句脫口而出的判斷獎賞給了他心愛的城市。在20世紀30年代，這位重返彼得堡的詩人，進一步教給我們閱讀城市的秘笈：「我對它熟悉到淚水，／熟悉到筋脈，熟悉到微腫的兒童淋巴腺。」（曼德爾施塔姆《列寧格勒》）[2]這種熟絡直到產生疼痛，直到讓詩人的身體緊緊擁抱住城市的身體，野草會像剛從石縫中鑽出那樣，在他的詩中蔓延著垂直生長的意志。因為他還不想死去，他要徹夜等待尊貴的客人。

彼得堡的野草似乎鋪就了一條長長的綠毯，一直延伸到另一處東方的詩歌淋巴腺——哈爾濱——中國詩歌地理的北極。這座天鵝絨般的冰雪之城、充滿異國情調的現代都市，逗引著熙熙攘攘的人

---

[1] （俄）曼德爾施塔姆：《詞與文化》，《曼德爾施塔姆隨筆選》，黃燦然等譯，花城出版社，2010年版，第34頁。

[2] （俄）曼傑什坦姆（即曼德爾施塔姆）：《曼傑什坦姆詩全集》，汪劍釗譯，東方出版社，2008年版，第134-135頁。

群投來太多驚奇和讚歎的目光，然而，只有少數人熟悉它的安靜，熟悉它的孤僻，熟悉它嚴寒中的燭火和夏日裏的陰影。按照理查·利罕（Richard Lehan）的提醒，閱讀城市的方式暗示著閱讀文本的方式，城市和文學之間可以互為補充。[3]

　　因此，在哈爾濱，我們不得不提到《剃鬚刀》。比起這座城市裏炫目華麗的霓虹燈，正是這份質樸的民間刊物，燃起了哈爾濱的胸膛裏內部的光亮。一群緘默的燃燈者，圍繞《剃鬚刀》聚集在一起，享受著清幽的火光和閒暇的激情。他們用詩歌的方式在這個城市生活、沉思和交談，表達著喜悅、悲憤和平靜；他們沉醉於自我流放，甘願跟隨著詩神秉燭夜遊。

　　在收入《剃鬚刀·2011》的五冊詩集中，我們瞥見了這五位詩人安靜的內心和面孔：張曙光、桑克、朱永良、文乾義和馮晏[4]；從他們的五本詩集中，我們看見了北方冬天的燭火和夜色；聽見了他們踏雪走進某個咖啡館，在門口跺掉鞋子上殘雪時發出的聲音。通過閱讀他們的詩歌，我們迅速在那些給予野草以秩序的文字中，理解了他們生活的時代和城市。

　　從彼得堡到哈爾濱，20世紀的野草散發著流亡和頹敗的氣息。這些無人理睬的卑微生命，也剛好切合了喬納森·卡勒（Jonathan D. Culler）對「文學」的界定：花園裏的哪些部分被視為野草？是誰在

---

[3]　參閱（美）理查·利罕：《文學中的城市：知識與文化的歷史》，吳子楓譯，上海人民出版社，2009年版，第11頁。

[4]　在《剃鬚刀叢書·2011》中，這五位詩人貢獻了他們各自的袖珍詩集，分別為《這個夏天》（張曙光）、《風景詩》（桑克）、《風景與詩章》（朱永良）、《在電話亭》（文乾義）和《吉米教育史》（馮晏）。

操縱這種視線？[5]野草喻示了詩歌的命運，它們將成為詩人在他的時代裏最好的注解。曼德爾施塔姆消失在了俄羅斯距離中國北方最近的地方（即他最後的流放地東西伯利亞的符拉迪沃斯托克某地），而在半個世紀後，他在作品中等待的一位中國客人終於開口說話了：

因為你是彼得堡！是天堂偶然滴下的鳥糞，
這是第幾個亞里山大？我躺在自己的城市，

我在南方想入非非——在河對岸有兩隻石頭獅子，
我們在冬天戴的各種帽子沾了它多少年的福氣啊！

（鍾鳴《曼德爾斯塔姆在彼得堡》）[6]

身為南方詩人的鍾鳴早年曾在黑龍江服役，領教過那裏的寒冷和孤獨，也大大豐富了他的詩歌觀念。鍾鳴比較贊同梁啟超關於「北俊」和「南靡」的劃分。[7]他認為，早期北方的「朦朧詩」（如食指、北島、芒克、顧城等人）可歸入前者陣營，他們大都成為各自作品的君主，炮製各自的崇高化和英雄情結，在文字中發號施令，有意識地重新認領漢語新詩的複雜性，主題和思想明確而積極，善於繪製詩歌起死回生的正面像，希望以此調換之前的呆板面孔。而在「朦朧詩」之後全面湧現出的「第三代」詩人群體（如「他們」、「非非主義」、「莽漢主義」、「海上詩派」、

5　參閱（美）喬納森・卡勒：《當代學術入門：文學理論》，李平譯，遼寧教育出版社，1998年版，第23頁。
6　鍾鳴：《中國雜技：硬椅子》，作家出版社，2003年版，第190頁。
7　鍾鳴：《詩之疏》，《中國雜技：硬椅子》，前揭，第7-10頁。

「巴蜀五君子」等），則寫出了鍾鳴所謂的「廣義的南方詩歌」。這種寫作在反叛「朦朧詩」的浪潮中迅速生長，並成為它的「次生林」[8]。「第三代」主張消解對高潮事件和宏大抒情的熱情，轉而關注日常生活和語言的實驗性，提倡口語、方言入詩和個體的發言權，甚至發育為頹廢和病態……詩人收起了此前威風凜凜、苦大仇深的形象，改行為詞語的經紀人和商榷者，彷彿「話在說我」、「詞在造物」，彷彿漢語的現代性在他們手中得以竣工。

曼德爾施塔姆似乎在這種意義上與鍾鳴異常投契，借用柏樺的詩句或許更能清晰地表達出這種感受：「我夢想中的詩人／穿過太重的北方／穿過瘦弱的幻覺的童年／你難免來到人間」（柏樺《獻給曼傑斯塔姆》）。儘管他身處絕對的北方，卻攜帶著卓越的南方品質，更重要的是，這位「活在神經裏的人」（柏樺語）預言般地遭遇了多年後發生在中國詩人身上的苦難和迫害，他意向性地來到了中國——他南面的鄰居——哈爾濱該是他秉燭夜遊的第一站吧？鍾鳴則意向性地提醒他的俄國知音：「曼德爾施塔姆，謹防你的祖國」[9]。我們從對「北俊」和「南靡」，再到曼德爾施塔姆的探討，也在一定程度上應和了鍾鳴的一個觀點：「一個想有作為的人，若有可能的話，應該先在南方——也就是緯線35°到20°之間，度過自己的童年，然後，再越過坑坑窪窪的地平線到北方去。先獲得細膩感和溫潤，再獲得廣闊性及寒冷，這是一種搭配的藝術，一種淬鐵的工藝流程。」[10]這種非凡而綜合的成長教育，對於鍾鳴和他的詩歌同行是尤為深刻的，南方必定是他淬鐵後的老巢

---

[8] 《次生林》亦為1982年鍾鳴與友人合辦的民間詩刊的名稱。

[9] 鍾鳴：《廣闊的希波呂托斯之風》，《中國雜技：硬椅子》，前揭，第171頁。

[10] 鍾鳴：《廣闊的希波呂托斯之風》，《中國雜技：硬椅子》，前揭，第176頁。

（就像他力圖從考古學上證明南方才是中華文明的發源地一樣），
他將在那裏重新喚回曼德爾施塔姆和他的野草。

如果從曼德爾施塔姆到鍾鳴構成了一條東西軸心（它強調了
中外詩人的共同命運），那麼從「朦朧詩」到「第三代」可以看做
一條南北軸心（它強調了中國當代詩歌的差異性），由此我們得以
展開一幅中國當代詩歌的平面參照系。借助它，我們能夠精確而清
晰地掃描出更多值得關注的詩歌奇觀。似乎正是以鍾鳴提到的那
條「坑坑窪窪的地平線」為界，自「朦朧詩」誕生至今的這些年頭
裏，對應於鍾鳴所屬的那個南方詩歌團體、「第三代」的華麗家族
——「巴蜀五君子」[11]（此刻正值他們的青春妙齡），我們剛好在祖
國的最北方找到了《剃鬚刀》，一座誕生在北方的「次生林」。兩
者在中國當代詩歌版圖上呈鏡面對稱。這種地理位置的韻律感彷彿
也體現在兩份刊物的名稱上：在本體的意義上，「次生林」與「剃
鬚刀」，一正一負，一長一消，彼此形成一個相互依賴的循環。

當然，《剃鬚刀》創立於一個嶄新的世紀裏，比起「巴蜀五君
子」活躍時的20世紀80年代，選擇在當下這個時代繼續著詩歌事業
顯然要收穫更多的空曠和寂寞。《剃鬚刀》成員並非新人，至少在
2004年推出創刊號時，他們已人到中年或已過中年。不同於「巴蜀
五君子」「先結社後成熟」的工藝流程，《剃鬚刀》同仁則實現了
「先成熟後結社」的搭配藝術。或許可是說，這個成立在冰城哈爾
濱的詩歌團體，也是順著我們一道自南向北的特定目光而長出的一

---

[11] 「巴蜀五君子」指的是20世紀80年代活躍在四川的五位詩人的合稱，它並
非嚴格意義上的詩歌社團，而是彼此趣味相投的朋友。他們分別是鍾鳴、
歐陽江河、柏樺、張棗和翟永明。「五君子」其後也成為中國當代詩歌的
重要代表。

叢野草：「這座城市有些偏遠，方言在樹葉中響起／麥田和黑土使大地成為力量的象徵／被風兒摩擦的塵埃在路上閃著火花」（馮晏《這座城市有些偏遠》）。

　　為此，我們斗膽在這一思路的指引下，將以下要談到的五位詩歌同仁稱為「《剃鬚刀》五君子」（以下簡稱為「五君子」）。可以說，他們五位各自作為獨立的詩人，已經擁有相當漫長的寫作生涯，並且成就斐然。因而本文無意比照、論證他們與「巴蜀五君子」之間的異同，而是只想通過上述兩條軸心的燈塔，來重新照亮遠離祖國中心的詩歌北極，照亮21世紀以來這個蜷縮在東北、擁有旺盛創作力的知識份子沙龍，照亮他們在寫作中醞釀的耐心和持久的疑問。在這座與俄羅斯、冰雪和詩歌比鄰而居的城市裏，當詩歌的氈房已經捲起並逐水草遠去之際，天堂甚至連鳥糞也沒有滴落下來，曼德爾施塔姆沉沉地倒在了河對岸，而「五君子」手裏的「剃鬚刀」依然在寂寞的背景裏沙沙地響著：

> 沉迷於詩歌，這門古老而衰落的藝術
> 更多是幻象，耗去了一生中美好的時光
> 卻帶給我什麼？可曾使我的生命變得
> 完美，或給了我某種安慰？只是意味著
> 更多的重負，更多的重負或無法實現的
> 期待。但為什麼抱怨？從來不曾有過
> 更高的期許。只是我已厭倦了真理
> 責任，和那些高聲調的歌唱。
> （張曙光《老年的花園》）

二

　　哈爾濱不愧為中國最最夢幻的城市。它詩化的進程不是由中央大街的車流和教堂的尖頂來衡量，而是由這個城市中的風景與它揮之不去的陰影之間的比例來測定。由於哈爾濱坐擁著中國詩歌版圖上一處獨特的緯度和方位，這一位置讓它剛好找到了東西軸心上的一個平衡點，從而更方便地成為曼德爾施塔姆的客人和鄰居；又與南北軸心上的「北俊」和「南麐」都保持著距離。具體說來，「朦朧詩」以反叛「文革」文學中的「太陽」意象而著稱，卻無意中與後者共用了同一套話語資源，因而兩者一反一正，同屬一種「太陽體系」，因而成為詩歌中的新聞聯播和「高聲調的歌唱」，佔據著一個絕對的中心；「朦朧詩」之後的「第三代」跳出了這種思維模式，重新恢復詩歌的美學自主性，扮演了自說自話的午夜DJ，進駐到一種「月亮體系」中。[12]「太陽體系」贊成非此即彼的二元論，追求最大限度的光明，其實也就將自身逼入絕境；「月亮體系」接納了消極和暗喻，收斂了文學的針對性，正視了它的模糊性，但又容易墮入病態的深淵。在這條南北軸心之外，生活在哈爾濱的「五君子」審慎地調配了他們寫作中的「太陽體系」和「月亮體系」，製造了他們詩歌中獨特的光學效應：

---

[12] 詩人張棗在一次演講中提到了「太陽體系」和「月亮體系」的劃分，主要是為了區別毛澤東發明的「新華社語體」和以蔣介石為代表的右派話語體系。前者光明、洪亮、直接，後者陰柔、曲折、隱晦。參閱張棗：《關於當代新詩的一段回顧》，《張棗隨筆選》，人民文學出版社，2012年版，第165-166頁。

黃昏時刻的太陽顯得更加真實，

它的邊際更清晰，

似乎有誰沿著它的邊緣

劃出了一個圓圓的粗線。

它的顏色看上去也已不再那麼耀眼，

它放鬆的狀態更接近它本身的樣子。

（文乾義《黃昏中的澄明》）

整個世界倒映在一枚月亮上

屋子黑白相間，吉米清冷、瘦弱

月亮被吉米的身影打碎了

頭髮，那遮蔽意念巢穴的青絲

哀愁散落，陰影被掃到樹下

（馮晏《吉米教育史》）

　　達・芬奇（Leonardo da Vinci）告訴我們：「在光亮和陰影之間的物體比起那些完全置於光亮或陰影中的物體，呈現出更強的浮雕感。」[13]因而，不論是文乾義的「太陽」，還是馮晏的「月亮」，都能跳出各自既定的體系，成為具有浮雕感的形象，從而顯得更加可愛動人，慰藉心靈：「與大片的紅色相比，我更喜歡／大片的黃色。我不想什麼燦爛，／什麼淒涼，我只想注視──／這片黃色的稻田的寧靜。」（桑克《早晨的稻田》）在這種意義上，「五君

---

[13]　（義）達・芬奇：《達・芬奇筆記》，杜莉編譯，新星出版社，2010年版，第36頁。

子」也大可不必遵循鍾鳴的建議，去經受一番「先南後北」的成長
教育，非要跑到「太陽」和「月亮」兩大體系中各自修煉一番。相
反，偏安一隅的他們採取了因地制宜的自我教育和自我雕刻。在這
座夢幻的城市裏，「五君子」的寫作風格儘管大相異趣，但相同的
知識份子身份使他們分享著閱讀全球化時代的勝利果實（如張曙
光、桑克、朱永良的翻譯工作，馮晏對西方理論著作的熱情等），
這種閱讀與他們各自的生活經驗發生了奇妙的化合：「彷彿瓜田竄
出茄苗，／盛夏之熱雜著春風，／大而狂亂，好像敦刻爾克，／好
像天安門，明亮的側面／就是深沉的陰影。」（桑克《串秧》）本
著這種串秧的精神，桑克頑皮地告訴我們一個鐵一樣的事實：「要
麼百煉成鋼，要麼成灰」（桑克《串秧》）這種寫作上的撤退和修
煉，融匯了「五君子」的個人才能和歷史意識，倒也在同一塊土地
上、在天安門遙遠的側面，兼及了溫潤和寒冷、細膩感和廣闊性。
然而，在「五君子」的寫作中，我們更多地讀到的是介於「太陽體
系」和「月亮體系」之間的詩學品質，那是一組詞語上的浮雕群，
是廣袤的黑暗地帶裏排列開的抒情光譜，猶如彼得堡的野草，直率
而質樸地生長：

　　明知道不該生氣，
　　裏面還是燒著了。只是
　　燒到了骨頭，而沒有
　　燒到皮，但是皮的
　　顏色分明由黃轉暗——
　　對方可能認為這是
　　一片雲影的效果。只有

你知道你的裏面

正在燃燒。

（桑克《制怒》）

「五君子」在這種靜悄悄的、充滿節制的自我教育中，讓詩歌保持了起碼的冷靜，也重新調整了語言與世界的關係，克服了現代詩歌寫作中常見的混亂。這種自我教育的實質其實是一種反教育。這種反教育，在桑克那裏體現為一種個體式的自我解壓和自我嘲弄，如《讀史》、《夜讀〈自祭文〉》、《變天》、《自畫像》、《瘋》、《憤怒》、《自閉症》等作品中的主人公，幾乎都是一些略帶神經質、玩世不恭的反英雄形象，他們只能發出一些不及物的抗議和牢騷，與平凡的日常生活教育像情人一樣拌嘴。在朱永良的詩句中，我們得以理解它來自時代深處的含義：「我的國家教給我仇恨，／我學習了，並且很認真。／我會明確地劃分階級，／我成為國家仇恨的一部分。」（朱永良《1970年代初，向海涅學習詛咒》）「那是一九七七年的一個秋日，／我讀到哈姆萊特的獨白／——在一本破舊的文學選集裏。／／猛然，我好像是受到了棒喝，／又像是在接受一場洗禮，／於是，我向另一座門走去⋯⋯」（朱永良《事件》）在不同的時代氛圍裏，海涅和莎士比亞的作品卻發揮著迥然相反的功能，文學經典的教育同樣會走向失察和偏移。幸運的是，哈姆萊特的獨白最終帶領它的讀者與真理相遇，讓後者學會了自我糾正。然而，這一次的糾正便會一勞永逸嗎？張曙光在反覆書寫這個難題，從此成為「或」的迷戀者：「但它／會再一次出現嗎？或只是／一次次的重複？有著更多的／音調和陌生的風景，裝飾著它／我站立在這裏，不是其中的／角色，更像是一個旁觀者。」（張曙光《歲月》）

反教育從詩人的內部發揮效力，就像他們擦出的哈爾濱內部的光亮。它的結果是讓詩人成為旁觀者，這種寫作狀態也在「五君子」各自的文字中不期而至。旁觀者似乎退到了所有問題的門外，就像他們在遙遠的詩歌北極，從容地眺望著東西軸心和南北軸心，眺望著天安門和彼得堡。歐陽江河曾經犀利地分析過1989年之後國內的詩歌寫作境況，他強調：「對於詩人來說，也許最重要的還不是對具體事件的看法，而是持有這些看法的人的命運。抗議作為一個詩歌主題，其可能性已經被耗盡了，因為它無法保留人的命運的成分和真正持久的詩意成分，它是寫作中的意識形態幻覺的直接產物，它的讀者不是個人而是群眾。然而，為群眾寫作的時代已經過去了。」[14]也就是說，隨著社會歷史內容的改變，詩人不再是重大歷史事件的參與者，他們被外部的離心力旋轉到了現實的邊緣，被擺置在了時代敘事的門檻上。他們身上的主體性漸漸褪色，曾經的神聖觀念和變革激情遭遇了解體，不得不成為旁觀者。這成為詩人職能轉變的一個外部原因：

　　它漸漸接受了雪中不完美的事物，
　　別人的和它自己的。

（文乾義《它的改變》）

　　「五君子」的寫作中繼承了20世紀末的精神遺產，並且反覆地進行著自我教育。教育自己要更加的寬容，要拿出更大的耐

---

[14]　歐陽江河：《89'後國內詩歌寫作：本土氣質、中年特徵與知識份子立場》，《誰去誰留》，湖南文藝出版社，1997年版，第236頁。

心，要忍受更多的寂寞和疼痛，這或許就是一個及格的旁觀者需要具備的素質。在一首細緻描繪林蔭大道的詩作中，桑克這樣交待出他觀看的秩序：「高大而陰暗的楊樹，下半部分／沒有枝杈，枝杈葉片全在／接近天空的地方——只能看見／天空：陰灰的雲或濃或淡／塗抹著，風的力量不足以挪動／它們的位置。左邊的山丘更加矮小，／兩排高大的向遠處延伸的楊樹／漸漸匯成一個黑點，間隙／由疏而密。」（桑克《從哈爾濱看到五連的林蔭大道》）

詩人作為旁觀者，在眺望林蔭大道之時已經無意識地圈定了自己目光的活動範圍：向上看，以天空為極限；向前看，以黑點為極限。上方的天空，具有越來越孱弱的吞噬性，它天然的庇佑性也漸漸被蠶食；前方的道路，被意識形態的修辭裝點得一片光明，而在詩人的眼中，那裏不過是一個黑點。按照米沃什（Czesiaw Miiosz）的說法，人們對垂直方向（天堂的慢）的渴望已經被水平方向（世俗的快）的誘惑取代。人們把目光由頭頂的天空轉投向前方的黑點，這想必也是「五君子」接受的舊時代遺囑中至關重要的一條，是新的時代對詩人嚴格的、正面的教育。如今的情況是，面對天空或天堂的承諾：「當我年輕時／我曾相信生命會無限地延續／或只是從一種形態轉變為另一種——／就像在玫瑰的凋零之處／仍會開出燦爛的玫瑰——／現在我卻開始懷疑了／因為我的發問和祈禱／從未得到過任何的回應。」（張曙光《命運》）面對黑點或世俗的前景：「對於我們，這些只是短暫的存在／它們因我們而生動，但我們的注視／無法使它們獲得恆久的生命。我們也一樣／依靠速度，或方向的正確，對抗著時間／最終是徒勞。」（張曙光《小心駕駛》）

在新的時代面前，從向上看到向前看的強行視覺轉換，增添了人們的懷疑情緒和徒勞感，帶給人們更多的心灰意冷。詩人在這兩個向度上的教育都敗壞了他們的目光，讓他們看不到真實的風景，感受不到他們存在的意義。沉默的天空和神秘的黑點，最終激起的是他們心中莫名的虛無感：「虛無是多麼的盛大，／藉口是多麼的盛大，／交替遮蔽著自覺更加盛大而懶惰的夏天。」（桑克《虛無》）這是時代教育的必然後果，虛無像漫無邊際的野草，總潛伏在我們腳下，在某一個不經意的時刻慢慢生長起來；而反教育的作用，正是幫助詩人認清這些野草，並清除那些過量的部分，讓它們保持在文明的限度之內。

或許這便是剃鬚刀的作用。詩歌就是一把剃鬚刀，去清理人類嘴巴邊的野草，去修葺觀念、感覺和文字中雜蕪、混亂和過剩的習氣和產物，讓我們的視覺重返潔淨的樂園。野草經過修繕，就成為了風景。詩人在這個嶄新時代裏艱難的自我教育，就是幫助人們在前進的道路上重新發現那片存在的風景。詩人的寫作，就是運用他們嫻熟的詩藝，在光明與陰影的博弈中重新描寫風景，發明風景。

三

行文至此，我們似乎可以暫且宣稱：追求內心風景清晰的浮雕感，是「五君子」寫作的秘密契約；旁觀者身份，成為「五君子」寫作的邏輯起點。由於歷史與地理的雙重規定，「五君子」的旁觀者視角已然確立，這又與鍾鳴撰寫回憶錄的姿態不謀而合：「我首先考慮的是旁觀者的公民口氣，我的方法，也是生活普通的感知方

法。」[15]「五君子」的方法，同樣是生活中最普通的感知方法，既不高於生活，也不低於生活，它與日常生活共進退，適宜去發現生活中那些曾經被陰影遮蔽下的沉默風景。「五君子」的卓異之處在於，他們每個人的筆下都能塑造出各具意味的浮雕感。它們取決於每一個詩人對自己文字中光明與陰影的搭配藝術，取決於他們對「太陽體系」和「月亮體系」的調和與揚棄，取決於他們如何讓在東西軸心和南北軸心之外的語言飛地上長出心儀的野草：

> 上周，我暗下決心：
> 只寫風景詩，田野的起伏，
> 植物由綠轉黃的熟女之美；
> 或者省略大大小小的樓群、地鐵工地，
> 骯髒的空氣與人，
> 而寫花園中的灌木（當然
> 必須省略枝杈上的塑膠袋）
> 幽微如格格不入的隱士。

（桑克《風景詩》）

在每一個詩人那裏，為了展示出一種最恰切的浮雕感，他們不約而同地將文字指向風景——那裏是自我教育的最佳場所；他們力圖在詞與物之間維持著各自的修正比——這歸功於詩人們文字剃刀的魅力。修正比顯示的參數，直接影響到光影間浮雕感的明暗質地，它們

---

[15] 鍾鳴：《旁觀者多餘的話》，《旁觀者》（第3卷），海南出版社，1998年版，第1506頁。

的消長，也會讓詩人們在文字中呈現出的風景發生更換和變形。在自我教育的精神指引下，經歷了從上方到前方的視覺騰挪，作為旁觀者的詩人，早已對天堂的美景和光明的事物喪失了熱情，和大多數人一樣，他們必須向前看，因而也必須把虛無確定為最強勁和難纏的對手。也就是說，積極地處理生活中的陰影，或許可以起到調配虛無份額的作用。那麼，「五君子」寫作的修正比也正體現在他們對陰影的拿捏和控制上，也體現為對自身目光的管理和校正。「五君子」依靠各自不同的寫作個性來調節詩歌中的修正比。

　　具體來講，在桑克故作嚴肅的調侃語氣中，我們領教了這種旁觀者的技藝，簡化似乎成為了他近年來的修正比。不論是在形象塑造上，還是在修辭效果上，簡化原則顯示了他的幹練的文字功夫：「還有更簡單的方法，／摘下近視眼鏡，所有的事物／簡約而柔和。猙獰／更像嚴肅，公共汽車接近卡通麵包，／皺紋則被目光的白霜抹平。」（桑克《風景詩》）桑克提供了一種具有喜劇色彩的處理辦法，將自己視力的精確度降至最低，反而意想不到地取得了浮雕效果的最大值。形象的模糊性成全了詩歌的模糊性，這種模糊性有時也表現在聽覺上：「『你可能把它和方言弄混了。』／可能你的口齒與聽力具有／一定的問題。而弟弟堅持／我的記憶：『是的，是自由……』／儘管它像『吱扭』，像蹺蹺板／或者秋千運行時的雜音。」（桑克《方言》）不論是視覺還是聽覺，桑克的簡化原則反而意味著某種增加，從「目光的白霜」到「秋千運行時的雜音」，他不經意地在詩中添加了某種東西，像「摻進柔軟的雪中的／／堅硬的奸細。」（桑克《事實》）憋不住謎底的桑克最終告訴我們：「至少讓它們裝著空虛，／裝著寧靜，裝著／更大的說不出來的東西。」（桑克《柳園》）

張曙光在他穩健的寫作中對這種「出不出來的東西」進行著反覆的估價和斟酌，因而他比其他幾位詩歌同仁流露出更多的猶疑情緒：「或許可以談談我的生活。／但我不知道該說些什麼。／也許真的無話可說。／／或許可以談談我的詩。／但我同樣不知道該說些什麼。／也許真的無話可說。／／在我的墓碑上，只是／這樣寫：出生。死去。／甚至連墓碑也沒有。」（張曙光《生活》）我們可以覺察出，詩人的目光在已知與未知之間、在生命的發光處和黑暗處之間往復移動，他肯定了風景正反兩面的價值，但又在旋即間將它們全部推翻。比如，對於死去的人來說，「他們安靜地躺著，面對著同一片虛無的風景／而我們則屏住呼吸，在這些墓碑間穿行，／看著他們長長的一生，被濃縮成幾行銘文／或沒有銘文。」（張曙光《在蒙馬特公墓：2002》）然而，在這種猶疑中卻有另一種堅定的成分在潛滋暗長：「我們的存在，必須依賴於某種東西」（張曙光《角色》）。這道堅定的目光似乎可以改寫成這樣一道等式：1+0=2，而不是1。虛無必須加到存在身上，就像陰影必須陪伴在我們光明的身體旁邊，它們的功能卻不是虛無的。

文乾義對風景的態度剛好成為張曙光的逆運動，他運用自己時常返回零度、充滿間離化的視野，在熟稔的事物中發現了它們的陌生感，在這種修正比的作用下，此刻的虛無重新變得不可談論、不可認識：「我經歷了多年的雪似乎對它早就熟悉，／而一旦要面對它又總是感到陌生」（文乾義《下過小雨的早晨》）；「這時眼睛升起，從想像中如太陽一樣／在地平線上把目光盡可能遠地放開。／而目光在途中遇到了／一些曾經熟悉和不熟悉的事物」（文乾義《在我進入一個想像的中途》）；「歐式樓宇的濕漉漉的陰影不規則地／從街那邊覆蓋到街這邊，一些面孔／從陰影裏走出去，／一

些面孔走進陰影裏」（文乾義《兩個相似的黃昏》）。之所以會在風景中出現這樣或那樣的陌生、猶疑和簡化，很大程度上取決於詩人對陰影比例的調控，也就是對浮雕效果的修整。這種陰影一邊連接著旁觀者的目光，另一半卻連接著神秘的虛無：

> 時常有一種虛無的厭倦
> 來佔有我的上午。
> 佔有我的桌子，
> 佔有我打開的書頁，
> 佔有我在一行行文字間
> 獲得的平靜
> 和一種忘我的愉快。
>
> （朱永良《時常有一種虛無……》）

朱永良的作品中洋溢著一股元詩氣質，正如他的詩集名所提示的那樣，他善於處理的是風景與詩章之間的關係，專注於風景的符號化：「如果一天清晨醒來，／所有的名詞／突然間消失不見，／世界就會陷入混亂。／／如果一天清晨醒來，／新生的名詞／覆蓋在所有的舊名詞上，／世界就會變得瘋狂。／／如果一天清晨醒來，／所有舊名詞／被虛假的名詞所代替，／世界就會變為地獄。」（朱永良《名詞的地位》）朱永良所操縱的陰影正是他的文字（符號），這種修正比有時體現為書中的風景：「你也以業餘新教徒的身份／探討天堂地獄的秘密，／並毅然地前往日內瓦／為自己的塵土找到了墓地」（朱永良《博爾赫斯》）；有時卻化作風景中的書：「坐在木頭桌子前／我想到繁雜的城市生活，／想到讀

書，陶淵明的《輓歌詩》／和它存在主義的語氣。」（朱永良《窗外……》）陰影的活力正在於這種風景與詩章之間的雙向建構，而虛無又成為了兩者間的雙向拆解。

馮晏的詩歌也致力於這種詞與物之間的相互建構和拆解，但它指向了一處更大的虛無。這虛無正為著寫作本身而存在，成為她玄思和修辭的充足理由，如同魯迅道出的那種無解的悖謬一樣：「當我沉默著的時候，我覺得充實；我將開口，同時感到空虛。」[16]寫作正是一種面向虛無的行動，它必須要求詩人向內轉，去尋求內心世界充滿矛盾的真實感：「真理，有時就是／一個句子，或者是一個與世界、與情感／以及與我的困惑有關的名詞／能說清此刻我為什麼虛無？」（馮晏《如果我幸運》）「我寧願在那群番薯中／追憶苦難，預測虛空，我寧願在／冬天暖氣的燥熱中慢慢等待風乾／承認虛無具有著積極意義。」（馮晏《燈下筆記》）積極的虛無讓0變為1，讓陰影成為詩人隨身的燈盞。由此，我們在中國當代詩歌史上找到了以下兩個詩句：

　　黑夜給了我黑色的眼睛，我卻用它尋找光明。

　　　　　　　　　　　　　　　　　　　（顧城《一代人》）

　　為了分辨黑暗，吉米先關掉
　　身體上所有光亮，除了眼睛

　　　　　　　　　　　　　　　　　　（馮晏《吉米教育史》）

16　魯迅：《野草・題辭》，《魯迅全集》（第2卷），人民文學出版社，2005年版，第163頁。

在經典的「朦朧詩人」顧城的詩中，我們嗅到了大事件即將來臨的氣味，它告訴我們，首要的問題是光明，黑暗（黑夜）為著光明而存在，並且等待著被後者戰勝。眼睛的目的是單一而明確的，並且具有時代規定的方向感。在「五君子」這裏，認識黑暗就像認識生活中漫無邊際的野草一樣，它甚至就是一種生活方式，只有率先習得它，風景才會不期而至。我們唯一要開啟的就是眼睛，依靠眼睛本身的光亮，不是去戰勝黑暗，而是去親近黑暗。生活的藝術就體現在對陰影的態度上，懂得欣賞陰影，懂得調節它與光明的關係，才會領略到真正美麗的風景。

在今天，詩人不再扮演那個為人類尋找火種的英雄，他們只是一群喜愛在夜間分頭出沒的動物。這個時代運轉得太快，懂得自我教育的詩人不再為世界提供加法，比如製造美麗的詞語；而是進獻一種理智的減法，裏面包含著重組風景的藝術：「日子在一杯濃茶中／進入了減法，九、八、七數字／陪同灰心一個一個隱去，剩下幾／與我在樓臺聆聽民謠古曲返回古代／就像撫摸綢緞，找到手腳和皮膚上／長出的每一個刺和鋒芒」（馮晏《浮生與消隱》）。正是這種生活的減法，召喚著一把詩歌的剃鬚刀，仰仗它必要的刺和鋒芒，幫助現代人修剪出每一種有尊嚴的秩序和美學，小心翼翼地維護著詩歌自己的園地。於是，剃鬚刀可以看成一把教具，它塑造的是現代人的靈魂，帶領我們去創造和發現現代生活中的被遮蔽的美。理解了這一點，我們就更容易在這些孜孜不倦的詩人身上理解我們自己的時代，理解時代中的必要的陰影，理解寫作中的虛無和虛無中的寫作。

2012年6月，北京法華寺

後　記

一

　　本書收錄了我學生時代的12篇習作，是我向學之初閱讀當代漢詩的一點心得。現在看來，它們中的大部分篇什都飽含著濃郁的書生腔，喜愛東拉西扯地援引各種觀點，膜拜大師的語言，鍾情於唯美的句子。隔上一段時間再去讀，總讓我懷有一絲羞慚。它們太年輕了，儼然是一張學院大男孩的才情化驗單，遠沒有文中討論的那些詩歌老辣和耐讀。少年不識愁滋味，青春的軀體還沒有機會體驗蒼老，這些充滿稚氣的文章，會迅速地更換為另一副容顏，因為我即將離開這片清澈寧靜的淺水區，不得不向著那片更加深不可測的水域試航。

　　如果說，這些文字還有被談論的必要，並非在於本書貢獻了何種新奇有趣的觀點，也並不是想借分析某一位著名詩人的作品來表彰自己的判斷力。我只能承認的是，這本小冊子僅僅潦草地勾勒出我的一種閱讀姿勢，它願意嘗試著為當代漢詩的讀者們提供一種形式指引。如果把詩歌閱讀比作一種拳法，收入本書的每一篇習作，既是相對獨立的文本個案分析，也是一份虛擬拳譜中的一個分解動作。整本小書組建了一套連續動作，形成一套總體姿勢，它有望揭示出一種新的批評可能性。

　　對這種可能性的憧憬和激情，讓本書拒絕成為一個名詞，因為它不是擁有命名權的詩歌史，儘管它的標題中赫然寫著「簡史」二字；它也拒絕成為一個動詞，因為它不具備改造世界的宏偉志向，哪怕是對閱讀世界的零敲碎打；它不是一個形容詞，因為目前國內的人文學界貧困得只剩下了它們；它也不是一個感歎詞，抒情已經叛逃了詩歌，如今這個世界到處都是抒情，唯獨在抒情中沒有。我對總體姿勢的幻想，讓本書最終成為一個介詞，它本身言之無物，隱約指引著一種未來閱讀的方向，給出一種寫作的趨勢。這個介詞對我具有起點的意義，讓我從寫作的伊始就先學會了拒絕：寫出什麼並不重要，重要的是學會逼出體內經年積累的毒素，掏出渾身上下攜帶的東西，依憑著對道路本能的直覺赤裸前行。

　　在本書中，這個介詞既指引著一種身體的姿勢，又暗示著一種寫作的姿勢。在我分析的諸位詩人那裏，常常表現為作品中肉身性和書寫性的耦合。具體來說，我在孫文波的詩歌中辨認出一種鐘擺式的書寫軌跡，與它相關聯的是一副與現代時間法則格格不入的、笨拙而粗重的身體；翟永明以她女性獨特的身體感受力，在詩歌中忍住詞的黑暗，佈設下大量迷人的假動作，用以恭候她本真身體的登場；在刀的個人自傳史詩中，我嘗試探索歷史語境對肉身的修正指令，同時也反向追蹤這把身體之刀如何在時間肌體上刻下印痕；柏樺在他的作品裏製造了兩重動物身體的幻象——壁虎和貓——詩人在極富肉感的寫作中成全了它們的婚媾：按照歐陽江河的提示，他的詩歌每一行都是平行的，但其中每一個字都有些傾斜，前者符合壁虎的秩序，後者體現了貓的秩序。

　　海子的詩歌通過對風景（實體）的書寫，同時容納了古典和現代兩種迥異的世界感，造成了孩童心態與成年心態、上帝時間與世

俗時間在同一個身體內的相互齧咬，醞釀了語言向身體的復仇；在張棗的一首優秀的十四行組詩中，詩人設置了自己與另一個時空裏的鏡像間的對話，在這裏，身體已被輕盈替換，回歸到世界深處的「萬古愁」；多多在母語的歸去來中為自己保留了一把神奇的「犁」，我通過細讀發現，它既是古老的農具，也是抒情革命的武器，既是書寫的用具，也是身體的器官；王小妮擅長在日常生活中發現了自己的詩學姿勢，這種姿勢依靠兩種鮮明的身體味覺來勘定它的邊界，譜寫出米與鹽的交響曲。

陸憶敏的作品中流露出一種罕見的語言質地，依靠對部分虛詞幾近純熟的調度，道出了文字的尖端體驗和身體的切膚記憶，寫作如同刺青，揭示著肉身的書寫性和書寫的肉身性；彝族詩人吉狄馬加的漢詩寫作，從民族性和世界性兩種書寫維度上發明了具有山地抒情特質的秩序觀，肉體價值成為他詩意建構上的永恆向量；西渡的寫作中埋伏著濕潤和遊移的品質，我把它們歸因於一種詩歌風濕病的詩意效果，或許只有人格健全的詩人才有權利擁有這副「病態」的身體；「《剃鬚刀》五君子」的作品呈現了陽光與高緯度交鋒後，在身體上銘刻的浮雕感，遠離中心的寫作姿態訓練了他們的旁觀者目光，當身體和詩歌回到邊緣，這個世界全新的可能性被打開了。

二

朝向肉身性和書寫性的總體姿勢，為我的閱讀打開了如此這般的可能性，我斗膽使用了《刺青簡史》這個標題，來回應肉身與書寫的關係，以及總體姿勢意味深長的介詞角色。在這本小書問世之

際，我要感謝我的啟蒙老師敬文東先生。曾幾何時，我誤打誤撞地聽到了他的一堂選修課，居然一下子喚醒了沉睡在我體內一種全新的可能性，喚醒了我讀書和寫作的熱情。從那以後，我的生活被照亮了。敬先生的教誨是刻寫在我身體裏的一個介詞，它指引著我要慢慢尋找到自己的寫作姿勢。本書中的第一篇文章，是我在讀碩士的第一學期為敬先生交的期末作業（現在依然可以讀出一股煞有介事的稚氣）。在學校附近的一家新疆餐廳裏，我出乎意料地得到了他的肯定和讚揚，在若干小瓶二鍋頭的助陣下，我還激動地讀到了他細緻的批閱和珍貴的意見，以致我至今還保留著那份塗滿紅色字跡的列印稿。

2009年冬天，在敬先生的舉薦下，我幸運地得到了一個寫作的機會：為香港當代藝術基金會主辦的《藝術時代》雜誌「詩與思」欄目撰稿。特別感謝趙野先生的激賞，他作為雜誌的編委之一，很快促成了我與刊物方面的愉快合作，並且對我的寫作做出了充滿見地的指導。仰仗敬、趙二位先生的錯愛和支持，歷時一年有半的時間，我圍繞「漢語之美」這一主題，連續為該欄目撰寫了8篇詩歌評論文章，每篇一萬餘字。令人惋惜的是，該雜誌於2011年夏天開始改弦易轍，我的那個欄目被取消了，尚有幾位列於計畫中的詩人，還沒有機會仔細談論。但願未來的某一天，我可以讓這個未完成的計畫得到完善。

如今，這組文章中的7篇被收入本書，並佔據了它的大部分篇幅，奠定了全書的風格和基調。構思和寫作這組文章的過程著實艱辛，但卻是培養我廣泛閱讀和精密思考的難得機遇。這項工作一直延續到我讀博士期間，與其他同屆的學友相比，那時的我在所謂的科研學術上已經小有成果了。此外，這組文章也為我帶來一筆豐厚

的稿費，在這個詩歌和學問貶值的年代裏，它在一定程度上養活了我，讓我再也不用向家裏要錢吃飯了。

本書中的大部分文章，都得以在中國大陸的一些文學或學術刊物上發表和轉載。在此，我要向以下人士表示由衷地感謝，他們是潘洗塵、李怡、劉潔岷、張潔宇、王士強、瀟瀟、趙宗福、閻安、高楊、泉子、馮晏和韋建瑋。承蒙以上各位學界、詩界和編輯界的前輩和朋友的呵護和厚意，我才在治學的道路上樹立了堅定的信心，獲得了不竭的力量，取得了長足的進步。值此拙著出版之際，我深深感謝蔡登山先生的垂青，感謝劉璞先生為本書的編輯付出的心血，感謝何笠小姐義不容辭地承擔了校對工作。正是依靠他們的努力，才讓本書能夠先行在臺灣出版，藉此獲得一次向臺灣詩界和學術界學習和請教的良機，我也虛心接受各位方家的熱忱指正。

在此我特別向本書中談論的詩人們致敬！無論是活著的還是死去的，他們都為中國詩歌獻出了自己最好的年華，為我們偉大的母語贏得了至高無上的榮耀。他們才是最可愛的人。我在寫作的孤獨中理解了他們的孤獨，在寫作的驕傲中理解了他們的驕傲。我期待這些讓我滿懷景仰的詩人們，能夠不計成敗地將寫作進行下去，期待他們寫出更加優秀的作品。

謹以此書紀念我在中央民族大學度過的十載光陰。這想必是我一生中最幸福、最值得回味的十年。感謝在這十年裏與我有緣相遇的朋友，不論是熟人還是陌生人，不論是陌生的熟人還是熟悉的陌生人，這本小書都是我呈獻給他們的一份微薄的禮物。感謝大禮堂前的「布拉格廣場」，那是我十年裏常去的地方，只有少數人知道我給它取的這個名字。在長椅上坐下來，我可以與朋友談天說地，也可以一個人靜思獨處，可以在夏日的傍晚飲下清涼的啤酒，也可

以用整個下午讀完一本好玩的書……那裏帶給了我難得的愜意和安寧。我甚至不止一次在這裏過夜，如同《天堂電影院》裏那個偶爾露面、胡言亂語的瘋子，當廢棄的影院即將迎來被炸毀的那個滄桑的瞬間，人們無限惆悵的麇集在廣場上，他突然興奮地沖出人群，大聲宣佈：這個廣場是我的！同樣，我承認自己就是一個「布拉格廣場」的瘋子，願意做它的守夜人。在這裏十年如一日地取悅一個影子。希望，每一個從事寫作的人，都能擁有一個「布拉格廣場」；但願，我能與他們一道，守住眼前這個詩歌的黑夜。

2012年10月26日，北京法華寺

文學視界23　PG0915

刺青簡史：中國當代新詩的閱讀與想像

作　　者／張光昕
責任編輯／劉　璞
圖文排版／彭君如
封面設計／秦禎翊

發 行 人／宋政坤
法律顧問／毛國樑　律師
出版發行／秀威資訊科技股份有限公司
114台北市內湖區瑞光路76巷65號1樓
電話：+886-2-2796-3638　傳真：+886-2-2796-1377
http://www.showwe.com.tw
劃撥帳號／19563868　戶名：秀威資訊科技股份有限公司
讀者服務信箱：service@showwe.com.tw
展售門市／國家書店（松江門市）
104台北市中山區松江路209號1樓
電話：+886-2-2518-0207　傳真：+886-2-2518-0778
網路訂購／秀威網路書店：http://www.bodbooks.com.tw
國家網路書店：http://www.govbooks.com.tw

2013年2月BOD一版
定價：360元
版權所有　翻印必究
本書如有缺頁、破損或裝訂錯誤，請寄回更換

Copyright©2013 by Showwe Information Co., Ltd.
Printed in Taiwan
All Rights Reserved

國家圖書館出版品預行編目

刺青簡史：中國當代新詩的閱讀與想像 / 張光昕著. -- 一
版. -- 臺北市 : 秀威資訊科技, 2013.02
　　面 ； 公分. -- (文學視界23 ; PG0915)
　　參考書目 : 面
　　ISBN 978-986-326-064-6(平裝)

　1. 中國詩　2. 當代詩歌　3. 詩評

820.9108　　　　　　　　　　　　102001521

讀者回函卡

感謝您購買本書，為提升服務品質，請填妥以下資料，將讀者回函卡直接寄回或傳真本公司，收到您的寶貴意見後，我們會收藏記錄及檢討，謝謝！
如您需要了解本公司最新出版書目、購書優惠或企劃活動，歡迎您上網查詢或下載相關資料：http:// www.showwe.com.tw

您購買的書名：＿＿＿＿＿＿＿＿＿＿＿＿＿＿＿＿＿＿＿＿＿＿＿＿
出生日期：＿＿＿＿＿年＿＿＿＿＿月＿＿＿＿＿日
學歷：□高中 (含) 以下　　□大專　　□研究所 (含) 以上
職業：□製造業　□金融業　□資訊業　□軍警　□傳播業　□自由業
　　　□服務業　□公務員　□教職　　□學生　□家管　　□其它＿＿＿
購書地點：□網路書店　□實體書店　□書展　□郵購　□贈閱　□其他
您從何得知本書的消息？
　　□網路書店　□實體書店　□網路搜尋　□電子報　□書訊　□雜誌
　　□傳播媒體　□親友推薦　□網站推薦　□部落格　□其他＿＿＿＿＿
您對本書的評價：（請填代號　1.非常滿意　2.滿意　3.尚可　4.再改進）
　　封面設計＿＿＿　版面編排＿＿＿　內容＿＿＿　文／譯筆＿＿＿　價格＿＿＿
讀完書後您覺得：
　　□很有收穫　□有收穫　□收穫不多　□沒收穫

對我們的建議：＿＿＿＿＿＿＿＿＿＿＿＿＿＿＿＿＿＿＿＿＿＿＿＿

＿＿＿＿＿＿＿＿＿＿＿＿＿＿＿＿＿＿＿＿＿＿＿＿＿＿＿＿＿＿＿＿

＿＿＿＿＿＿＿＿＿＿＿＿＿＿＿＿＿＿＿＿＿＿＿＿＿＿＿＿＿＿＿＿

＿＿＿＿＿＿＿＿＿＿＿＿＿＿＿＿＿＿＿＿＿＿＿＿＿＿＿＿＿＿＿＿

請貼
郵票

11466
台北市內湖區瑞光路 76 巷 65 號 1 樓

秀威資訊科技股份有限公司 收

BOD 數位出版事業部

....

（請沿線對折寄回，謝謝！）

姓　　名：＿＿＿＿＿＿＿＿　年齡：＿＿＿＿　性別：□女　□男

郵遞區號：□□□□□

地　　址：＿＿＿＿＿＿＿＿＿＿＿＿＿＿＿＿＿＿＿＿＿＿＿

聯絡電話：(日)＿＿＿＿＿＿＿＿＿(夜)＿＿＿＿＿＿＿＿＿＿

E-mail：＿＿＿＿＿＿＿＿＿＿＿＿＿＿＿＿＿＿＿＿＿＿＿